L'ARRIÈRE-PETITE-FILLE DE MADAME BOVARY

DU MÊME AUTEUR

Ève ou l'art d'aimer, Montréal, Hurtubise HMH, 2004.

bernard
MARCOUX

L'ARRIÈRE-PETITE-FILLE
DE
MADAME BOVARY

amÉrica

Catalogage avant publication de Bibliothèque et Archives Canada

Marcoux, Bernard

    L'arrière-petite-fille de madame Bovary
    (AmÉrica)

    ISBN 2-89428-872-7

    1. Titre. II. Collection: AmÉrica (Montréal, Québec).

PS8626.A74A87 2006   C843'.6   C2005-942508-3
PS9626.A74A87 2006

Les Éditions Hurtubise HMH bénéficient du soutien financier des institutions suivantes pour leurs activités d'édition:

- Conseil des Arts du Canada
- Gouvernement du Canada par l'entremise du Programme d'aide au développement de l'industrie de l'édition (PADIÉ)
- Société de développement des entreprises culturelles du Québec (SODEC)
- Programme de crédit d'impôt pour l'édition de livres du gouvernement du Québec

Illustration de la couverture: Olivier Lasser
Conception de la couverture: Nathalie Tassé
Maquette intérieure: Lucie Coulombe
Mise en page: Martel en-tête

Éditions Hurtubise HMH ltée   Librairie du Québec / DNM
1815, avenue De Lorimier   30, rue Gay-Lussac
Montréal (Québec) H2K 3W6   75005 Paris FRANCE
                                www.librairieduquebec.fr

ISBN: 2-89428-872-7

Dépôt légal: 1er trimestre 2006
Bibliothèque nationale du Québec
Bibliothèque nationale du Canada

Imprimé au Canada
www.hurtubisehmh.com

À France,
muse,
amante,
magicienne,
qui, depuis plus de vingt ans,
réalise mes rêves.

Au fond de son âme, cependant,
elle attendait un événement. [...] à son réveil,
elle l'espérait pour la journée [...]

GUSTAVE FLAUBERT
Madame Bovary

[...] par lui elle avait perçu encore que le
printemps venait. Par lui quelque chose de sa
jeunesse, un frémissement s'était conservé,
une faim peut-être qui endurait les années.

GABRIELLE ROY
Bonheur d'occasion

Quant à lui, il apprenait les deux leçons
les plus importantes de la vie :
faire honnêtement l'amour, et réfléchir.

LAWRENCE DURRELL
Mountolive

MAI

Vendredi, 5 mai

— Béatrice?

— Oui?

— Je dois m'absenter quelques minutes, tu veux répondre à mon client?

— Oui, passe-le-moi, ce sera mon dernier de la semaine.

— Merci, bon week-end. Embrasse bien ton mari.

— Oui, je n'y manquerai pas.

— Bonjour, ici Béatrice Chevalier, que puis-je faire pour vous?

— Bonjour, madame. Je voudrais augmenter ma limite de crédit.

— Oui, c'est possible. Votre nom, s'il vous plaît?

— Charles Sormany.

— Date de naissance?

— 19 mars 1980.

— Le nom de votre mère, s'il vous plaît?

— …

— Monsieur Sormany, vous êtes là?

— Oui, oui, excusez-moi, vous avez une très belle voix et j'essayais de découvrir à qui vous me faites penser. Ma mère se nomme Lilia Gagné.

— Merci. Le prénom de votre père, s'il vous plaît?

— Ginette Bellavance!

— Votre père s'appelle Ginette Bellavance? dit Béatrice en riant.

— Non, non, votre voix me rappelle Ginette Bellavance, et j'aime votre rire.

Ce qu'elle avait entendu de charmeurs au téléphone au cours de toutes ces années! Surtout ne pas répondre, ne pas les encourager, rester professionnelle.

— Prénom de votre père donc?

— Emmanuel.

— Merci. Alors, vous désirez hausser votre limite?

— Je viens d'obtenir ma maîtrise en littérature et mon salaire augmentera de quatre mille dollars l'an prochain.

Béatrice, curieuse soudain, attirée, incapable de résister, sachant très bien qu'elle sort du cadre réglementaire, demande:

— Puis-je connaître le sujet de votre mémoire?

— Vous aimez la littérature?

— J'ai étudié en littérature au collège.

— Mon mémoire portait sur Balzac, le personnage de Vautrin, pour être plus précis. Mais comment vous retrouvez-vous responsable du crédit si vous avez étudié en littérature ?

— C'est une longue histoire, comme on dit.

— J'ai le temps, vous avez une si belle voix.

— C'est très gentil mais, contrairement à vous, je n'ai pas tout mon temps, j'ai d'autres clients.

— Vous savez ce que votre prénom signifie ?

— Euh… non…

— Béat veut dire heureuse, et –trice, trois fois. Béatrice signifie donc trois fois heureuse.

— …

— Madame ?

— Oui, oui, je suis là, excusez-moi, dit Béatrice rapidement, je consultais votre dossier. Alors voilà, je vois que vous ne dépassez jamais votre limite et que vous payez toujours à temps ; on peut donc augmenter votre limite de 2 000 $, ça va ?

— Oui, merci beaucoup. Je croyais que ce serait plus compliqué.

— Pourquoi ?

— Je ne sais pas, des idées qu'on se fait, j'imagine.

— Y a-t-il autre chose que je puisse faire pour vous rendre service, monsieur Sormany ?

— Quels étaient vos auteurs préférés au Cégep ?

Elle devrait vraiment couper court à cette conversation, mais elle ne peut s'empêcher de répondre.

— Je me souviens de Ducharme, Guèvremont, Victor-Lévy Beaulieu, Aquin, Marie-Claire Blais, Ajar, et quelques autres. Il y a si longtemps maintenant, il me semble…

— Dis-moi ce que tu lis et je te dirai qui tu es… Vous avez beaucoup lu.

— Un peu. Autre chose, monsieur Sormany?

— Non merci.

— Au revoir, merci de faire affaire avec nous et bonne fin de journée.

— Merci, madame.

Béatrice raccroche. La semaine est finie.

Ce matin-là pourtant, elle s'était éveillée avec le sentiment qu'il se passerait quelque chose dans sa vie, qu'un événement allait survenir bientôt, aujourd'hui même, sûrement aujourd'hui. Elle avait tellement bien dormi, s'éveillant dans la même position qu'au coucher. Dans son dernier rêve, elle avait d'abord entendu ce babil d'enfants dans une cour d'école, babil qui, dans son demi-sommeil, était devenu le pépiement des oiseaux peuplant les arbres de son jardin, puis elle avait perçu cette lueur rose derrière ses paupières, et elle avait ouvert les yeux sur cette douce lumière inondant sa chambre aux fenêtres sans rideaux. Complètement reposée, détendue, seule dans son lit, elle se trouvait si bien, et elle avait soudain songé à ce voyage en Italie, l'année précédente, alors qu'elle et son mari Laurent cherchaient ce petit village dont on pouvait lire le nom sur la carte, où elle voulait absolument aller, sans raison, à cause de son nom peut-être, si sensuel, Volpaia, voluptueux et païen, mais dont ils ne réussissaient pas à trouver la route.

Un paysan à la voix flûtée leur avait dit :

— *Alla fine del paese, gira a destra.*

À la fin du pays, tournez à droite, quelle poésie ! Pour des touristes toutefois, ce n'est pas très utile. Ils avaient repris la S429, sans parvenir encore à découvrir la route de Volpaia. Ils étaient finalement tombés sur une passante qui leur avait bien expliqué le trajet : après une sorte de saut-de-mouton, on tourne à droite, puis encore à droite, on passe sous la S429, et on se retrouve sur la bonne voie. Ils avaient suivi ces indications et étaient enfin arrivés à Volpaia, ravissant hameau moyenâgeux, en fin d'après-midi, lorsque la lumière, maintenant oblique, est la plus belle en Toscane. Volpaia offrait trois ou quatre rues, des rosiers grimpants au dos de l'église, une petite terrasse où ils avaient siroté un Campari soda et d'où ils voyaient clairement Radda in Chianti, leur base d'exploration de la Toscane depuis cinq jours, baignant dans le soleil finissant. Et Béatrice s'était dit que c'était une pure merveille, cette Toscane, sa lumière, ses paysages, ses vignobles, ses oliviers, sa cuisine et ses gens.

— Pourquoi ne suis-je pas née dans ce pays, s'était-elle alors demandé, dans un de ces petits villages où le temps semble s'être arrêté, sur un vignoble par exemple, à Vertine ou à Castellina, où j'aurais travaillé de mes mains, de l'aube jusqu'au soir, en contact avec la nature, à la merci de ses caprices, craignant un gel hâtif ou un printemps tardif, heureuse d'une pluie opportune ou de cette sécheresse d'août qui produira un meilleur vin?

Hélas, elle était née sur l'asphalte et ne pouvait que rêver.

Rêver, voilà ce qu'elle avait fait dans son lit, en s'étirant longuement. Son mari partait le lendemain pour l'Afrique, un contrat de huit mois, et elle devait aller le rejoindre à la fin de juin, lorsqu'il serait bien installé, et rester jusqu'à Noël. Était-ce ce départ qui lui donnait cette sensation de renouveau, de liberté soudaine?

En ce début de journée qui lui avait paru un fruit mûr prêt à être croqué, elle s'était sentie portée par une vague de bonheur irrésistible. Même si c'était la veille du départ de son mari et qu'elle se retrouverait seule pendant plus de six semaines, elle ne voyait venir aucune tristesse, aucun sentiment d'abandon, elle retrouvait plutôt cette joie, ce goût de vivre, cette sensation d'ouvrir ses ailes qu'elle avait ressentis à Volpaia. Son âme exultait, son corps vibrait et tout son être se tendait vers une lumière nouvelle, comme lorsqu'on ouvre un roman dont le début est parfait : les mots sonnent juste, le rythme nous enchante, et on a l'impression qu'un bel amant nous enlève et nous emporte dans ses bras, posant tous les bons gestes, maintenant toujours cette musique qui nous charme, et on nage en plein bonheur.

Mais voilà : la semaine se termine, et cette journée qui lui avait semblé si prometteuse s'achève
comme les autres, routinière, sans surprise, sans
nouveauté. Elle était pourtant bien certaine, ce
matin, dans son lit, que quelque chose se produirait,
elle avait senti au plus profond d'elle-même ce goût
de nouveau départ, comme un oiseau ouvrant toutes grandes ses ailes.

Mettant ses affaires en ordre avant de quitter le
bureau pour se rendre au gymnase, elle se dit qu'elle
se conduit comme une adolescente en pensant que
le monde peut changer en une journée, en une
heure. Tous les adultes savent qu'on ne change
jamais, qu'on perd lentement ses illusions, qu'on
oublie ses rêves et qu'on se contente peu à peu du
train-train quotidien.

La machine indique qu'il lui reste encore qua-
torze minutes à souffrir, Béatrice transpire abondamment, son t-shirt complètement détrempé. Sa montre
Polar l'informe que son cœur bat à 150 pulsations/
minute et qu'elle a dépensé jusqu'à maintenant
308 calories. Ses yeux font un rapide tour du gymnase, elle y voit des gens des deux sexes et de tout
âge. Elle observe surtout, à la dérobée, les jeunes
femmes, si minces, tout en muscles, sans un gramme
de gras, et elle se dit que les hommes ne doivent
regarder que ces déesses au corps parfait. Pourtant

elles ne lui semblent pas réellement désirables, toutes ces fanatiques de la forme physique que Tom
Wolfe décrit comme des «garçons avec des seins».
Elle voit d'autres femmes s'échiner sur des escaladeurs, leurs bassins montant et descendant sans
arrêt, les mains sur les hanches ou sur les cuisses,
émettant parfois des gémissements rauques, dont
on ne sait s'ils sont de plaisir ou de douleur, comme
si elles faisaient l'amour assises sur un homme, et
Béatrice se demande pourquoi elles ne sont pas en
train de faire l'amour justement, au lieu de s'exténuer ainsi. Avec leur taille fine, leurs cuisses fuselées et leur poitrine ferme, ne sont-elles pas faites
pour l'amour? Aiment-elles davantage suer sur une
machine que de sentir un sexe d'homme glisser en
elles, longtemps, si longtemps qu'elles en ont mal
aux jambes et aux cuisses à force de monter et
descendre sur cet éperon de chair tendre qui les
met à l'agonie?

Elle-même s'interroge sur le pourquoi de ses
propres efforts, car elle ne croit pas vraiment à tout
ce battage au sujet de l'exercice physique pour perdre du poids. Elle sait très bien dans le fond qu'elle
fait tout ça simplement pour rester belle. Mais belle
pour quoi? Ou plutôt pour qui? Les hommes qui
viennent au gymnase ne la regardent même pas;
en fait, ils se regardent eux-mêmes, admirant leurs
pectoraux proéminents et leurs biceps gonflés, certains allant jusqu'à s'épiler les jambes. À quoi bon
être belle si personne ne vous regarde, si personne

ne vous désire, ne vous touche, ne vous caresse, si personne ne vous prend? Les paroles du dernier client au téléphone lui reviennent soudain : Trois fois heureuse, a-t-il dit. Est-elle trois fois heureuse? Elle a 38 ans, son mari en a 42, ils travaillent tous les deux, leurs occupations professionnelles ont peu à peu pris la plus grande place dans leur vie et, suivant le principe des vases communicants, ils font l'amour de moins en moins souvent. Plus jamais en fait, il lui semble. Ils ont une belle vie toutefois, ils ont de l'argent, ils voyagent, et pourtant Béatrice ressent un certain vide, un certain désœuvrement. Elle et son mari sont sans enfants et elle se demande si sa vie aurait trouvé son sens véritable si elle en avait eu un ou deux. Suis-je même une fois heureuse? se demande-t-elle.

Son mari, cadre supérieur dans le domaine bancaire lui aussi, a accepté, il y a quelques mois, un poste à l'étranger, et elle ira le rejoindre lorsque leur appartement sera prêt. À l'époque, elle s'était dit que ce changement de décor leur ferait du bien, six mois ensemble dans un autre pays les rapprocheraient peut-être et ramèneraient cette petite étincelle dans leur vie.

Finalement la machine fait entendre la sonnerie indiquant la fin du calvaire ! Quarante-cinq minutes sur l'elliptique, 461 calories, avec un rythme cardiaque moyen de 141 pulsations/minute, indique sa montre. Elle va chercher la bouteille de désinfectant, nettoie sa machine et se rend ensuite à la fontaine.

Elle se sent bien, comme toujours après ces efforts, légère, pure, l'esprit clair, comme si elle avait éliminé de son organisme toutes les toxines, autant physiques que psychologiques. Ce bien-être vaut bien tous ces efforts, se dit-elle, mais dieu que c'est dur ! Elle boit un peu d'eau, enfile son survêtement, puis se rend à sa voiture, rêvant de la fraîcheur de la piscine où elle plongera en arrivant chez elle.

On est au début du mois de mai, où sont venues s'immiscer hier et aujourd'hui deux chaudes journées d'été. Son mari doit partir demain, samedi, et il a pris quelques jours de vacances avant le départ. Ce matin il a joué au golf et, à l'heure actuelle, il doit sans doute être de retour à la maison, sirotant l'apéro au bord de la piscine.

En arrivant à la maison, Béatrice monte directement à sa chambre, se déshabille et se regarde dans sa psyché : sur la pointe des pieds, comme si elle portait des souliers à talons hauts, elle examine sa silhouette de dos, ses hanches, sa taille mince, puis de face, son ventre plat, ses seins, avec cette rondeur parfaite en dessous, et ce petit repli ombré où ne reste pas encore coincé un crayon. Honnêtement, elle se trouve très bien faite, plus belle que jamais. Néanmoins son mari ne la regarde plus ; quand ont-ils donc fait l'amour la dernière fois ? Elle ne se souvient pas. Le matin, lorsqu'il va à la douche, elle cajole doucement son «petit poisson glissant, dont la tête est bombée et gonfle lorsqu'on la caresse, dont le dos est arrondi et luisant», écrit Caroline Lamarche, qui devient bientôt «braise attisée», puis incendie et conflagration qui la secouent et l'éblouissent chaque fois. Comme elle savoure ce plaisir, ce bonheur, cette joie qui l'envahit, mais comme elle aimerait parfois rester couchée, jambes et bras ouverts, offerte, et sentir un doigt étranger, ou une langue, lentement glisser sur son petit poisson, le lécher longtemps, sans hâte : le temps s'arrêterait, elle s'envolerait, flottant sans fin, ravie, au septième ciel. Mais il y a longtemps, si longtemps… Son mari pourtant l'aime toujours, elle en est certaine, toutefois la passion entre eux semble disparue. Sa vie se terminera-t-elle de cette façon? Doit-elle s'éteindre à 38 ans? N'est-ce pas là la vie de sa mère, ou de sa grand-mère, cantonnées toutes deux si rapidement dans leurs fonctions maternelles, l'amante en elles rejetée, refusée, toute cette partie de leur vie ignorée, amputées de leur beauté, de leur sexualité, de leur être? Si mon mari venait au gymnase, se demande-t-elle, regarderait-il toutes ces jeunes femmes? Et elle se dit qu'elle devrait l'emmener justement, peut-être que leurs jeunes corps ranimeraient le désir en lui.

Elle descend à la piscine, nue, une robe de bain très légère jetée négligemment sur l'épaule, se disant que son mari va peut-être la prendre là, tout de suite, quand elle apparaîtra, si belle, magnifique en fait, et que, gémissant dans ses bras au moment où, impatient de désir, il la pénétrera si fort, elle reconnaîtra, éblouie, cet événement qu'elle attend depuis le matin. Il est étendu sur une chaise longue, absorbé par un dossier. Elle s'approche et se penche vers lui pour lui donner un baiser :

— Bonjour, Laurent.

Puis elle continue vers l'autre extrémité de la piscine. Elle a conscience de son corps nu au soleil, s'éloignant de son mari. Il ne peut pas ne pas regarder, se dit-elle, il ne peut pas ne pas s'apercevoir que je suis nue devant lui et que je suis belle.

— Bonjour, chérie, répond-il, sans lever les yeux de sa lecture.

Elle a toujours détesté se faire appeler chérie, elle a l'impression de se retrouver dans un vieux film français. Et il n'a même pas remarqué sa nudité, aucun compliment, pire même, aucun regard. Béatrice fait lentement le tour de la piscine, se rend à l'autre extrémité, laisse tomber son vêtement et place ses pieds sur le rebord, prête à plonger. Elle reste debout ainsi, sans bouger, contemplant ce qui s'offre à sa vue. Voilà toute ma vie, se dit-elle : un mari que j'aime et qui m'aime, une belle maison que nous avons planifiée et décorée ensemble, un beau jardin, cette piscine toute blanche avec ces scintillements azur. Voilà ce que j'ai voulu, c'était mon rêve.

Son mari l'ignore toujours ; elle s'étire, glisse ses mains sur ses fesses, ses hanches, son ventre, il ne bouge pas. Une haute haie entoure la piscine, personne ne peut la voir, mais elle aimerait que les voisins puissent l'apercevoir, détailler son corps, un adolescent peut-être, qui verrait une femme nue pour la première fois, qui se ferait jouir en la regardant, comme Eddie devant les dessous de Marion, dans le roman *Une veuve de papier*. Elle se demande d'où lui viennent ces pensées, elle se dit qu'elle perd la boule. À la fin elle hausse les épaules et plonge, savourant cette délicieuse sensation de l'eau froide sur son corps nu, qui s'infiltre partout, exactement ce dont elle rêvait lorsqu'elle suait sur sa machine infernale. Quel bonheur! Elle glisse sous l'eau jusqu'au bout de la piscine, refait surface devant son mari et retourne à son point de départ en nageant sur le dos, goûtant la fraîcheur, après avoir eu si chaud. Elle se laisse flotter, éblouie par le soleil, planant à la surface de l'eau, si légère, comme si seuls ses seins la maintenaient en équilibre entre l'eau et l'air. Elle refait une autre longueur sur le dos et sort de l'eau, s'attardant un peu devant Laurent, sciemment, puis refait lentement le tour de la piscine pour aller chercher sa robe de bain. Tout ce qu'elle veut, c'est que son mari la prenne dans ses bras et l'emmène dans la chambre pour lui faire l'amour. Elle se penche pour récupérer sa robe de bain; aucune réaction de sa part. Elle se redresse, lance sa robe de bain sur son épaule, revient vers la maison, passe en offrant son plus beau sourire et entre dans la maison.

Dans la douche chaude, elle se caresse longtemps, les yeux fermés, rêvant, et elle se dit qu'elle
est heureuse au moins une fois par jour.

Le soir, Béatrice et Laurent reçoivent quelques
amis à souper. Celle-ci, ne sachant ce qui la pousse,
décide de leur en mettre plein la vue, à son mari
et à tous ces gens. Comme disait elle ne sait plus
qui, on doit exhiber ses seins quand ils sont beaux,
on doit se montrer quand on est belle, pas quand
on est vieille et qu'on se dit : J'aurais donc dû. Elle
choisit cette robe qu'elle n'a pas portée depuis si
longtemps, elle l'enfile par-dessus la tête et voilà,
elle est prête : la robe est blanche, avec des trous
un peu partout, dans son dos, sur son ventre, au
bas de sa hanche, près de l'aréole du sein gauche.
La robe lui va à ravir, elle est certaine de faire un
malheur.

Son mari la voit descendre l'escalier vers les
invités déjà arrivés et c'est comme si le silence
descendait avec elle : les hommes, craignant une
scène plus tard, regardent niaisement leurs femmes,
celles-ci ressentent un puissant pincement de jalousie. Seule Louise, la meilleure amie de Béatrice,
applaudit, Laurent ne sachant s'il doit rire ou pleurer. Béatrice fait le tour, serre des mains, laissant
ses yeux s'attarder parfois sur certains invités, mais
aucun homme n'ose la regarder, tous détournent

rapidement le regard, aucun n'a le courage de lui dire qu'elle est belle.

Au cours de la soirée, Pierre, un des amis de son mari, exige soudain le silence et, solennel comme lors d'une demande en mariage, informe tout le monde que les actions de sa femme Christiane ont monté de 0,54 $ pendant la journée à la Bourse; il s'approche alors d'elle, la seule fois de la soirée et, avec un rire gras et un regard lubrique, lui pose un baiser moite sur la joue. Christiane, sans doute résignée depuis longtemps à ces amours boursières, sourit piteusement. Que pouvait bien goûter ce baiser? s'est demandé Béatrice. Ce n'était pas du désir, ce n'était pas de la passion, ce n'était pas de l'amour, il n'y avait rien de sexuel dans ce geste; qui sont donc ces hommes qui ont des gestes d'amour seulement quand les actions de leur femme montent en bourse? Pierre ressentira-t-il du désir ce soir parce que Christiane est plus riche? Comptera-t-il les coups de reins en la pénétrant, en imitant des bruits de caisse enregistreuse, se croyant drôle, pour jouir exactement à la cinquante-quatrième poussée en elle? Combien d'hommes présents ici ce soir ont fait l'amour à leur femme aujourd'hui, s'est-elle demandé finalement, combien le feront en rentrant? Examinant rapidement tous les couples qui l'entourent, Béatrice n'en voit aucun où elle sent vivre la passion, le désir, l'amour. Est-ce donc là la vie? conclut-elle Et elle est forcée de constater que son mari est devenu comme ces hommes: il l'embrasse sans ferveur, sur le front parfois, et il ne la prend plus le matin, avant le travail, ni le soir, impétueusement, après une réception.

Elle se souvient de ces matins où, au réveil, il se collait contre elle et la prenait en saillie, longtemps, si longtemps, elle le sentait en elle, si gros, et elle était comblée, rassasiée, complète ; ces matins remontent-ils donc à un autre siècle ? Que s'est-il passé ? Elle ne peut mettre une date sur le moment où tout ça a disparu, ni se souvenir comment. Est-ce la routine qui a tué notre passion ? se demande-t-elle. Elle aussi est coupable de cet état de choses : n'a-t-elle pas fait semblant de dormir certains soirs où son mari aurait aimé faire l'amour ? Ou s'est-elle résignée, après avoir été peu à peu délaissée, à se concentrer sur son travail ? Mais pourquoi, s'interroge-t-elle, pourquoi ? L'amour n'est-il pas ce qu'il y a de plus important ? Pourquoi laisser autre chose prendre la place ? Et ces autres choses, les amis, les loisirs, les voyages, aujourd'hui elle se rend compte que c'est du vent, elle se retrouve à 38 ans, en manque d'amour, de passion, de baisers. Pourtant, se dit-elle en même temps, je ne suis pas malheureuse, et elle prend conscience immédiatement de ce que cette formulation implique : Je ne suis pas malheureuse, comme c'est pitoyable. Les mots du client au téléphone lui reviennent encore : Trois fois heureuse, a-t-il dit. Non, elle n'est pas malheureuse, mais elle a oublié ses rêves, ses exigences, elle a oublié l'amour, elle passe à côté de la vie.

Ce soir-là, sans savoir pourquoi, elle boit plus que de coutume, elle se retrouve rapidement ivre et doit bientôt monter se coucher. Son amie Louise l'accompagne pendant que son mari explique que sa femme travaille beaucoup et qu'elle souffre de surmenage.

— Qu'est-ce que tu as à boire tant? demande Louise.

— Je ne sais pas, répond Béatrice, les yeux soudain remplis de larmes. Tu as vu tous ces hommes sans couilles; on se mettrait toutes nues et ils regarderaient ailleurs. Trois fois heureuse…

— Mais qu'est-ce qui t'arrive, tu pleures? Et qu'est-ce que tu racontes?

— Tu crois que notre vie va se terminer ainsi, la routine, plus d'excitation, aucun homme qui flirte avec nous?

— Je sais, c'est nul, les hommes, ils ont tous peur de nous. Et quand tu te déshabilles comme tu l'as fait ce soir, ils ont encore plus peur. En passant, je suis jalouse, tu es magnifique, et ce sont tous des cons.

— T'as vu Guy et sa femme? On dirait qu'ils sont frère et sœur. On a fait un voyage avec eux, il y a deux ans. C'était la première fois qu'ils voyaient l'Italie. Croirais-tu que, pendant quatre semaines, jamais ils ne se sont pris la main, jamais ils ne se sont embrassés, quatre semaines, tu te rends compte, sans aucun geste d'amour! Se retrouver à Venise pour la première fois de sa vie et ne pas tomber dans les bras l'un de l'autre, tu imagines... Et Laurent qui voudra sans doute faire l'amour tantôt...

— Ne t'inquiète pas, je lui dirai que tu as été malade et que tu as besoin de sommeil. De toute façon, il part seulement demain en soirée, n'est-ce pas, alors vous aurez le temps demain après-midi.

— Merci, Louise, tu es vraiment ma seule amie. J'ai hâte de partir avec toi, on sera bien, dix jours au bord de la mer.

Lorsque Laurent vient la rejoindre au lit, Béatrice ne dort pas encore, mais elle ne bouge pas, retenant ses larmes. Ils restent là tous les deux, sans parler, attendant que l'autre pose le premier geste. Finalement il s'endort. Longtemps Béatrice reste éveillée, se demandant ce qui lui arrive et ce qu'elle va faire après le départ de son mari.

Samedi, 6 mai

Toute l'avant-midi, l'atmosphère est un peu tendue entre Béatrice et Laurent, ils ne parlent pas beaucoup, alors ils se concentrent sur les derniers préparatifs, vérifiant passeport, billets, contenu des valises, etc. Laurent doit être à l'aéroport vers 16 h, l'avion part pour Paris à 19 h et, demain dimanche, ce sera l'Afrique. Tout est prêt à 14 h et Laurent se dirige vers la douche. Sur un coup de tête, Béatrice, incapable de laisser partir son mari comme ça, sans rien faire, décide de le rejoindre, comme quand ils étaient jeunes. Il dira peut-être non, se dit-elle, mais il saura ce que je veux. Son mari n'est plus aussi sexy qu'avant, il prend un peu de ventre et il a des bourrelets sur les hanches, un kilo par année pendant dix ans, comme on dit, mais elle a besoin de faire l'amour. Laurent est un peu surpris de la voir arriver dans la douche, mais elle ne lui laisse pas le temps de dire un mot: sous le jet d'eau chaude, elle se colle contre lui, prend sa bouche goulûment. Puis elle passe sa jambe droite par-dessus sa hanche et dirige son sexe en elle. L'eau dégouline sur leurs corps et ils n'entendent que leurs plaintes de plaisir.

— Béa, dit Laurent, étonné, ravi.

— Viens.

Ils sortent de la douche et Béatrice entreprend de le sécher, passant une serviette partout sur son corps, doucement, puis elle l'emmène dans la chambre, l'étend sur le lit et s'empale sur son sexe, les yeux fermés, faisant lentement pivoter son bassin. Elle se penche vers lui, lui offre sa bouche, ses seins, et Laurent, au comble du plaisir, se demande pourquoi ils ne font pas l'amour plus souvent. Béatrice prend son temps, fait monter son plaisir, ralentit. Elle se surprend à penser à ces filles au gymnase, montant et descendant sur des machines au lieu de faire l'amour comme elle le fait en ce moment, et elle ressent une petite victoire. La voix de l'inconnu résonne de nouveau dans sa tête, trois fois heureuse et, submergée de désir soudain, elle accélère le vibrato de ses doigts sur son sexe, elle geint de plus en plus, les épaules secouées, les seins bondissants, et bientôt elle se brise, se casse, se disloque et s'effondre de tout son long sur son mari, en pleurant. Laurent, ému, la tenant serrée entre ses bras, murmure :

— Béa chérie, tu m'enlèves le goût de partir.

— Il y a si longtemps, Laurent.

— Je sais, je regrette.

— Hier, je suis arrivée à la piscine toute nue et tu ne m'as même pas regardée.

— Je te demande pardon.

— Tu sembles avoir perdu le goût de me faire l'amour.

— J'ai été très occupé dernièrement, je sais. Lorsque tu arriveras en Afrique, on va tout recommencer, tu vas voir.

— Hier soir, j'ai mis ma robe la plus sexy, tu ne t'es même pas approché de moi, tu semblais embarrassé.

— Oui, je ne savais pas comment réagir. Je t'ai trouvée magnifique et, en même temps, j'avais peur de la réaction de nos amis.

— Tu les as vus, tes amis ? Ces gens n'ont aucune passion entre eux, aucun désir, tout ce qui les intéresse, c'est l'argent ; Pierre ne s'excite sexuellement que lorsque les actions de Christiane montent. Nous sommes devenus comme eux.

— Tu exagères, non ?

— Quand avons-nous fait l'amour la dernière fois ?

— …

— Tu ne t'en souviens pas, n'est-ce pas ? Quand m'as-tu demandé récemment de ne rien porter sous ma robe ? Quand m'as-tu chiffonnée avant une sortie ?

— Béa…

— Je ne veux pas vivre comme ces gens-là. Je veux être ce qu'il y a de plus important dans ta vie, avant ta réussite, avant tes promotions, avant tout. Je ne veux pas que tes actions à la Bourse soient plus importantes que moi. Je veux que tu me caresses quand tu en as le goût, peu importe ce que je fais. À partir de maintenant, je ne te dirai jamais non, je veux que tu touches mes seins en passant, que tu prennes mes fesses, que tu passes ta main entre mes jambes n'importe quand, n'importe où. Je veux que tu me demandes d'enlever mon soutien-gorge, au restaurant ou au théâtre, comme avant. On dirait que l'amour est devenu quelque chose d'acquis, qu'on peut remiser en disant : Bon, voilà une bonne chose de faite, n'en parlons plus. C'est si facile de vivre comme on le fait maintenant, sans passion, sans désir, comme Pierre et Guy avec leur femme. Elles ne sont plus leurs femmes, elles sont devenues leurs sœurs ! Je ne veux pas être ta sœur, je veux être ta femme, ta maîtresse, ton amante.

— Béa, je t'aime, tu le sais.

— Je ne veux pas savoir que tu m'aimes, je veux le sentir sur ma peau, jusqu'au fond de moi! Je veux avoir mal d'avoir trop fait l'amour, je veux que mes seins soient sensibles parce que tu les as trop sucés, je veux avoir des bleus sur les hanches et les fesses parce que tes mains les triturent lorsque tu jouis. Je veux, au bureau, avoir le goût de me caresser en pensant au plaisir que tu m'as donné la veille ou le matin. Je veux que tu aies les mêmes goûts et que tu sois obligé de sortir pour m'acheter des dessous parce que tu as trop envie de me faire l'amour. Je veux que l'amour soit une chose toujours à faire, je veux que tu sois inquiet pour moi, que tu te demandes si je t'aime encore, je veux que tu me combles, et je vais aussi te combler. Voilà ce que je veux, je ne veux pas que tu m'aimes avec ta tête, je veux que tu m'aimes avec tes mains, ta bouche, ton sexe, je veux que tu aimes mes jambes, mes fesses, mon dos, tout mon corps. Je ne te dirai plus jamais non, si tu me promets de ne plus jamais me dire non. Ainsi, quand on sera bien vieux, on n'aura aucun regret. Tu ne feras pas comme mon père qui, à 70 ans passés, se couchait sur le canapé du salon en laissant sa robe de chambre ouverte sur sa nudité, s'imaginant pouvoir rattraper tout ce temps où il a ignoré sa femme. Et je ne serai pas comme ma mère, qui croyait qu'elle devait encore dire oui à ce vieil homme frustré qui l'avait laissée de côté pendant qu'elle était belle et désirable.

Laurent la prend dans ses bras et l'embrasse longtemps. Il se couche sur elle, mais elle se retourne et se met à genoux, l'invitant à la prendre en adoration, sachant très bien que, dans cette position, son plaisir à lui sera décuplé. Elle ferme les yeux, se disant que c'est tout ce qu'elle désire dans la vie : être aimée, caressée, prise, emportée, transportée par l'amour d'un homme.

— Comment vais-je vivre sans toi jusqu'à la fin juin ? demande-t-il.

— Tu peux faire comme tu fais dans la douche, non ?

— Tu m'as vu ?

— Non, mais je sais.

— Tu es choquée ?

— Non, je le fais en même temps dans le lit.

— Tu m'excites.

— Si tu savais comme tu me fais plaisir, voilà tout ce que je veux, que tu me trouves excitante, plus excitante que tout.

Ils rient, retrouvant cette connivence à nulle autre pareille, cette complicité si profonde que seul le plaisir sexuel partagé peut créer. Béatrice se souvient de leurs premières années ensemble, quand il la prenait ainsi, longtemps, si longtemps qu'elle demandait grâce, ankylosée, les bras et les cuisses en feu. Où était donc passé ce Laurent si sexy, si gourmand, si amoureux ? Elle le retrouve mainte-nant, le jour de son départ. Bientôt, il agrippe ses hanches de toutes ses forces, la tenant serrée contre lui, et il jouit violemment, si intensément, et s'abat sur le lit, ébloui de tant de plaisir. Ils restent ainsi pendant un long moment, reprenant leur souffle, s'assoupissent finalement, et c'est Béatrice qui s'éveille en sursaut. Il est 16 h :

— Laurent, il faut partir, nous sommes en retard !

En arrivant à l'aéroport, ils ont à peine le temps de s'embrasser, Laurent la serre contre lui, glisse une main sous sa robe, ils rient, se regardent, ravis, mais il doit passer très vite les douanes. Voilà, il est parti, et Béatrice se retrouve seule, surprise de se sentir si bien, si calme, sereine, comme à l'aube d'une nouvelle vie. Elle a plus de six semaines devant elle, elle pourra réfléchir à sa vie, réévaluer sa situation professionnelle et matrimoniale. À 40 ans, ne dit-on pas qu'un changement de vie est souhaitable, recommandé même ? Elle ne veut pas divorcer, elle aime encore Laurent et il l'aime aussi. Mais leur vie a pris un tour ennuyeux, routinier, prévisible, et il faudra changer tout cela. Lorsqu'elle ira le rejoindre en Afrique, ils auront six mois ensemble pour se retrouver.

Trois fois heureuse sonne encore dans sa tête. Oui, je serai trois fois heureuse, se dit-elle.

Le même soir, elle soupe avec son amie Louise. Elles ont tellement de plaisir, buvant un peu trop, riant comme des folles.

— Que vas-tu faire de ces six semaines ? demande Louise.

— Je ne sais pas, mais il me semble que je suis tellement heureuse. Ce n'est pas parce que Laurent est parti. Tu sais, on a fait l'amour cette après-midi, et ç'a été super. Il ne voulait plus partir. Et pour lui donner encore plus de regrets, je suis allée le reconduire en enfilant seulement une robe, rien dessous.

— Mais qu'est-ce qui te prend de te déshabiller ainsi, comme hier soir aussi?

— Tout ce que je sais, c'est que je me sens bien, j'ai le goût de vivre, de faire l'amour et d'être sexy.

— Pour être sexy, tu l'es. Je suis certaine que tu vas me voler la vedette à Martha's Vineyard.

— On part quand?

— Le 7 ou le 8 juin, je dois vérifier. Dix jours au bord de la mer, ce sera extra, non?

— Oui, je suis très contente de partir avec toi. Le temps passera plus vite. Au retour, il ne me restera qu'une dizaine de jours avant le grand départ. Tu imagines, partir jusqu'à Noël.

— Tu as obtenu facilement les six mois sabbatiques?

— Oui et non.

— Je vais m'ennuyer.

— Si on allait dans un bar, là, tout de suite?

— Vraiment? Tu es sérieuse?

— Pourquoi pas? Ça fait si longtemps, on va voir si on peut encore attirer les hommes.

— Ça n'est pas ton genre, non? Tu n'as jamais aimé les bars.

— Je sais, mais ce soir, j'en ai envie.

— D'accord, allons-y.

Et elles entrent dans ce bar, vers minuit, retournant presque sur leurs pas dès la porte franchie, agressées par la musique trop forte et la fumée des cigarettes. Elles restent toutefois, s'arrêtant d'abord dans l'entrée afin d'habituer leurs yeux à l'obscurité ambiante, discernant peu à peu des silhouettes, des hommes et des femmes, si jeunes qu'elles ont le goût encore une fois de décamper. Elles trouvent finalement une table. Après avoir commandé des consommations, elles observent cette faune, si loin de leur vie présente, si différente, si étrange pour elles. Des hommes les approchent, elles parlent un peu, rient, voyant si clairement dans leur jeu que c'en est navrant, ces approches toutes pareilles, si conventionnelles, si prévisibles, elles qui pensaient pouvoir être surprises, croyant que, depuis tout ce temps, les hommes avaient changé leurs méthodes. Après un verre, elles sortent, les tympans défoncés, puant la cigarette, dégoûtées, déçues, pressées de rentrer et de se laver pour chasser cette odeur repoussante qui imprègne leurs vêtements.

Lundi, 8 mai

Béatrice s'éveille avec le même sentiment de bonheur qui l'habite depuis quelques jours. Elle se lève rapidement, se dirige vers la douche en chantant. Que se passe-t-il donc? se demande-t-elle: mon mari est parti, je suis seule pour les six prochaines semaines et je me sens tellement bien. Après la douche, elle s'habille avec soin, choisissant une robe qui lui va à ravir.

Le téléphone sonne. Il est 8 h. Elle décroche.

— Allo…

— Bonjour, Béa.

— Laurent! Tu es gentil, je suis si contente…

— Tu as l'air de bonne humeur.

— Je suis en grande forme, et toi?

— Moi aussi. Un peu fatigué, mais tout va bien.

— Tu es bien installé?

— Oui et non. Toutes les choses que nous avons expédiées auparavant sont là, mais je vais déballer le minimum. Une chance que tu n'arrives pas tout de suite. J'aurai le temps de trouver un appartement pour nous. Celui-ci est bien, mais pas pour deux.

— Et le travail?

— Aujourd'hui, j'ai rencontré mes nouveaux collègues. Ça devrait aller. Et toi?

— Je me prépare pour ma journée. Le bureau, la routine, toujours pareil, mais je dors bien et je me réveille en pleine forme.

— Tant mieux. Je te téléphonerai toujours vers cette heure, ça va?

— Oui, c'est parfait, juste avant que je parte au travail.

— Je ne peux pas te dire d'avance la journée où je téléphonerai.

— Oui, je comprends.

— J'aurai bientôt un accès Internet ici à l'appartement. Je m'ennuie un peu, tu sais.

— Moi aussi.

— On dirait que de ne plus te voir m'a fait réaliser que je t'aimais.

— Tu vas me faire pleurer maintenant.

— Non, ne pleure pas, nous sommes heureux, non?

— Oui, c'est vrai.

— Bonne journée! Je t'aime.

La route vers le bureau lui semble si courte et si jolie. La circulation est lourde, mais rien ne semble pouvoir entamer sa bonne humeur. Elle écoute la radio, la belle musique de Radio-Canada, toujours habitée par cette joie nouvelle.

Au bureau, tous la complimentent sur sa mine superbe, soulignent cet éclat nouveau de ses yeux et cette robe qui lui va si bien.

— As-tu perdu du poids? entend-elle.

— Oui, peut-être un peu.

— Tu es magnifique, lui chuchote un homme.

— Merci, répond-elle, se disant: Enfin, un homme qui me regarde comme une femme.

— On pourrait aller prendre un verre, un soir, peut-être.

— Merci, tu es gentil, mais elle sait, sans pouvoir se l'expliquer, que cet homme n'est pas à l'origine de son bonheur nouveau.

Elle se rend à son bureau. Autour d'elle, il y a tous ces ordinateurs projetant cette lumière artificielle, une quinzaine de personnes figées devant leur écran, pétrifiées, comme prises au piège dans la toile d'araignée bleue par laquelle on voit le monde moderne, coiffées de ces casques d'écoute qui leur permettent de parler à leurs interlocuteurs tout en gardant les mains libres. Béatrice arrive à son poste, s'assied et se prépare à faire sa journée, vérifiant que tout est à sa place et que tout fonctionne normalement. Il n'est pas encore l'heure d'ouvrir son canal téléphonique et elle observe ses confrères, tous concentrés sur leur écran, en se demandant s'ils ont fait l'amour en fin de semaine; elle fait des statistiques, essaie de compter combien d'hommes ici se sont fait plaisir ce matin dans la douche parce que leur femme leur a dit non la veille. Elle repense à la surprise de Laurent quand elle est entrée dans la douche, à leur session d'amour samedi après-midi, elle en frissonne encore de plaisir et, sans qu'elle sache pourquoi, elle entend de nouveau les paroles du dernier client de vendredi: Trois fois heureuse. Comment se fait-il que ces paroles me reviennent toujours? se demande-t-elle. Elle se souvient de la douceur de sa voix, se remémore maintenant clairement ce trouble qui l'a envahie, cette émotion qui l'a soudain submergée lorsqu'il lui a expliqué le sens de son nom, et elle a une idée.

Elle tape Charles Sormany, clique sur Chercher et deux cas apparaissent. Par chance, il ne s'appelle pas Jean Tremblay, se dit-elle. L'un réside à Saguenay, l'autre à Montréal. Elle choisit celui de Montréal et

voilà que l'écran déroule le dernier mois de la vie
de Charles Sormany, si bien qu'elle peut le suivre
à la trace : son nom, sa date de naissance, son
adresse, son numéro de téléphone à la maison, puis
les épiceries, restaurants, succursales SAQ, postes
d'essence, librairies, etc., avec la date de chaque
transaction, l'heure, le nom du commerce et le
montant dépensé. Le dossier affiche d'abord les
dernières transactions, celles de la récente fin de
semaine donc, puis remonte jour après jour jusqu'au
début du mois. Elle sait donc qu'il est allé au
cinéma, samedi, à 17 h, à l'Ex-Centris, au moment
où elle se trouvait à l'aéroport. Il a payé 9,00 $. Il
était peut-être seul, se dit-elle. Elle peut aussi afficher les trois mois précédents. Béatrice jette un coup
d'œil autour d'elle : les 15 autres agents sont tous
occupés. Elle décide d'imprimer tout le dossier,
environ une dizaine de pages, afin de pouvoir l'étudier chez elle, à tête reposée. Elle clique sur la
commande Imprimer et se dirige immédiatement
vers l'imprimante centrale. En quelques secondes,
elle récupère les neuf pages, revient à son bureau
et les glisse dans une chemise qu'elle range dans
son classeur ; elle les transférera dans son porte-
documents plus tard.

L'avant-midi passe, elle refuse les invitations à
dîner, prétextant une course et, quand midi sonne,
elle ramasse ses effets, tout le dossier de Charles
Sormany, et s'éclipse. Elle se dirige vers sa voiture,
démarre rapidement et se rend sur le mont Royal.

Elle trouve une place pour se garer et ouvre fébrilement son porte-documents pour consulter le dossier, ne comprenant pas pourquoi son cœur bat à
tout rompre. Elle apprend qu'il a 26 ans, seulement
26 ans, s'émerveille-t-elle, et elle se dit qu'elle
devrait jeter toutes ces feuilles, mais c'est plus fort
qu'elle, elle continue à lire à droite et à gauche;
elle apprend ainsi qu'il fréquente un club sportif,
qu'il semble faire le plein pratiquement toujours à
la même station, qu'il achète ses livres toujours à
la même librairie, ses denrées à la même épicerie.
Se rendant compte bientôt qu'il est temps de retourner au travail, elle fourre les pages dans la boîte à
gants de sa voiture.

L'après-midi passe vite, avec des clients sans
cesse, et il est bientôt temps de rentrer.

Le soir, après avoir mangé rapidement tant elle
a hâte d'examiner le dossier de Charles Sormany,
elle s'installe à sa table avec un verre de vin:

— À nous deux, Charles Sormany, dit-elle à voix
haute.

Elle étale les neuf pages sur la table et décide
de travailler avec méthode. Elle regroupe les transactions en les surlignant selon certaines couleurs:
bleu foncé pour l'essence, une fois par semaine,
parfois deux, quelquefois à Sainte-Adèle; bleu pâle
pour l'épicerie, trois ou quatre fois par semaine;
rouge pour le vin, une ou deux fois par semaine, à
l'occasion à Sainte-Adèle aussi; vert émeraude pour
le cinéma, etc. Elle découvre aussi une transaction

qui lui procure à la fois plaisir et envie : il y a trois
mois, cet achat dans une boutique de dessous féminins. Plaisir parce qu'elle sait alors que Charles
Sormany semble aimer les femmes, et envie parce
qu'elle sait du même coup qu'il n'en aime, ou n'en
aimait, qu'une seule. La facture s'élève à 275 $, ce
qui est quand même beaucoup ; elle note le nom
de la boutique et décide qu'elle ira y faire un tour
dans les jours qui suivent. Il y a également un fleu-
riste, une fois il y a trois mois aussi. Puis plus rien,
aucune fleur, aucuns dessous féminins. Elle surligne
ces transactions en rose, évidemment. Il y a ensuite
les restaurants, en marron, et elle découvre qu'il ne
les fréquente plus (deux fois il y a trois mois toujours), sinon qu'il va déjeuner tous les week-ends,
samedi et dimanche matin, à La Brûlerie, rue Saint-
Denis, et qu'il en sort, selon l'heure de la transaction, vers 9 h 15 le samedi et 10 h 15 le dimanche.
Elle se demande pourquoi cette différence et elle
téléphone aussitôt à La Brûlerie où on lui apprend
que le samedi, on ouvre à 8 h, et le dimanche, à
9 h. Charles doit donc arriver assez tôt car, de l'endroit où il vit jusqu'au café, elle calcule qu'il doit
mettre une bonne vingtaine de minutes en voiture.
Donnons-lui 45 minutes à une heure pour déjeuner
tranquillement, dit-elle à haute voix, en lisant le
journal ou un roman, et il doit donc arriver peu
après l'ouverture. Quel lève-tôt, constate-t-elle aussitôt, il n'est donc pas paresseux, il ne traîne pas
au lit. Il ne doit pas sortir tard non plus la veille,

ou alors s'il rentre tard, il a cette discipline de toujours se lever tôt quand même. Elle remarque qu'il ne semble pas fréquenter les bars, puisqu'elle ne trouve aucune facture pour ces endroits, et elle s'en réjouit.

Il y a les achats de livres également, ce sont les transactions les plus importantes, qu'elle surligne en gris, et elle découvre qu'il dépense une petite fortune en bouquins. En consultant le calendrier et en recoupant les dates, elle constate qu'il achète ses livres le samedi matin, après son déjeuner, rarement le dimanche, et toujours à la même librairie, d'après les factures. Comme il quitte le restaurant vers 9 h 15 et la librairie vers 11 h, elle en déduit qu'il doit passer beaucoup de temps à bouquiner et qu'il doit être heureux de se trouver simplement dans une librairie. Comme on peut en découvrir des choses à partir d'un simple dossier de transactions, se dit-elle.

Essayant de tracer le portrait de Charles Sormany, elle conclut qu'il est un jeune homme rempli d'énergie (lève-tôt, même le samedi et le dimanche), soucieux de sa forme physique (gymnase) et intellectuelle (librairie), s'intéressant aux arts (lecture et cinéma), qu'il ne se déplace pas beaucoup (essence seulement une fois par semaine), qu'il déjeune au même restaurant tous les week-ends. Il y a ces achats de dessous féminins et de fleurs, il y a trois mois, qui indiquent qu'il devait y avoir une femme dans sa vie à ce moment-là, et qu'elle n'y est peut-être plus, puisque ce type d'achats a disparu, et qu'il ne paye qu'un seul billet au cinéma, mais elle se dit que, dans le monde d'aujourd'hui, la femme paierait pour elle-même. Ces achats de dessous et de fleurs la séduisent infiniment et, ne pouvant résister, elle glisse son doigt sur les lignes roses de ces transactions.

— Tu aimes les livres et les femmes, dit-elle à haute voix.

Elle va sur Internet, tape le nom de la boutique de dessous féminins et note l'adresse dans son carnet.

— Il a dépensé 275 $ quand même, ce n'est pas rien.

Béatrice monte ensuite à sa chambre, emballée par ses découvertes. Se préparant à se mettre au lit, elle essaie d'imaginer l'homme qu'elle connaît déjà un peu, son allure, la couleur de ses cheveux, de ses yeux.

— Charles Sormany, tu es brun, tu as les yeux marron; tu mesures environ 1,75 m, tu es mince, toujours bien mis et propre. Le samedi matin, tu n'as peut-être pas fait ta barbe. Tu ne portes pas de verres; si jamais tu en portes, ils ajoutent à ton charme, te donnant un petit air intellectuel derrière lequel tu caches ton goût pour la douce chair des femmes. Tu dois bien cuisiner, choisir les vins avec soin. Tu me plais beaucoup.

Et elle se couche avec cette hâte de s'éveiller le lendemain pour continuer ses recherches sur ce jeune homme. Elle se demande ce qui lui arrive, de s'intéresser ainsi à cet inconnu, de consulter son dossier. Tout ça est illégal, elle le sait, mais elle s'en fout, ne pouvant s'empêcher de sourire, de rire même, comme si elle jouait un tour à la vie, et elle s'endort rapidement.

Samedi, 13 mai

Béatrice arrive à la Brûlerie vers 8 h 45. Elle a passé la semaine à établir son plan, à étudier soigneusement le dossier de Charles. Les animaux sont des êtres de routine, et les humains ne sont pas différents. C'est d'ailleurs la base sur laquelle s'appuient les institutions de crédit, Béatrice est bien placée pour le savoir. Ces institutions vous voient agir toujours selon les mêmes habitudes, la même routine et, si l'une de vos actions s'écarte subitement du modèle connu, l'ordinateur bloque la transaction et vous entendez : Veuillez téléphoner à votre banque. Béatrice a donc pu établir que Charles quitte La Brûlerie toujours entre 9 h 10 et 9 h 25 le samedi matin, et entre 10 h et 10 h 15 le dimanche matin. Elle doit donc être présente à La Brûlerie à ce moment et surveiller les gens qui passent à la caisse. En vérifiant l'heure de la transaction apparaissant au dossier de Charles, lundi au bureau, elle devrait pouvoir l'identifier.

Béatrice s'installe à une table d'où elle peut facilement surveiller la caisse. Le café bourdonne d'activité, farandole quotidienne de serveuses et de clients s'entrecroisant sans fin. Vers 9 h 10, un client se lève pour se rendre à la caisse, mais ce ne peut être Charles, se dit-elle, Charles a seulement 26 ans, et celui-ci en a au moins 35. Elle reprend la lecture de son journal, tout en restant aux aguets. Une femme passe à la caisse, puis un groupe d'adolescents bruyants. Finalement, il y a ce jeune homme qui se lève, il était assis à la table près de la fenêtre qui donne sur la rue. Elle l'observe du coin de l'œil, le voit présenter au caissier une carte portant le nom de l'institution de crédit où elle travaille. Au moment où le caissier lui donne la facture à signer, Béatrice regarde l'heure à sa montre : 9 h 18, qu'elle note dans son calepin. Elle attend jusqu'à 9 h 30, mais plus aucun homme ne s'amène à la caisse. Si Charles était là ce matin, et qu'il a été fidèle à ses habitudes, il devrait avoir passé à la caisse à 9 h 18, se dit-elle, en terminant son déjeuner, lentement, contente de sa petite expédition d'espionnage. Elle se trouve drôle, malicieuse, et se dit qu'elle reviendra le lendemain matin.

C'est trop palpitant, se dit-elle.

Toute la journée, elle vaque à ses occupations, ses pensées habitées par ce jeune homme aperçu à la caisse de La Brûlerie. Elle sourit malgré elle, si gaie, si légère. Le soir, elle fait une longue promenade, seule, ne voulant voir personne, repassant dans sa tête les images enregistrées le matin même. Après sa marche, elle reste longtemps dans son bain, renouvelant souvent l'eau chaude, sirotant un dernier verre de vin, imaginant des hasards, des rencontres, inventant des péripéties, échafaudant des scénarios. Il est si facile de rêver.

Dimanche, 14 mai

Béatrice se lève en pleine forme, le temps s'annonce superbe et elle se prépare à retourner à La Brûlerie. Elle veut se faire très belle, au cas où Charles la regarderait. Elle chantonne en se maquillant, choisit une jolie robe, ramasse ses affaires et, au moment où elle ouvre la porte pour sortir, elle entend la sonnerie du téléphone. Il est 9 h 40, elle se dit que c'est Louise, pire encore, sa belle-mère. Elle décide de ne pas répondre, ferme la porte, puis se ravise, rentre en courant et décroche.

— Allo?

— Bonjour, Béa.

C'est Laurent. Béatrice est prise de court, elle ne s'attendait pas à un appel de son mari. En fait, elle se rend compte que, dans sa joie de partir pour revoir Charles, elle a complètement oublié Laurent, comme si la distance et le temps depuis son départ l'avaient évacué de son esprit, de sa vie, comme si Laurent n'existait plus.

— Béa?

— Oui, oui, c'est gentil de me téléphoner, réussit-elle à dire.

— Tout va bien? Tu es tout essoufflée.

— Oui, tout va bien, je me préparais à sortir pour aller déjeuner avec Louise, et j'ai dû rentrer en courant pour répondre.

— Vous préparez votre voyage à la mer?

— Oui, exactement, nous avons tellement hâte, répond Béatrice trop vite, contente de cette diversion. À mon retour, il ne me restera que dix jours avant mon départ.

— Je compte les jours, tu sais. Quel temps fait-il chez nous?

— Superbe. Un dimanche magnifique. Et toi, ça va? demande-t-elle, en regardant sa montre, réalisant qu'elle arrivera probablement trop tard à La Brûlerie.

— Oui. Aujourd'hui, j'ai joué au tennis avec un confrère. La société nous offre des abonnements au centre sportif. Je rentre à l'instant, et j'ai eu le goût d'entendre ta voix. Une semaine déjà que je suis parti.

— Oui, en effet, dit Béatrice, qui a l'impression que ça fait un mois. Et ton travail?

— Ça va, tout le monde est gentil et c'est très intéressant finalement. Toi?

— Oh, la routine, tu sais ce que c'est. Ce voyage au bord de la mer va me faire beaucoup de bien. Je travaille trop, je crois. Il me semble que je passe à côté de la vraie vie.

— Mais qu'est-ce que tu racontes?

— Rien, je me demande parfois si nous menons la vie dont nous avions rêvé.

— Tu n'es pas heureuse?

— Si, si, mais tu sais ce que c'est: on travaille comme des forcenés et on ne voit pas le temps passer.

— Tes vacances arrivent, et tu viens me rejoindre dix jours après.

— Oui, j'ai bien hâte.

— Te parler me fait beaucoup de bien. Je t'aime, tu sais.

— Moi aussi, Laurent, entend Béatrice, qui reconnaît à peine sa propre voix, neutre, comme si quelqu'un d'autre parlait à sa place.

— Alors passe une bonne journée et salue Louise de ma part.

— Je n'y manquerai pas. Tu sais, moi aussi, je m'ennuie de toi, dit Béatrice mécaniquement, regardant encore sa montre, en espérant que Laurent ne remarque pas son manque d'enthousiasme.

Béatrice raccroche, abasourdie, complètement chamboulée. Une semaine seulement que son mari est parti et elle a l'impression que ça fait tellement longtemps, si longtemps qu'elle a eu le temps de se fabriquer une autre vie: tous ces scénarios qu'elle a imaginés depuis une semaine ont rendu Charles tellement présent, et Laurent tellement absent. Ce qui la surprend le plus, c'est qu'elle n'arrive pas à se sentir coupable de vouloir revoir Charles.

— Comment est-ce possible? se demande-t-elle.

Elle regarde sa montre, il est presque 10 h, trop tard pour voir Charles. Tout allait si bien, la journée s'annonçait agréable, elle en rêvait depuis son réveil, inventant des scènes charmantes : Charles la remarquait, lui parlait, ils entamaient une conversation. Ce coup de fil a fait s'écrouler tout ce beau château en Espagne qu'elle avait échafaudé.

— Que faire maintenant ?

La journée s'annonce longue et ennuyeuse, tous ses rêves évanouis. Mais elle a soudain une idée qui lui rend toute sa bonne humeur.

— Je vais aller à sa librairie. Peut-être y sera-t-il.

Ce qui frappe Béatrice, en entrant dans cette librairie de quartier, c'est la paix qui y règne, comme si les gens parlaient moins fort, comme si on se retrouvait dans un lieu saint, et elle se sent immédiatement bien, se détend, soupire d'aise et sourit. Elle promène ses yeux dans toute la librairie, à la recherche de celui qu'elle croit être Charles. Il n'y est pas, mais, finalement, c'est mieux ainsi, se dit-elle. Son absence ne diminue en rien sa bonne humeur. Elle est simplement ravie de se retrouver dans un endroit qu'il fréquente, elle a l'impression de se rapprocher de lui, de le connaître un peu. Elle hume cette odeur caractéristique, parfum d'encre subtil mêlé à l'arôme du papier. Elle parcourt les rayons des yeux, tous ces livres, ces milliers de livres qu'elle n'a pas lus, qu'elle ne lira jamais. Elle se demande quels sont les auteurs favoris de Charles et elle se souvient qu'il a mentionné Balzac.

— Où puis-je trouver Balzac, s'il vous plaît ?

— Quelle édition ?

— Euh, je ne sais pas, Balzac, simplement.

— Par ici, madame.

— Excusez-moi. Pouvez-vous me conseiller? Il y en a tellement, je ne saurais par lequel commencer.

— Il y a les grands classiques de Balzac: *Le Père Goriot*, *César Birotteau*, *La Cousine Bette*...

— Dans quels romans apparaît Vautrin?

— Vous connaissez un peu déjà?

— Non, pas du tout, quelqu'un m'en a parlé.

— Vautrin apparaît principalement dans *Le Père Goriot*, *Illusions perdues* et *Splendeurs et misères des courtisanes*. On parle ici de plusieurs centaines de pages.

— C'est peut-être trop, en effet.

— Je vous recommanderais, pour commencer, *La Duchesse de Langeais*. C'est assez court et c'est une histoire d'amour.

— Pas à l'eau de rose, j'espère?

— Rassurez-vous, il n'y a rien de rose chez Balzac.

— Merci beaucoup, je vais y penser. Au revoir.

— Bonne journée, madame.

Lundi, 15 mai

En arrivant au bureau, Béatrice ne peut s'empêcher d'afficher immédiatement le dossier de Charles. Elle regarde fébrilement la matinée du samedi et son cœur s'emballe lorsqu'elle voit:

13 mai, La Brûlerie Saint-Denis, 9 h 17, 7,89 $

Elle se souvient de lui à la caisse, vêtu propre-
ment, bien coiffé, environ 1,75 m, comme elle avait
imaginé. Elle ne peut toutefois définir ses traits, elle
ne l'a vu que de côté et de dos, mais elle se rappelle
son aspect, sa tenue vestimentaire, sa démarche.
Elle est enchantée aussi de voir que, le dimanche
matin, elle ne trouve aucune transaction à La
Brûlerie. Elle se dit qu'elle n'a qu'une chose à faire :
retourner à La Brûlerie le samedi suivant.

Elle n'est pas flirt pourtant, elle ne l'a jamais
été, et elle n'aime pas se faire flirter non plus. Elle
déteste se faire aborder par des inconnus, voilà
pourquoi elle n'a jamais aimé les bars : elle a toujours eu horreur de ces hommes qui fondent sur
vous à l'improviste, elle évite à tout prix ces situations. Ce qu'elle aime, si un homme lui plaît, c'est
de le regarder d'abord de loin, elle aime avoir le
temps de le découvrir lentement, de se laisser char-
mer par son sourire, ses manies, ses yeux, elle aime
s'apprivoiser elle-même à l'observer, longuement,
procédant par touches lentes. Se rendre à La Brûlerie
et épier Charles de loin, incognito, lui convient
parfaitement. Si, après toutes ses observations, elle
se rend compte qu'il est toujours intéressant, elle
se laissera peut-être approcher.

Toute la semaine, tous les matins, elle consulte
le dossier de Charles, cherchant surtout les fleurs
ou les chocolats, elle ne trouve rien et elle est toute
contente. Au fond d'elle-même, elle reconnaît cette
joie de vivre qui l'envahit, exactement la même

sensation qu'elle avait ressentie dans son lit, la veille du départ de son mari. Vendredi après-midi, vers 16 h, avant de partir, elle jette encore un coup d'œil au dossier ; rien à signaler, la routine toute la semaine. Elle sort du bureau en chantonnant.

Samedi, 20 mai

Béatrice entre à La Brûlerie un peu avant 8 h 30. Elle n'a pas besoin de chercher, elle l'a déjà repéré, en train de lire *La Presse*, à cette table près de la fenêtre qui donne sur la rue, cette même table d'où elle l'a vu se lever la semaine précédente. Dans la lumière matinale, son visage est si calme, ses yeux si doux ; tout à sa lecture, concentré, il se mord un peu la lèvre inférieure, machinalement. Elle a de la difficulté à ne pas le regarder : il a l'air d'un homme, d'un vrai homme, et il a l'air si doux en même temps. Elle a soudain la tête qui tourne.

Charles l'a aperçue lui aussi, il a vu du coin de l'œil ces belles jambes apparaître dans son champ de vision, assez pour qu'il détourne le regard et admire sans gêne le spectacle offert. Si cette femme porte une minijupe, c'est sûrement pour montrer ses jambes, se dit-il. Leurs yeux se croisent un instant et Béatrice, chancelante, comme si elle avait reçu un choc, doit s'asseoir immédiatement, plus ou moins devant lui, mais de biais. Elle se réfugie dans l'étude du menu. Elle commande finalement un café crème et un croissant.

Pendant qu'elle attend, elle promène son regard tout autour, détaillant la décoration, la lumière, les gens. Elle discerne cette rumeur caractéristique d'un café, ce bourdonnement qui n'est pas vraiment du bruit, plutôt une musique, sourde, une seule note, urbaine, citadine, grégaire, sans doute réconfortante pour les gens qui craignent le silence et la solitude. Son regard revient vers Charles, en prenant soin de passer au–dessus de lui, comme si elle ne le voyait pas. Son cœur bat la chamade. Lui jetant quand même un coup d'œil rapide, elle constate avec plaisir qu'il ne lit pas les cotes de la Bourse, mais bien les pages littéraires, et qu'un ou deux livres se trouvent sur sa table. De loin, elle réussit à lire le titre d'un des romans, *Madame Bovary*. Elle se rappelle avoir lu ce roman, il y a longtemps, si longtemps, lui semble-t-il; elle se souvient d'une femme d'âge mûr, malheureuse, misérable, qui prend un ou deux amants, et qu'elle avait trouvée si loin d'elle, tellement loin, qu'elle se disait qu'elle ne lui ressemblerait jamais. Charles déplace son journal, et elle réussit à lire l'autre titre, *Bonheur d'occasion*, de Gabrielle Roy. Elle a lu ce livre aussi, encore des amours malheureuses, se souvient-elle, et elle se demande une nouvelle fois comment il se fait que sa vie actuelle se trouve si loin des études qu'elle a faites; elle aussi avait étudié en littérature, au Cégep en tout cas, puis elle a bifurqué, elle ne se souvient pas pourquoi. La vie, comme on dit.

Elle s'aperçoit soudain que Charles la regarde. Elle esquisse un sourire, il sourit aussi, inclinant la tête en guise de salut, puis détourne rapidement le regard. Du coin de l'œil, Béatrice voit un autre homme arriver, plus âgé, qui s'assied à la table de Charles. Elle n'avait pas prévu le coup, elle n'avait jamais pensé que Charles pourrait ne pas être seul. Immédiatement les deux hommes entreprennent une conversation animée, comme s'ils continuaient une discussion entamée la veille. Au cours de la discussion, elle entend les prénoms Charles et Gaétan; au moins, elle est certaine que c'est bien Charles Sormany qui est devant elle. Ils rient, s'envoient promener gentiment l'un l'autre, se moquent, toujours complices, toujours amis, et Béatrice, de plus en plus seule, ressent soudain une vive contrariété, même de la colère, à l'endroit de cet intrus, Gaétan, qui vient déranger ses plans et bousculer la belle matinée qu'elle entrevoyait.

Voyant Charles se plonger avidement dans une discussion avec son ami, elle ne peut que se rendre à l'évidence : que fait-elle dans ce café, à penser qu'elle peut intéresser un homme si jeune ? Elle a presque le goût de pleurer tellement elle se sent abandonnée tout à coup. Elle termine tout de même son café, ramasse ses affaires et se dirige vers la caisse, un peu honteuse en pensant à Laurent qu'elle a plus ou moins trahi, pour un jeu, une chimère, une toquade d'adolescente. Après avoir payé, elle se dirige vers la sortie, encore sous le coup de la colère. Avant de passer la porte, elle ne peut s'empêcher de jeter un coup d'œil du côté de la table de Charles. Leurs regards se croisent de nouveau, une seconde, deux secondes, trois secondes, une éternité, et Béatrice sent fondre toute son animosité, tout son mécontentement. Elle se trouve soudain submergée de bonheur. Au moment où elle franchit la porte et disparaît, Charles, à qui aucun des gestes de Béatrice n'a échappé depuis le début, se querelle intérieurement. Voilà, elle est partie. La reverrai-je? Jamais, évidemment. Une si belle femme ne passe pas deux fois dans la vie d'un homme. Pourquoi ne lui ai-je pas parlé? Jamais je ne pourrai rencontrer une femme si je reste dans mon coin.

Dépité, il se replonge dans l'écoute patiente des péripéties de la vie de Gaétan.

Dimanche, 21 mai

Béatrice s'éveille vers 8 h 15 et, immédiatement, elle revoit les yeux de Charles la regardant sortir du café la veille. Elle en est encore toute retournée et se demande si elle doit se rendre encore une fois à La Brûlerie. Elle ne sait pas trop, elle hésite, joue avec l'idée, se dit qu'il ne fait pas assez beau, qu'elle a autre chose à faire, établit une liste dans sa tête, mais elle ressent cette force, indépendante de sa volonté, elle est poussée par ce désir impérieux, irrésistible, envoûtant : revoir Charles. Elle essaie pourtant de se raisonner.

— Peut-être que son ami sera encore avec lui. Peut-être que Laurent va me téléphoner. S'il téléphone, disons, avant 9 h 30, je ne vais pas à La Brûlerie.

Après la douche, elle déjeune, se forçant à manger lentement. Finalement le téléphone se fait entendre, il est 9 h 20. À la fois heureuse et contrariée d'être obligée d'oublier ses rêves, elle décroche :

— Laurent ?

— Hélas, non, entend-elle.

— Ah, bonjour, Cécile, répond-elle.

C'est la mère de Laurent qui lui rappelle qu'elles avaient planifié de passer la journée ensemble. Béatrice croit un instant à un empêchement, mais non, le programme tient toujours. Elle est déçue et, en même temps, elle se raisonne en se disant que c'est peut-être mieux ainsi, qu'elle est peut-être en train de faire une folle d'elle-même. Voilà des amusements pour mon âge, se dit-elle, sortir avec belle-maman.

— Je passe te prendre dans 20 minutes ? demande Cécile.

— Oui, parfait, je vous attends.

Béatrice raccroche et s'habille rapidement. Plus le temps passe toutefois, plus elle sent la colère monter en elle. Elle se demande d'où lui vient cette irritation, et elle comprend soudain. Elle attendait le coup de fil de de Laurent, elle voulait que Laurent l'appelle, pour l'obliger à oublier Charles, pour la forcer... Pour m'obliger à rester fidèle, soyons franche, se dit-elle. Pourquoi n'a-t-il pas téléphoné aujourd'hui? Il a téléphoné dimanche dernier. Peut-être a-t-il remarqué ma froideur, peut-être est-il blessé?

Elle marche dans la maison, désorientée, déconcertée. Toute sa vie, qui était si bien ordonnée, si bien réglée, lui apparaît maintenant sens dessus dessous, et pourquoi? Pour rien, en fait, une chimère, une fantaisie, une invention pure et simple, une lubie de jeune fille romantique.

Comment est-ce possible? Je ne lui ai même pas parlé et il occupe toute mes pensées. Je suis en train de devenir folle ou quoi? se demande-t-elle, de plus en plus paniquée.

Sa belle-mère arrive enfin et Béatrice est heureuse de la distraction. Toute la journée, elle l'accompagne, l'écoute lui parler de tout et de rien, lui montrer ceci et cela. Au début, elle est très attentive à ce que raconte Cécile. Elles rient ensemble, deviennent complices, ont des fous rires, mais peu à peu Béatrice se referme, ne répond plus que par monosyllabes, sa pensée de nouveau occupée par Charles. Était-il aujourd'hui à La Brûlerie? Qu'est-ce qui me prend de l'espionner? Je suis en train de perdre la tête, je devrais être plus raisonnable, se dit-elle. Mais elle est incapable d'oublier ce jeune homme qu'elle ne connaît même pas.

La fin de l'après-midi arrive. Béatrice rentre à la maison, satisfaite de ne plus avoir à faire la conversation, contente de pouvoir penser à ce jeune homme qu'elle a vu, la veille, à La Brûlerie, si bien mis, si calme.

Était-il là encore ce matin? se demande-t-elle encore. Je verrai demain au bureau.

Lundi, 22 mai

En arrivant à son bureau, Béatrice affiche immédiatement le dossier de Charles: samedi, après La Brûlerie, il est bien allé à sa librairie habituelle, en est sorti à 11 h 10, après avoir dépensé 158,43 $. Les transactions suivantes font renaître la joie en elle: en après-midi, il a dépensé 39,67 $ à la SAQ de Sainte-Adèle et il a fait le plein le lendemain dimanche, à 15 h 44, toujours à Sainte-Adèle. Il y a donc passé la nuit. À la joie succède alors un pincement de jalousie: avec qui était-il donc? Une autre femme sans doute! Béatrice sent de petites larmes se former au coin de ses yeux.

— Mais quelle idiote je suis, se sermonne-t-elle, je ne le connais même pas, et voilà que je pleure. Je réagis exactement comme une adolescente qui s'amourache d'un garçon à qui elle n'a jamais parlé et qui a une peine d'amour lorsqu'elle le voit avec une autre fille. Mais qu'est-ce que je m'imagine?

Elle clique alors fermement sur le X à droite, en haut de la fenêtre, et Charles Sormany retombe dans le néant électronique.

— Voilà, se dit-elle, terminé. Il me reste cinq semaines avant de retrouver Laurent. Pensons à préparer mon départ et mon arrivée là-bas.

Béatrice tient ses promesses toute la semaine, fréquente son gymnase assidûment, surveille son alimentation, mais, le vendredi après-midi, elle ne peut s'empêcher de jeter un coup d'œil au dossier de Charles. Les transactions s'affichent, de la plus récente, aujourd'hui, à la plus ancienne, lundi. Elle y trouve une épicerie, un magasin de vêtements pour hommes, un cinéma, mercredi soir, 9,00 $ seulement. Elle ne découvre aucun achat de fleurs ni de chocolats ni de dessous, rien de ce qu'un homme peut acheter à une femme. S'il avait une nouvelle femme dans sa vie, se dit-elle, et s'il avait passé le week-end avec elle, peut-être lui aurait-il acheté des fleurs ou des chocolats pendant la semaine. Ses doigts dansant sur le clavier, elle clique sur le X à droite, en haut de la fenêtre et, si heureuse soudain, se met à chantonner.

Ses confrères la voient se lever de son bureau, souriante, radieuse. Elle souhaite à tous un bon week-end, traverse le bureau d'un pas léger et entend :

— Plus que cinq semaines avant le grand départ, Béa, c'est ça qui te rend si de bonne humeur ?

— Oui, répond-elle, seulement cinq semaines !

Mais elle ne songe qu'à ce beau jeune homme qui vit dans son esprit et sur son écran. Oui, se dit-elle, il me reste cinq semaines pour connaître Charles Sormany.

Samedi, 27 mai

À 8 h 45, Béatrice franchit la porte de La Brûlerie. Charles occupe toujours la même table, seul cette fois. Elle reste debout longtemps, exprès, faisant semblant de chercher une table libre, espérant que Charles la remarquera. Lui a vu cette femme entrer, s'arrêter et regarder longtemps à droite et à gauche, il l'a reconnue, il se souvient d'elle et se dit que, cette fois, il doit lui parler, essayer de l'approcher, quitte à se faire éconduire.

Béatrice est encore debout, cherchant toujours. Une table est libre, non loin de Charles, mais elle fait semblant de ne pas l'avoir vue. Charles se dit : Voilà ma chance, et il lui fait signe en l'appelant :

— Madame… Madame…

Béatrice se retourne et le voit qui lui indique une table libre. Elle sent le rythme de son cœur accélérer, elle fait mine de ne pas comprendre tout de suite, lui signifiant d'un haussement d'épaules : Mais que voulez-vous ? Charles répète : Madame, en montrant la table libre. Béatrice acquiesce finalement et s'approche. Charles n'en croit pas sa chance, c'est cette même femme qu'il a vue la semaine précédente, et qu'il croyait ne jamais revoir. Elle s'approche et s'assied en disant :

— Merci beaucoup, c'est gentil.

— De rien, répond Charles.

Elle s'installe et dépose ses effets sur la table, son sac, le roman qu'elle a emporté, *La vie devant soi*, d'Émile Ajar. En attendant d'être servie, elle ouvre son livre et continue sa lecture, le cœur tremblant d'être si près de Charles. Celui-ci fait semblant de lire aussi, apparemment plongé dans *Bonheur d'occasion*, mais essayant en fait de trouver le courage de parler à Béatrice. Finalement, après quelques minutes d'éternité, alors que ni l'un ni l'autre n'entend plus le bruit autour, comme lorsqu'on descend d'avion, comme s'ils étaient seuls au monde, immobiles au milieu du tourbillon des clients et des serveurs, Charles demande :

— Excusez-moi, vous aimez Ajar ?

Enfin, se dit Béatrice. Son cœur s'emballe et elle se demande s'il la voit rougir, s'il a vu ses mains trembler, s'il a remarqué que ses yeux ne lisaient pas, mais couraient simplement sur les mots qui sautillaient, changeaient de place, se liquéfiaient parfois.

— Pardon ?

— Vous aimez Émile Ajar ?

— Oui.

— Vous avez lu ses autres livres ?

— Seulement *Gros-Câlin*.

— Vous savez qu'il est le seul auteur à avoir remporté deux fois le prix Goncourt ?

— Non.

— On ne peut gagner le Goncourt qu'une seule fois dans sa vie et Ajar, sous son vrai nom Romain Gary, l'avait déjà gagné dans les années 1950. Le Goncourt est peut-être le prix littéraire le plus prestigieux en France. Après l'avoir gagné, Romain Gary se disait : Je pourrais maintenant écrire le plus grand chef-d'œuvre de l'histoire et je ne gagnerais pas le Goncourt ? Il trouvait ça injuste ; alors, dans les années 1970, il a écrit des romans sous le nom d'Émile Ajar, et a gagné le Goncourt une seconde fois avec son deuxième roman, celui que vous lisez en ce moment. Il s'est suicidé en 1980, et c'est en ouvrant son testament qu'on a appris la vérité sur Ajar.

— C'est vraiment une histoire incroyable. J'ai lu celui-ci il y a longtemps, et je me suis dit que je devais le relire.

— Oui, je crois qu'on devrait le lire plusieurs fois. Vous lisez beaucoup ?

— Non, pas vraiment. Je devrais dire moins qu'avant. Et vous ?

— Oui, je lis beaucoup, je suis professeur de français au secondaire, je viens d'obtenir une maîtrise en littérature.

— Félicitations. Professeur, ça ne doit pas être un métier facile.

— Oui et non. Je fais actuellement des demandes au niveau du Cégep où j'espère pouvoir donner un vrai cours de littérature. Au secondaire, depuis les années 1970 on a évacué toute la littérature des programmes, on n'a aucun livre de base, aucune histoire de la littérature québécoise, aucun outil, c'est l'horreur, quoi. Mais changeons de sujet. Vous venez souvent ici ?

— Quelquefois.

— Vous êtes très jolie, s'entend dire Charles, à mi-voix, comme si c'était plus fort que lui.

Béatrice frémit sous le compliment. Voilà, se dit-elle, la vraie partie commence, voilà pourquoi je suis venue. Elle ne répond pas, que peut-on répondre, se contentant de sourire un peu. Il y a un moment de silence, chacun essaie de se reprendre…

— Excusez-moi, dit Charles…

— Non, non, ne vous ex…

— Cela fait deux ou trois fois que je vous vois ici. Je suis habituellement plutôt timide, mais je ne peux m'empêcher de vous le dire : je vous trouve très belle.

Cette fois, Béatrice ne peut contrôler sa réaction, elle accuse le coup, au corps, baisse la tête, essaie de se donner une contenance. Elle se croyait prête, mais on ne l'est jamais, n'est-ce pas ? Un instant, c'est un inconnu aperçu dans le lointain et, l'instant d'après, il est là, tout près, il a traversé toutes nos défenses, déjoué toutes nos protections, démoli toutes nos fortifications ; on se croyait aux préliminaires et, avant que l'on puisse faire un geste, le combat est déjà terminé, on est vaincu, terrassé, subjugué, séduit. Et on ressent ce vide au-dedans de soi, comme après un ouragan, comme si une nouvelle vie commençait, comme au premier jour : on n'a plus d'identité, on n'a plus d'antécédents, on n'a plus de vie, on n'a plus de nom, on attend d'être nommé, d'être appelé, d'être ramené à la vie.

Charles se reprend le premier.

— Vous avez déjà lu Balzac?

— Je crois, il y a longtemps.

— Ma thèse de maîtrise portait sur Balzac.

— Vous n'êtes pas à contre-courant, dans notre monde d'informatique et de jeux vidéo? Comment faites-vous pour intéresser les jeunes aux livres?

— Comment dire? C'est comme l'amour, je pense.

— J'écoute.

— Un jeune qui dit ne pas aimer lire n'a simplement pas encore trouvé le livre qui lui fera aimer la lecture. Il lui suffit de tomber sur le bon livre et il se mettra à dévorer. J'ai des élèves qui n'avaient presque jamais lu et qui, découvrant Alexandre Dumas, ont lu deux à trois mille pages en une seule année. N'est-ce pas la même chose en amour? Il suffit d'une seule femme pour nous faire perdre la tête, dit Charles en la regardant dans les yeux.

Béatrice soutient son regard, et elle sent naître cet incendie au creux de son ventre, cet embrasement de tout son être, comme un feu de forêt qui va tout ravager. Soudain elle a si chaud. Elle décide de faire face.

— Et cette femme, vous l'avez déjà rencontrée?

— Non.

— Jamais?

— Parfois on croit que c'est elle, mais, après un certain temps, comme avec un livre qui nous a plu au début et qui peu à peu nous déçoit, on perd de l'intérêt. On se dit : Je pensais... mais ce n'est pas celle-là.

Voilà, se dit Charles, elle sait tout de moi.

— Et vous ? demande-t-il.

— Moi ? Rien de spécial, je ne veux pas vous embêter. D'ailleurs, je dois partir, dit Béatrice.

— Déjà ?

— Oui, vous avez été très gentil. Merci pour la conversation, c'était très intéressant.

— Au revoir. À bientôt, j'espère.

Béatrice se lève, réussit à marcher jusqu'à la caisse, règle l'addition et trouve la force de ne pas jeter un coup d'œil du côté de Charles. Celui-ci ne perd aucun de ses gestes, il la suit du regard par la fenêtre, qui passe devant lui, sans se retourner jamais, et il comprend qu'il l'a touchée et qu'elle essaie simplement de se défendre.

Toute la journée, Béatrice repense à la voix de Charles, à ses yeux, à leur conversation. Dix fois elle décroche le téléphone pour tout raconter à Louise, dix fois elle raccroche. Elle ne mange pas, incapable d'avaler quoi que ce soit. Le soir, elle se fait couler un bain pour se détendre, en sirotant un cinquième verre de vin. Elle se couche légèrement ivre. Dans sa tête qui tourne virevoltent les visages de Laurent, de Charles, leurs voix se confondent. Béatrice sent les larmes lui monter aux yeux, de gros sanglots.

— Que vais-je faire ? Qu'est-ce qui m'arrive ? Je suis complètement perdue.

Elle s'endort après une heure à tourner et tourner dans son lit, finalement abrutie par l'alcool.

Dimanche, 28 mai

Béatrice est réveillée par la sonnerie du téléphone. Elle regarde l'heure, il est déjà 8 h 35. Elle a un peu la gueule de bois, elle décroche.

— Allo?

— Mon dieu, quelle voix, as-tu passé la nuit sur la corde à linge? J'ai laissé sonner au moins six coups.

— Ah, Laurent, excuse-moi, j'ai un peu bu hier soir.

— En quel honneur?

— Pour rien, avec Louise. Et toi, ça va?

— Oui, tout va bien. Mieux que toi, on dirait.

Et Béatrice éprouve encore cette sensation d'éloignement, de distance, qu'elle ne peut s'expliquer. Suis-je en train de me séparer de mon mari? se demande-t-elle. Il me semble que nous sommes devenus des étrangers, que nous n'avons plus rien en commun. J'ai vécu avec lui depuis toutes ces années et, en trois semaines, c'est comme si je ne le connaissais plus.

— Tu es là?

— Oui, oui. Tu ne m'as pas téléphoné dimanche dernier? dit Béatrice, désirant le mettre tout de suite sur la défensive.

— Non, excuse-moi. Nous sommes sortis, quelques personnes du bureau, une excursion, ç'a été super.

— J'ai attendu ton appel, et ensuite je suis sortie avec ta mère.

— Oui, elle me l'a dit.

— Tu as téléphoné à ta mère?

— Oui, toutes les semaines.

— Tu lui as parlé ce matin?

— Euh… oui…

— Avant moi?

— Oui.

— Ah bon.

— Tu es froissée?

— Je ne savais pas, tu aurais pu me le dire.

— Ne te fâche pas. Je sais que ma mère se lève très tôt, c'est tout. Je t'appelle plus tard parce que je veux te laisser dormir. On dirait que tu en avais besoin ce matin.

— Traite-moi donc d'ivrogne, explose Béatrice, surprise par cette agressivité soudaine en elle.

— Mais non, Béa, ne te mets pas en colère.

— Je ne suis pas en colère.

— Béa…

— Ce n'est pas parce que je bois un peu de vin un soir…

— Béa, excuse-moi, je ne voulais pas te faire de reproches.

— …

— Béa…

— Quoi? dit Béatrice, retenant ses larmes.

— Tu pleures?

— Mais non.

— Je te demande pardon.

— Ça va, c'est fini.

— Qu'est-ce que tu fais aujourd'hui?

— Rien, je ne sais pas. Du ménage, j'imagine.

— Tu ne sembles pas très en forme.

— Une bonne douche devrait me remettre.

— Écoute, je dois te laisser, passe une bonne journée.

— Oui, merci. Excuse-moi, je ne sais pas ce qui m'a pris, tu es gentil et je suis injuste.

— Je t'aime, Béa.

— Oui, bonne fin de journée, dit-elle, comme si elle voulait l'expédier.

Et Béatrice raccroche, encore troublée, bouleversée par cette scène qu'elle vient de faire à son mari.

Toute la semaine, elle se plonge dans le travail, ne voulant plus penser, ne voulant plus réfléchir, craignant de basculer. Il lui semble qu'elle a perdu tous ses repères, toutes ses balises, toute sa vie est bouleversée, elle ne sait plus rien, sinon que, si elle se laisse aller à sa rêverie, Laurent s'éloigne à toute vitesse et Charles prend peu à peu toute la place.

JUIN

Samedi, 3 juin

Béatrice s'éveille tôt. L'image de Charles s'impose immédiatement dans son esprit et ses réflexions démarrent à toute vitesse. Peut-être que ce jeune homme n'est pas intéressant du tout, se dit-elle. Peut-être qu'en lui parlant un peu plus longtemps, je découvrirai qu'il est ennuyeux, sans originalité, pas drôle du tout. Il n'y a qu'un seul moyen de me guérir de cette obsession : aller à La Brûlerie et faire face à la musique.

Elle arrive à La Brûlerie. Il est 8 h 10. Elle s'installe à la table voisine de celle que Charles occupe d'ordinaire, commande un petit-déjeuner, ouvre le journal et attend. Elle entend bientôt du bruit, les pas de quelqu'un qui se rapproche, son cœur se met à battre plus fort, mais elle ne lève pas les yeux, apparemment prise par sa lecture. Du coin de l'œil, elle l'aperçoit qui s'assied à sa table habituelle, près de la fenêtre. Charles l'a vue, évidemment, son cœur s'est emballé et il se demande ce qui lui arrive lui aussi. Il n'en croit pas ses yeux, cette femme encore devant lui, si près.

— Bonjour, dit-il.

— Ah, bonjour, je ne vous ai pas entendu arriver, ment Béatrice, avec son plus beau sourire.

— Vous êtes matinale.

— Oui, j'aime bien la tranquillité du matin.

— Moi aussi.

Il s'installe, dépose son journal et ses livres sur la table. Aussitôt une serveuse arrive avec un menu, mais il dit simplement :

— Bonjour, Véronique. La même chose que d'habitude, s'il te plaît.

— D'accord.

— Je ne suis pas du tout pressé. Si tu veux bien m'apporter un café au lait, le reste peut attendre.

— Tout de suite.

— Merci.

Après le départ de la serveuse, Béatrice et Charles se plongent dans leur lecture, tous les deux souhaitant que l'autre brise la glace. Après un certain temps, Béatrice se décide :

— Vous semblez bien connu ici.

— Oui, je viens tous les week-ends depuis plusieurs mois. J'aime bien cette table, on voit dehors et aussi à l'intérieur ; on peut observer les gens qui entrent et sortent.

— Vous aimez observer les gens ?

— Oui.

— Vous essayez de deviner leur vie ?

— Pas besoin de deviner. Le plus souvent, c'est écrit sur leur visage, ou tellement évident dans leur comportement qu'on pourrait presque raconter leur histoire.

— Ah !

— Vous ne croyez pas qu'on peut pénétrer les secrets des gens seulement à les observer ?

— Peut-être, balbutie-t-elle, se demandant s'il lit en elle.

— J'en suis certain, et je suis sûr que vous le faites aussi. Racontez-moi la dernière fois que vous avez joué à ce jeu.

— Eh bien, hésite Béatrice, je ne sais... Je me souviens d'une réception chez moi, il y a quelques semaines... c'est un peu... intime...

— Allez, allez, c'est pour s'amuser, dit Charles en riant.

— Eh bien, il y avait tous nos amis et je me suis demandé s'ils...

Et moi qui comptais sur le fait que Charles soit ennuyeux, se dit Béatrice, me voici bien prise. Mon cœur bat à tout rompre et je suis sur le point de lui révéler mes secrets. En même temps, elle ne peut résister, elle sait qu'elle va répondre. Elle se décide et fonce :

— Je me suis demandé quand ils avaient fait l'amour la dernière fois.

— Je suis sûr que vous pouviez le dire.

— Oui. C'est devenu tout à coup tellement évident, comme vous dites : aucun des couples présents ne l'avait fait depuis longtemps, j'en étais certaine. On ne sentait aucune passion chez eux.

Béatrice lève les yeux vers lui, Charles la regarde attentivement, elle soutient son regard, essaie de sourire et ajoute:

— Je me suis demandé pourquoi ils ne faisaient plus l'amour.

— Et vous avez conclu?

— Je ne sais pas. Tout ce qui semblait les intéresser, c'était l'argent, et je me suis dit qu'ils passaient probablement à côté de la vie.

— Je suis d'accord avec vous.

Charles plonge longuement ses yeux dans les siens. Béatrice est sur le point de craquer, ses yeux s'humectent.

— Prenez mon métier, professeur de français au secondaire, continue Charles, et Béatrice est soulagée de s'éloigner d'un sujet trop près d'elle. Mes amis me demandent tous ce que je fais dans l'enseignement. Tu perds ton temps et de l'argent, me disent-ils. Je leur demande s'ils aiment ce qu'ils font et ils me répondent que c'est payant. Je leur dis que moi, je ne transmets pas une matière, mais bien une passion. J'aime la littérature et la langue françaises, j'aime enseigner et mes élèves me disent que je leur transmets exactement cela: l'amour du français. Quand ils me disent ça, je sais que j'ai réussi et je suis heureux. C'est là ma vraie paie. Et vous?

— Oh, moi... je suis... dans les relations publiques.

— Et vous aimez ce que vous faites?

— C'est un travail intéressant, qui peut mener à des situations passionnantes, murmure-t-elle en souriant.

— Pourquoi souriez-vous?

Béatrice comprend soudain que le piège se referme sur elle. Elle espérait découvrir qu'il était ordinaire, fade, sans intérêt, comme la majorité des hommes, mais, en même temps, elle avait l'intuition que ce ne serait pas le cas, elle sentait jusqu'au fond de son âme que Charles ne serait pas comme les autres, et elle était maintenant séduite, subjuguée, sous le charme.

— Excusez-moi, je dois partir maintenant, dit-elle en souriant toujours.

— Dommage, dit-il. Vous reviendrez demain matin?

— Je ne sais pas. Au revoir.

Béatrice se lève et se dirige vers la sortie, à contrecœur, se forçant à marcher, s'imposant de continuer tout droit, surtout de ne pas retourner s'asseoir auprès de lui. Elle a l'impression de se retrouver dans un tourbillon, sans force pour résister, et elle sait que, la prochaine fois, elle tombera sûrement.

Dimanche, 4 juin

Charles est à la même table, il est 9 h 10, avant l'arrivée de la foule. Les gens se lèvent tellement tard, ils perdent le plus beau de la journée, mais il est bien content, il peut jouir de la paix du moment.

Il feuillette encore *La Presse*, débutant par le cahier des sports, évidemment, comme tous les hommes. Ensuite, il lit le dernier cahier et remonte jusqu'au premier, mettant toutefois le cahier Lectures de côté, pour lire la chronique de Dany Laferrière à la toute fin. En passant de cahier en cahier, s'il aperçoit le visage de Laferrière, il le cache immédiatement, essayant même de ne pas lire le titre de sa chronique.

Lorsqu'il a terminé tous les cahiers (il se demande tout de même pourquoi un cahier Affaires le dimanche ; pourquoi alors n'y a-t-il pas un cahier Lectures tous les jours de la semaine ?), il prend enfin le cahier Lectures, parcourt les textes de tous les autres journalistes et, après s'être morfondu pendant tout ce temps, entreprend finalement la chronique de Laferrière, qui est son cadeau du dimanche, cette prose fluide et captivante, ces considérations sur la littérature, les écrivains, les poètes, les peintres, page à nulle autre pareille, inédite, si riche, touffue, unique.

Après avoir terminé Laferrière, comme s'il revenait à regret d'un beau et long voyage, il soupire, lève les yeux, regarde un peu autour, terminant lentement son café, songeant parfois à cette femme à qui il a parlé la semaine dernière, et encore hier, et dont, il s'en rend compte maintenant, il ne sait même pas le nom.

Au même moment, Béatrice apparaît et s'assoit à une table, pas très loin de lui, ses belles jambes à la vue, et Charles se dit qu'il a vraiment de la chance. Depuis tout ce temps qu'il vient ici tous les week-ends, il n'a jamais vu une si belle femme, aucune vraiment ne l'a frappé, n'a retenu son attention, et voilà celle-ci qui vient trois semaines de suite. Il la regarde s'installer, elle lui jette un coup d'œil, et ils se saluent comme des habitués maintenant. Charles ne peut s'empêcher de la regarder, Béatrice aussi le regarde de temps en temps et, lorsque leurs yeux se rencontrent, ils esquissent un sourire. Béatrice se dit qu'elle est folle, qu'il est beaucoup trop jeune ; lorsqu'elle le voit en chair et en os, elle réalise pleinement qu'il n'a que 26 ans. Qu'est-ce que je fais ici, à essayer de flirter avec ce jeune homme ? se demande-t-elle. En même temps, elle sait qu'elle ne s'en ira pas, elle sait qu'elle va rester là, attendant un miracle, qu'il lui parle encore, qu'il s'intéresse à elle.

— Bonjour, entend-elle, belle matinée, n'est-ce pas ?

L'entrée en matière est banale, mais c'est de la musique à ses oreilles.

— Oui, en effet, c'est magnifique.

— Excusez-moi, je ne me suis même pas présenté, je m'appelle Charles.

— Je suis... Emma, réussit-elle à articuler, en s'inspirant du roman de Flaubert qu'elle a vu en sa possession.

Elle n'a pu s'empêcher de mentir, elle ne sait pourquoi, ou plutôt, elle le sait très bien : elle a peur, peur de ce qu'elle pressent ; au fond d'elle-même, elle se sent comme un vaisseau spatial qui rencontrerait une planète dont la force gravitationnelle l'attirerait sans qu'elle y puisse rien. Elle sait qu'elle va tomber ; même si elle voulait résister, la force qui l'entraîne est irrésistible.

Ce petit mensonge est sans gravité, se dit-elle. S'il se passe quelque chose entre nous, ce sera terminé dans quelques semaines. Fin juin, je pars pour six mois, alors pas besoin qu'il sache mon nom.

— Emma et Charles, c'est très... flaubertien, non ?

— Pardon ?

— Je dis que Charles et Emma sont les deux héros du roman de Flaubert, *Madame Bovary*.

— Ah oui, c'est vrai, quelle coïncidence, en effet.

— Vous l'avez lu ?

— Oui, il y a longtemps.

Et il y a ce long silence entre eux, ils se regardent. Il est si jeune, se dit-elle, trop jeune pour moi, quelle idiote je suis. Sortons d'ici avant de passer pour une vraie folle... Au même moment, elle entend :

— Vous voulez prendre un café avec moi ?

— ...

— Soyez gentille, dites oui.

Il est là, la main tendue, l'invitant à sa table ; elle le regarde intensément, il soutient son regard, elle ne sent chez lui aucune duplicité, aucune malice, elle se sait dès lors battue, vaincue, sans défense. Elle se lève, s'approche lentement et s'assoit à sa table, fascinée, subjuguée, ne sachant pas très bien pourquoi, sa voix peut-être, son regard sur elle, si franc, si clair. Charles la regarde directement dans les yeux, nullement fanfaron, nullement intimidé non plus, avec ce sourire désarmant qui éclaire son visage et qui semble dire : Ne perdons pas de temps, vous me plaisez et je sais que je vous plais aussi. Elle ne voit aucun mensonge dans ses yeux, elle a peur et, en même temps, elle a seulement le goût de lui ouvrir les bras.

— Je vous ai remarquée depuis quelques semaines. La semaine dernière, je vous ai dit que je vous trouvais belle, mais la première chose que j'ai vue de vous, ce sont… vos jambes… vous avez des jambes superbes… entre autres choses.

Béatrice frémit. Habituellement, les hommes sont si timorés ; devant une belle femme, ils restent là, muets, souriant bêtement. Mais c'est elle maintenant qui ne peut bouger. Tout chez lui, son regard, ses paroles, accentue chez elle la sensation d'être désirable, attirante, séduisante, d'être véritablement femme, et sa beauté resplendit encore davantage. Elle penche la tête pour cacher son plaisir, elle sent cette chaleur dans son ventre, entre ses seins, jusque dans son aine, cet aiguillon de plaisir qui pénètre en elle, lentement, qui s'enfonce profondément dans sa chair même, dans son âme, et elle ne voudrait pour rien au monde que cesse cette sensation. Elle revit, elle vibre, elle est vulnérable, si frêle, il pourrait lui faire tellement mal et, en même temps, elle sait qu'il ne le fera pas, qu'il saura simplement caresser cette chair à vif qu'elle est devenue devant lui :

— Suis-je trop direct ?

— Non. Les hommes sont généralement plus timides.

— Vous êtes mariée ?

— Oui. Et vous ? demande-t-elle, tremblant à l'idée qu'il réponde oui.

— Je suis célibataire.

— …

— Et je vis seul, ajoute-t-il, devinant plus ou moins la question muette dans les yeux de Béatrice.

— Vous êtes bien jeune, dit Béatrice qui ne peut réprimer ce sourire de bonheur qui inonde son visage et son âme.

— Et quand vous souriez… vous êtes magnifique. J'aimerais bien vous revoir. Vous voulez ?

— Je ne suis pas de votre âge.

— Nous sommes des adultes, n'est-ce pas ? Nous avons tous le même âge.

— Si vous voulez, mais…

— Dites oui.

— Je ne dis pas non.

— Vous êtes à pied ?

— Non, mais ma voiture est un peu plus loin.

— Je peux vous y amener.

— Merci.

Ils règlent leur addition et sortent du café.

— C'est par ici, dit-il, montrant sa voiture garée presque juste devant. Le dimanche matin, il y a toujours de la place.

— Je ne savais pas, ma voiture se trouve assez loin.

Il lui ouvre la portière et, en s'asseyant, infiniment femme, elle relève sa robe un peu plus sur ses genoux. Charles reste là un instant, charmé, subjugué, admiratif, Béatrice lui jette un coup d'œil, lui sourit et tend la main pour refermer la portière. Charles monte rapidement de son côté. Il démarre et se glisse dans le flot de la circulation. Il essaie de se concentrer sur la route, mais ne désire qu'une chose : mettre sa main sur son genou. Il est terriblement nerveux, il a peur. Il sait qu'elle attend ce geste, tout lui dit de le faire, mais son cœur bat tellement fort qu'il a l'impression qu'elle doit l'entendre. Du coin de l'œil, il voit ce genou soyeux et le début de la cuisse, son cœur bat la chamade, il ne sait absolument pas quoi faire.

Osera-t-il ? se demande-t-elle. Peut-être me trouve-t-il trop vieille. Je perds la tête, vraiment.

Elle le regarde, il fait semblant de se concentrer sur la route. Au premier feu rouge, personne ne dit mot et il y a tout à coup cette tension dans la voiture, comme un trop-plein, quelqu'un doit poser un geste qui, évidemment, ne viendra pas d'elle. Elle regarde les gens sur le trottoir, elle entrouvre la fenêtre pour respirer un peu d'air frais, pour alléger l'atmosphère. Elle ne dit rien, le laissant se débrouiller avec ses démons. Ses jambes sont inclinées vers lui, si près de sa main manœuvrant le levier de vitesses, il n'a qu'à prolonger un peu son geste et sa main se retrouvera sur ses genoux. Elle reste là, essayant de ne pas bouger, l'invitant. Voilà, lui dit-elle, j'ai fait la moitié du chemin, viens! Elle ne sait comment elle réagira s'il se décide à poser sa main sur son genou, elle est curieuse en fait de connaître sa propre réaction. Elle se retourne vers lui. Il est si jeune. Comment puis-je penser lui plaire?

Il redémarre et, du coin de l'œil, elle voit sa main sur le levier de vitesses qui, après avoir embrayé en quatrième, hésite, se dirige vers la droite, plane un instant, comme ces huards qui tournent et tournent avant de glisser sur l'eau, et finalement se pose en tremblant sur ses genoux, puis descend à l'intérieur de sa cuisse, ses doigts trouvant refuge dans le petit repli derrière le genou, là où c'est si doux et si chaud, affirmant leur emprise maintenant, assurés, résolus, et Béatrice sent tout son corps se détendre, elle se laisse aller contre l'appui-tête, ferme les yeux et soupire: elle est si heureuse. L'atmosphère se détend instantanément dans la voiture, l'air devient plus léger, comme si une fois établie et acceptée la présence du désir, une fois cette barrière franchie, tout se simplifiait. Elle voudrait maintenant que sa voiture soit à 40 coins de rues, ou qu'il se trompe. Elle bénit Montréal, avec tous ses sens uniques imprévisibles, elle les connaît, et jamais elle ne l'aidera. Il y a si longtemps qu'un homme lui a fait la cour, si longtemps...

Au coin de chaque rue, Charles regarde s'il peut tourner, constate qu'il ne peut pas, continue sa route, sa main revenant sur sa cuisse après chaque changement de vitesse. Elle le regarde se débrouiller, amusée de le voir faire semblant de maîtriser la situation.

Les hommes! pense-t-elle, ils sont si charmants.

— Une automatique ne serait pas mieux? demande-t-elle.

— Je pourrais laisser ma main sur vos genoux?

— Non, je ne pensais pas à cela, répond-elle en riant. Je me disais qu'en ville, devoir changer constamment les vitesses...

— Vous n'avez pas lu *Une veuve de papier*, de John Irving?

— Non.

— Dans ce roman, le père dit à sa fille de ne jamais faire confiance à un homme qui conduit une voiture automatique.

— Mon père, lui, disait que, pour savoir si un homme fait bien l'amour, on doit d'abord le voir conduire sur la glace.

— Pourquoi?

— Sur la glace, on doit conduire lentement et éviter les mouvements brusques; si un homme conduit de cette manière, on sait qu'il sera très doux en amour.

— Et vous avez suivi son conseil?

— Non.

— Je ne comprends pas.

— J'ai toujours fait l'amour avant, dit Béatrice, se surprenant de cet aveu, comme si elle ne pouvait rien cacher à cet homme.

Charles lui jette un coup d'œil interrogateur.

— Je suis surpris ; les conseils de votre père me semblent tout à fait justes.

— Oui, mais on peut toujours se remettre d'un mauvais amant, ce n'est pas la fin du monde, alors que, s'il conduit vraiment mal, on peut se retrouver à l'hôpital avec tous les membres cassés.

— Je n'avais pas vu la chose sous cet angle.

— Voilà l'angle féminin, le mien à tout le moins, c'est plus intelligent, vous ne trouvez pas ? dit-elle en riant.

— Et vous en avez rencontré souvent, des mauvais chauffeurs en amour ?

— Presque tous. Alors, d'après John Irving, je peux vous faire confiance, dit-elle, mettant ses deux mains sur la sienne pour l'emprisonner entre ses cuisses.

— Oui. Je ne veux pas vous faire de mal, je veux seulement faire l'amour avec vous.

Devant cet assaut si direct, cette audace qui la désarçonne, elle qui croyait mener le jeu, habituée qu'elle est à ces hommes pusillanimes qui la regardent en souriant bêtement, incapables de dire un mot, figés comme ces chevreuils dans la lumière des phares la nuit, elle ne peut que balbutier :

— La prochaine à droite.

Elle s'en veut immédiatement, car elle aurait aimé l'entendre encore lui faire la cour.

— D'accord.

— Voilà ma voiture. On a de la chance, vous pouvez vous garer juste derrière.

Il arrête et se retourne vers elle.

— On se revoit quand? demande-t-il.

— Je ne sais …

— Puis-je vous téléphoner?

— …

— Je veux vraiment vous revoir.

— D'accord. Voilà mon numéro.

Elle ramasse ses effets et dit:

— Bon, au revoir.

— Oui, au revoir.

Il se penche vers elle. Elle lui tend la joue, machinalement, mais il est plus rapide et sa bouche est déjà sur la sienne, sa main sous sa robe, au haut de sa cuisse, et elle sent ses dents qui mordillent doucement ses lèvres, si doucement qu'elle ne peut qu'ouvrir la bouche et elle reçoit sa langue sur la sienne, entre ses dents, explorant longuement chaque partie de sa bouche, patiente, délicate, comme s'il ne se lassait jamais. Elle sent sa main qui monte et descend le long de sa cuisse et elle se dit qu'elle resterait ainsi toute la vie. Elle se laisse aller contre le dossier de son siège, soupire longuement, comme si elle arrivait enfin à destination, dans un lieu familier, rassurant, où elle sait qu'elle pourra se reposer en toute confiance. Elle se retrouve comme à Volpaia, elle reconnaît ce bonheur qui l'avait envahie, dans son lit, le matin du jour où elle avait pris l'appel de Charles à son bureau, et elle se rend compte qu'elle avait pressenti cette rencontre avec Charles, cette félicité qui l'avait inondée était bien cette joie qu'elle ressent maintenant dans ses bras. Elle caresse doucement ses cheveux, effleure ses joues avec le revers de sa main, glisse ses doigts dans son cou, ne pouvant s'empêcher de gémir doucement : jamais elle n'a cru pouvoir se sentir si bien dans les bras d'un homme.

Finalement, il laisse ses lèvres, elle le retient en se disant qu'elle va mourir s'il la quitte maintenant. Ils se regardent dans les yeux sans rien dire, puis il sème des baisers partout sur son visage : les joues, le nez, le menton, les yeux...

— Maintenant on peut se dire tu, dit-il en riant.

— Oui, je crois.

— Je n'en crois pas ma chance, toi, que j'ai vue passer la première fois, et je me disais : Dieu qu'elle est belle. Pourquoi ne puis-je approcher une telle femme ? Toi, dans mes bras ! Je rêve.

— Je ne suis pas un rêve, dit-elle, en l'embrassant et en caressant son visage, mais je pars dans quelques jours, pour dix jours... Je dois te dire quelque chose.

— Oui ?

— Je ne m'appelle pas Emma...

— Non ?

— Je m'appelle… Béatrice…

— …

— Béatrice Chevalier…

Charles la regarde, cette voix lui semble familière, mais il ne trouve pas et Béatrice décide de l'aider davantage.

— Tu as téléphoné à ton institution de crédit pour une augmentation de limite, il y a quelques semaines. C'est moi qui t'ai répondu. Tu m'as expliqué que Béatrice signifiait…

— Trois fois heureuse, oui, je me souviens.

— Excuse-moi si je t'ai menti tout à l'heure. J'ai un peu paniqué.

— Comment m'as-tu trouvé ?

— Après t'avoir parlé au téléphone l'autre jour, je ne pouvais plus m'enlever de la tête cette histoire de trois fois heureuse, ça me revenait continuellement, au travail, dans ma voiture, au gymnase, la nuit. Alors j'ai décidé de voir qui tu étais. Si tu savais, c'est très facile dans mon travail. Je t'expliquerai une autre fois.

— Alors notre rencontre n'est pas un hasard ?

— Non.

— J'aime mieux Béatrice et Charles ; Emma et Charles, dans le roman de Flaubert, ça finit mal. Je veux te revoir avant ton départ. Je peux savoir où tu vas ?

— À Martha's Vineyard, avec une amie. C'était prévu depuis longtemps.

Il l'embrasse encore, mais elle dit:

— Je dois vraiment partir.

Et elle sort de la voiture. Avant qu'elle ne ferme la portière, il demande:

— Chez moi, demain soir, pour souper?

Elle le regarde un instant, réalisant soudain ce qui lui arrive, le geste qu'elle s'apprête à poser. Elle reste silencieuse, ne pensant à rien vraiment, comme si elle se préparait à sauter dans le vide. Elle se rappelle sa main entre ses cuisses, cette douceur, sa bouche sur la sienne, ses mains sur sa peau, elle frissonne et dit:

— Demain, je ne peux pas.

— Quand alors?

— Mardi soir, mais après souper. Téléphone-moi demain, pendant l'heure du dîner.

Et elle ferme la portière. Charles la voit s'éloigner, puis elle se retourne, le regarde en souriant, hochant la tête comme pour signifier: Nous sommes fous, et il se dit qu'il n'a jamais vu un si beau sourire. Elle revient tout à coup vers sa voiture, du côté du conducteur. Il baisse sa vitre. Elle se penche pour goûter encore sa bouche, longuement, caressant son cou, ses cheveux, sa joue, devant parfois tenir les mains de Charles pour ne pas qu'il la déshabille en pleine rue. Il essaie de se débattre un peu, mais bientôt ils pouffent de rire. Avant de perdre complètement la tête, elle réussit à se reprendre et se sauve, un peu décoiffée, rajustant ses vêtements, et Charles se demande si vraiment elle viendra, si tout ce temps ne travaillera pas contre lui, si elle ne se dira pas éventuellement que tout cela n'a pas de bon sens.

Mardi, 6 juin

Béatrice arrive chez Charles vers 20 h. Celui-ci n'a pas mangé tellement il est fébrile, ne tenant pas en place depuis la fin de l'après-midi, passant son temps à se rendre aux toilettes, nerveux comme avant un examen ou une compétition. Elle sonne enfin, il ouvre et la prend dans ses bras, mais Béatrice se dégage doucement:

— Attends, laisse-moi voir ton appartement.

Elle est immédiatement séduite par l'ambiance qui y règne, le calme, la lumière, et surtout la bibliothèque, tous ces rayons remplis de livres, certains posés par-dessus les autres, de façon horizontale, ou alors à 45 degrés, créant un léger désordre qui confère cette chaleur au lieu, cette douceur. Elle se sent immédiatement bien, chez elle, au chaud. Elle lit les noms des auteurs, passant parfois les doigts sur la tranche: Ajar, Alain-Fournier, Alexakis, Aquin, Balzac, Beaulieu, Blais, Calvino, Cervantès, Ducharme, Durrell, Eco, Flaubert, Guévremont, Goethe, Hemingway, Irving, Kourouma, tous les *Arsène Lupin* de Maurice Leblanc, John Le Carré, Thomas Mann, Marquez, Miron, Pérec, Poulin, Proust, Quignard, Roy, Sollers, Tournier, Zafon, et d'autres et d'autres encore.

Charles s'approche dans son dos, met les mains sur ses épaules et dépose de petits baisers dans son cou. Elle frissonne pendant qu'elle entend cette voix qui s'élève dans l'appartement, éthérée, aérienne, venant d'un monde supérieur, Elizabeth Schwarzkopf chantant *Le Printemps*, le premier des Quatre Derniers Lieder de Richard Strauss :

Je rêvai longtemps
De tes fleurs, de tes cieux bleus,
De ton parfum et de tes chants d'oiseaux.

Maintenant tu es là devant moi,
Dans tes plus riches atours, inondé de lumière,
Comme un prodige.

Charles l'entoure de ses bras maintenant, ses mains posées sur son ventre, la mordillant dans le cou.

Tu me reconnais
Tu m'attires doucement vers toi, et tous mes membres frémissent
À ta bienheureuse présence.

Béatrice ne sent plus aucune résistance en elle, elle est prête à s'offrir à ce jeune homme, baignée par cette musique céleste, dans cette lumière qu'on dirait adoucie, tamisée par les livres et les plantes, comme s'ils se trouvaient dans une nacelle s'élevant au-dessus du monde, libérés de la gravité. Elle se laisse aller contre lui, appuyant sa tête sur son épaule.

— Tous ces livres, tu les as lus?

— Non.

— Tu les auras tous lus un jour?

— Non, vraisemblablement pas.

— Alors pourquoi les garder tous?

— Une bibliothèque, c'est comme un pays; on n'en connaît pas tous les coins, mais on les porte en soi, on les connaît de l'intérieur, comme si on les avait visités.

— Tu prêtes tes livres?

— Non.

— Jamais?

— Jamais.

— Ce n'est pas gentil pour tes amis.

— Ma cousine Constance m'a déjà dit: on prête les livres qu'on aime, généralement à nos amis justement, mais ils ne nous les retournent presque jamais et on reste alors avec une bibliothèque remplie de livres qu'on n'aime pas.

— Je comprends. Et les femmes, elles trouvent leur place où?

— Entre les livres, répond Charles en riant.

— C'est un peu étroit.

— Oui, effectivement.

— Certaines ont réussi à se glisser entre?

— Pas beaucoup, et pas longtemps.

— Elles doivent lire pour t'attirer?

— Non, pas du tout.

Au bout de l'alphabet de sa bibliothèque, comme si elle avait fait le tour de son univers, Béatrice se retourne et se laisse embrasser, ivre de ces mains sur elle, de cet emportement, de cet immense désir, de ce souffle court qu'elle entend chez lui, de cette passion d'elle qui l'anime. La tête renversée, les yeux fermés, ne tenant debout que par la force des bras de Charles, prête à tout lui donner, il lui semble qu'elle renaît, qu'elle revit, qu'elle redécouvre la femme qu'elle était.

Elle saisit sa tête dans ses mains, caresse ses cheveux, l'embrasse passionnément, profondément, de toute sa bouche, se disant qu'elle est folle, mais qu'elle s'en fout. Tout pour que Charles continue à l'embrasser, à la caresser, tout pour qu'il lui fasse l'amour, tout pour qu'il la prenne, tout pour qu'il la fasse chanter de plaisir. Il y a si longtemps qu'elle a ressenti un tel désir, une telle faim au creux d'elle-même, une telle exigence, une telle nécessité. Les mains de Charles s'impatientent un peu avec les agrafes du soutien-gorge. Les hommes sont si maladroits, pense-t-elle, qu'ils en sont attendrissants. Elle prend ses mains dans les siennes, les porte à sa bouche, les tient serrées, le regardant dans les yeux longtemps. Il est si amoureux, se dit-elle, c'est extra-ordinaire. Puis ses mains défont un à un les boutons de la chemise de Charles. Elle caresse son torse et lui enlève finalement sa chemise. Elle lève les bras et dit :

— Passe ma robe par-dessus ma tête.

Charles relève lentement sa robe, dévoilant ses cuisses, puis le minuscule slip, son ventre, le ravissant soutien-gorge de fine dentelle. Il pose des baisers sur ses seins, qui frissonnent comme un étang caressé par la brise, puis passe la robe par-dessus sa tête. Il s'éloigne d'elle, la tenant par les mains, pour la regarder, l'admirer, s'emplir les yeux, s'émerveiller, s'éblouir. Au moment où il s'approche, Béatrice défait la ceinture de son pantalon et les voilà tous deux en sous-vêtements, l'un en face de l'autre. Charles la prend par la main et l'emmène dans la chambre, l'étend sur le lit et l'embrasse longtemps, si longtemps, caressant son corps, faisant glisser le petit slip à ses pieds. Il pose la main sur sa toison, doucement, si doucement… Il effleure son petit poisson caché, si doux, si délicat, fragile comme une âme, si craintif, si vulnérable, si précieux, si facilement effarouché, si facilement blessé, mais les caresses de Charles, comme s'il connaissait toutes les peurs de Béatrice, toutes ses appréhensions, toutes ses déceptions et toutes ses amertumes, tous ses espoirs et tous ses rêves aussi, ses caresses n'éveillent que plaisir, joie, ravissement, transport, et Béatrice sent fondre toutes ses craintes et toutes ses défenses. Elle laisse tomber ses bras sur le lit : il y a si longtemps, si longtemps qu'elle n'a ressenti un tel bonheur. Elle pose sa main sur la sienne :

— Je ne veux pas aller trop vite, je voudrais rester toujours ainsi. Mais tu ne sais pas enlever un soutien-gorge, dit-elle, taquine.

— C'est toujours compliqué, ces agrafes, je n'apprends pas.

— Tu as eu plusieurs amantes? demande-t-elle en riant.

— Non, non, ce n'est pas ce que je voulais dire.

— Combien avant moi?

— Une ou deux.

— Quatre ou cinq?

— Moins que dix, concède-t-il en riant. Et toi?

— Aucun depuis mon mariage.

— Vraiment?

— Vraiment. Tu es le premier, et sans doute le dernier.

Elle glisse ses mains dans son dos, dégrafe le soutien-gorge en un tournemain et l'envoie choir sur le plancher. Ils s'étendent, Charles prend sa bouche, caresse son dos, ses fesses, ses cuisses. Béatrice se laisse aller, consentante, sans aucune crainte. Charles pose des baisers partout sur son corps, lentement, mais bientôt, Béatrice sent un malaise. Il se crispe, s'impatiente.

— Qu'y a-t-il? demande-t-elle.

— …

— Dis-moi, qu'est-ce qu'il y a?

— Je ne sais pas, je… je ne… peux pas.

Charles, infiniment embarrassé, enfouit sa tête dans le creux de son épaule, rage un peu, se disant qu'il va la vexer et la perdre, sûrement.

— Ce n'est rien, ne t'en fais pas, ce n'est rien, souffle Béatrice.

Elle prend sa tête dans ses mains, le regarde dans les yeux, l'embrasse partout sur le visage, doucement, amoureusement.

— Tu es mon amant, ce n'est rien. Je te garde.

Il l'embrasse passionnément, espérant pouvoir lui faire l'amour, mais rien à faire, il en est incapable. Il retombe sur le lit, pleurant presque. Elle l'embrasse, mais ne peut s'empêcher de rire un peu.

— Et tu ris? demande-t-il.

— Ne te froisse pas. Au moins, tu ne pourras pas te vanter à tes amis, dit-elle en l'embrassant doucement.

— Ne ris pas, ce n'est pas drôle.

— Mais oui, c'est drôle. Et ce n'est pas grave. Ça ne fait rien, on se reprendra après mon retour. Je pars demain, et je compte bien te revoir après mes vacances.

— Tu reviens quand?

— Le 18 juin.

— Alors, on a rendez-vous le 18?

— Non, plutôt le 19. Le 18, on arrivera en soirée, je crois. Le 19, vers 19 h 30?

— D'accord.

— Embrasse-moi, doux et merveilleux amant. Il est sans doute bien de ne pas avoir fait l'amour aujourd'hui. On rêvera l'un de l'autre pendant les deux prochaines semaines. Je sais que je rêverai de toi.

Et elle l'embrasse longuement. Charles, émerveillé par cette femme, voudrait la retenir, mais elle doit bientôt partir.

— Je dois terminer mes bagages, nous quittons tôt demain matin.

— Reste encore.

— Je ne peux pas.

Elle se rhabille devant lui, enfilant ses vêtements si rapidement, si gracieusement. Elle est déjà prête, elle est près de la porte, elle s'en va. Charles court vers elle, la prend dans ses bras, l'embrasse encore. Elle le tient serré contre elle, et tous deux se demandent si l'autre sera au rendez-vous le 19 juin prochain, lui se disant qu'elle aurait raison de ne plus le revoir, et elle souhaitant qu'il ne soit pas trop blessé dans son orgueil.

Béatrice flotte sur un nuage jusque chez elle. Il est si doux, se dit-elle. À son arrivée, elle met la dernière main à ses bagages. Le minimum, a dit Louise, rien de chic, on va faire de la plage pendant dix jours. Ensuite, elle vérifie ses courriels et a la surprise de voir un message de son mari. Mon dieu, Laurent qui m'écrit, et moi qui arrive de chez Charles. Elle panique un instant, comme si Laurent l'avait surprise en flagrant délit, elle sent encore les mains de Charles sur son corps, ses baisers partout. Elle se rend dans la cuisine chercher quelque chose à grignoter, retourne s'asseoir devant son ordinateur, se relève, va dans sa chambre, enlève ses vêtements, revient devant son bureau, reste debout, examinant la ligne du message sur son écran, d'abord la petite enveloppe jaune à gauche, puis le nom de l'expéditeur, Laurent, ensuite l'objet, vide, ce qui l'irrite toujours, finalement la date et l'heure de l'expédition. Elle regarde la ligne du message, essayant de deviner le contenu de l'enveloppe : promesse, vœu, reproche, serment, amertume, déclaration d'amour, froideur ?

— Vais-je l'ouvrir ? se demande-t-elle à haute voix. Je pourrais partir sans le lire.

Elle hésite, vacille, son cœur battant la chamade. Un peu de courage, se dit-elle. Tu en as assez pour flirter avec un jeune homme de 26 ans, tu n'as pas à avoir peur d'un simple message. Laurent ne sait rien, quand même.

Et elle double-clique pour ouvrir le message.

De : Laurent
Date : 7 juin 2005, 6h47
À : Béatrice
Objet :

Béa chérie,

Surprise ! Je viens d'obtenir Internet et tu es la première à qui j'écris. Comment vas-tu ? Prête à partir pour tes vacances ? Je sais, je ne me rappelle jamais rien, mais tu me manques tellement que je me suis souvenu de ce voyage à Martha's Vineyard que tu avais planifié avec Louise. J'espère que mon message n'arrive pas trop tard. Je dois dire que je t'envie. Ici les soirées sont longues, comme les week-ends. J'ai hâte que tu arrives. Amuse-toi bien là-bas, pense à moi. Depuis mon arrivée ici, je ne pense qu'à toi, tu me manques beaucoup. Je compte les jours et j'ai très hâte de te tenir dans mes bras.

Je t'aime,
Laurent

Béatrice sent les larmes brouiller sa vue au fur et à mesure qu'elle lit. Elle est triste, mais en même temps, elle n'arrive pas à ressentir du regret de s'être donnée à Charles, et elle se dit que son mari l'a un peu mérité.

— C'est de ta faute, Laurent, tu m'as négligée, voilà ce qui arrive aujourd'hui aux hommes qui ne s'occupent pas de leur femme. Je ne vais pas souffrir en silence, nous ne sommes plus au XIXe siècle.

Elle se met au lit. Dans sa tête se croisent les images de Laurent et de Charles, elle virevolte dans leurs bras, les deux lui sourient, elle les regarde à tour de rôle, souriante elle aussi, comme si elle pouvait les garder tous les deux, à sa guise, selon son bon vouloir, heureuse de se donner à l'un et à l'autre. Comme ce serait facile, se dit-elle.

Mercredi soir 7 juin, centre sportif

— Alors, dis-moi, quelle est la raison de ce changement à notre horaire? demande Gaétan. Pourquoi mercredi au lieu de mardi, notre soir habituel?

Même s'il a une quinzaine d'années de plus, Gaétan est l'un des meilleurs amis de Charles. Ils se connaissent depuis longtemps, Charles ayant fait son stage d'enseignement sous sa supervision. Attiré depuis toujours par des femmes plus jeunes que lui, jamais marié, Gaétan est enseignant, mais il est principalement touche-à-tout, se prenant de passions successives : ce fut d'abord le golf, puis les échecs, ensuite le yoga, subséquemment la méditation transcendantale, les plantes d'intérieur, puis le bridge... Lorsqu'il aborde un nouveau domaine, c'est comme s'il trouvait réponse à toutes ses questions irrésolues : il abandonne alors complètement ce qu'il faisait, même s'il y a consacré des années. Aux échecs, il avait travaillé si fort pour gagner un tournoi lui permettant de se qualifier pour le championnat national par correspondance. Une fois le championnat comme tel entamé, il a découvert le bridge et a abandonné complètement les échecs : deux ans d'efforts à l'eau. Sa dernière toquade est la psychologie populaire, lorsqu'un ami, professeur de psychologie au Cégep, lui a demandé de faire la révision des textes de la collection «Pour les nigauds», série de vulgarisation. Il s'est alors découvert une nouvelle passion et s'est mis à se promener partout avec des titres comme : *Dans une autre vie, j'espère comprendre ma mère*; *Père présent, filles manquées*; *Divorcer et couper le cordon ombilical*; *Vivre son complexe d'Œdipe au troisième âge*, etc.

— J'ai une excellente raison, dit Charles. J'ai rencontré une femme superbe et elle est venue chez moi hier soir justement.

— Ah, et alors?

— Alors, rien, elle est partie aujourd'hui pour dix jours, et on se revoit à son retour.

— Quel est son nom?

— Béatrice.

— Quel âge a-t-elle?

— Je ne sais pas. 34, 35 ans...

— Donc davantage. Tu mens, ça paraît. Ou elle t'a menti.

— Je ne sais pas son âge, je ne lui ai pas demandé, ça n'a pas d'importance pour moi.

— Elle est mariée?

— ... Oui.

— Et puis... hier soir...

— Rien.

— Comment rien? Ne me dis pas qu'il ne s'est rien passé.

— Non.

— Tu n'as pas couché avec elle?

— ...

— Tu as couché avec elle.

— Tu vas rire de moi.

— La psychologie n'est pas une branche de l'humour.

— La psychologie, non, mais certains amateurs...

— Très drôle. Alors...

— Je n'ai pas été capable.

— Comment, pas capable?

— Tu sais, pas capable…

— C'est très clair: tu n'as pas été capable parce qu'elle représente ta mère.

— Veux-tu arrêter avec tes conneries, elle n'est pas ma mère du tout.

— Qu'est-ce que tu as remarqué chez elle en premier? Ses seins, n'est-ce pas?

Charles n'a pas le temps de murmurer: Non. Gaétan est lancé.

— Tu avais une sucette quand tu étais petit, n'est-ce pas? As-tu sucé ton pouce? Mordilles-tu encore tes crayons?

— J'écris toujours à l'ordinateur.

— Ah, ah, esprit caustique, sarcastique. Cas parfaitement clair: tu es resté bloqué au stade oral.

— Toi et ta psychologie à gogo.

— Ne te moque pas. La psychologie a fait de grandes découvertes. Par exemple, c'est la psychologie qui a découvert que le «mental» se situe dans le cerveau.

— Super, je n'y aurais jamais pensé. En passant, ce sont ses jambes que j'ai vues en premier.

— Ah… il faudra que je vérifie.

— Ensuite ses fesses, dit Charles, regardant Gaétan d'un air espiègle. Je n'ai jamais vu de si belles fesses.

— Quand ta mère te tournait le dos…?

— Penses-tu que je me souviens de ça?

— Refoulement, autocensure, absolument classique.

— Gaétan, tu es complètement fou.

— En psychologie, on dit que tu en es à la première phase: la résistance. Mon pauvre Charles, nous avons beaucoup de chemin à faire. Il faudra reparler de ton enfance.

— Jamais de la vie, mais tu peux bien t'amuser avec mon cas. Tout ce que je sais, c'est qu'elle est magnifique, qu'elle revient dans dix jours et que je ne pense qu'à elle. Je dois partir maintenant, je me lève tôt demain.

— Je t'envoie un petit test par Internet.

— Envoie toujours, je ne répondrai pas.

Jeudi, 8 juin

Au départ de Falmouth pour Martha's Vineyard, c'est la cohue habituelle: voitures, cyclistes, piétons… Louise et Béatrice sont si contentes d'être là, depuis tout ce temps qu'elles en rêvaient. Louise est déjà allée à Martha's Vineyard, mais Béatrice jamais. Elles ont choisi le bateau de 13 h 30, pour arriver vers 14 h 15, car elles ne peuvent accéder à leur chambre qu'après 15 h.

Le bateau quitte enfin le port, elles hument cet air salin si vivifiant, chargé d'humidité. Béatrice aime toujours cette sensation du départ, même pour un petit trajet comme de Saint-Joseph-de-la-Rive à l'Isle-aux-Coudres. Elle se sent libérée, légère, comme si le passé s'effaçait, comme si elle recommençait à neuf, comme si elle redevenait jeune. Louise la regarde et lui dit :

— Tu es rayonnante.

— J'aime beaucoup le bateau et je suis tellement contente d'être ici avec toi.

— Il y a autre chose, je te connais depuis assez longtemps…

— Non, non, il n'y a rien.

— Béa…

— Il n'y a rien, je te dis.

— À d'autres. Tes yeux sont différents, j'y vois constamment un petit sourire… et autre chose aussi, on dirait. Hier, durant tout le trajet, je te voyais sourire, tu hochais la tête parfois, comme si tu ne croyais pas ce qui venait de t'arriver, et je me disais : Elle veut me dire quelque chose.

— Tu vas rire de moi.

— Je le savais, dit Louise, sautillant de plaisir, s'applaudissant elle-même. Dis-moi, cachottière.

— J'ai un amant, dit Béatrice rapidement, sentant les larmes lui monter aux yeux.

— Mais pourquoi tu pleures ? Un amant, Béa, je suis jalouse !

— Je ne sais pas pourquoi je pleure, je n'ai jamais été si heureuse et, en même temps, j'ai le goût de pleurer. Tu sais ce que signifie mon nom ? Béatrice veut dire trois fois heureuse, c'est lui qui me l'a dit. Il s'appelle Charles, il est adorable et il a... 26 ans.

— 26 ans? Je suis trois fois jalouse, Béa, il doit baiser comme un dieu!

Béatrice éclate de rire, essuyant ses larmes en même temps.

— Nous avons couché ensemble pour la première fois avant-hier... il n'a pas été capable.

— Quoi? Tu prends un amant et il est impuissant?

Et les deux amies rigolent, Béatrice pleurant toujours et Louise riant de bon cœur.

— Ce n'est pas grave, il est adorable. Premièrement, il embrasse comme aucun homme ne m'a jamais embrassée. La première fois qu'il m'a embrassée, je n'en revenais pas, je croyais que ça n'existait pas, un homme qui embrassait si bien, j'ai dû me forcer pour partir, j'étais en train de fondre. Il m'aurait déshabillée là, dans la voiture, et je n'aurais pas dit non. Il m'embrasse et je voudrais que ça ne finisse jamais. C'est comme boire du vin, c'est enivrant, tellement grisant.

— Mais qu'est-ce que tu as fait... lorsqu'il...

— C'est drôle, mais c'était comme si ça n'avait aucune importance, pour moi en tout cas. Nous avons rendez-vous à mon retour. J'espère qu'il viendra, malgré cette petite mésaventure.

— Tu sais ce que nous allons faire? Ici, il y a une plage pour nudistes. Nous irons là tous les jours et ton petit Charles, lorsqu'il te verra bronzée intégralement, ne pourra pas résister. Mais 26 ans, vraiment, Béa…

— Je sais mais, de toute façon, je pars à la fin du mois. Alors je ne le verrai plus jamais. Dans toute ma vie, j'aurai eu un amant pendant deux ou trois semaines.

— Tu n'as pas honte de profiter ainsi de lui?

Elles se regardent et Béatrice répond finalement:

— Non.

Et elles éclatent de rire.

Déjà le bateau approche de Martha's Vineyard. Leur hôtel se trouve non loin du débarcadère. Elles arrivent enfin, s'acquittent des formalités et montent à leur chambre. La pièce est spacieuse, et la vue sur la mer et les voiliers au port est ravissante. Elles laissent tomber leurs valises n'importe où et, après s'être rafraîchies un peu, ressortent immédiatement pour faire une promenade, déambuler sur le port, profitant des dernières heures de chaleur de la journée pour prendre un verre quelque part. Il n'y a rien de plus agréable, ni de plus «civilisé», qu'une terrasse tranquille en fin d'après-midi, comme l'a dit Saul Bellow. Elles rentrent vers 18 h 30 et décident de faire une petite sieste avant le souper. Vers 20 h 30, elles se préparent à sortir au restaurant. La soirée est belle, les rues sont achalandées, elles marchent lentement jusqu'au restaurant.

— Alors, parle-moi encore de cet amant, demande Louise, une fois qu'elles sont bien assises.

Et Béatrice lui raconte le coup de téléphone, l'explication du trois fois heureuse, ses démarches subséquentes pour le retrouver, ses expéditions à La Brûlerie, les premiers rendez-vous.

— C'est donc de là que vient ce fameux trois fois heureuse que tu as dit la veille du départ de Laurent, quand tu avais pris un coup?

— Oui, c'est Charles qui m'avait dit ça, cette après-midi-là.

— Mais le retracer, c'est illégal tout ça, tu n'as pas le droit, non?

— Oui, je sais, c'est illégal. Mais ce n'est pas grave, je pars à la fin de juin pour six mois de sabbatique. À mon retour, tout aura été oublié.

— Tu reviens donc pour le mois de janvier?

— Oui, fin décembre, et Laurent revient fin janvier.

— Tu ne manges pas?

— Je n'ai pas très faim et je suis un peu fatiguée. Toute cette route et puis le bateau, le vent, je ne suis pas habituée, j'imagine. On rentre?

Les deux amies marchent lentement jusqu'à leur hôtel. La nuit est douce, les mâts des bateaux, comme des métronomes, oscillent paresseusement dans la marina. En arrivant dans la chambre, Béatrice va immédiatement au lit et s'endort rapidement.

Vendredi, 9 juin

Louise et Béatrice profitent enfin de leur première journée complète de vacances : pas de bagages, pas de route à faire, pas de bateau à prendre,
simplement s'enduire de crème solaire, se rendre à
la plage et se reposer, se baigner, luncher agréable-
ment, prendre du soleil, voilà le programme. Après
le petit déjeuner, elles prennent leurs effets et se
rendent à l'autre bout de l'île. Arrivées là, elles
laissent la voiture et marchent jusqu'à la mer. Il y
a déjà des gens installés, des couples, des personnes
seules, des familles même, parents avec enfants,
tous nus comme si de rien n'était. Louise et Béatrice
font comme tous les autres : elles enlèvent leurs
vêtements, s'étendent sur leur serviette au soleil en
poussant un grand soupir de contentement.

— Ça va ? demande Louise.

— Super, répond Béatrice. Je ne croyais pas que
ça existait aux États-Unis, des plages nudistes.

— Il y en a quelques-unes. Certains Américains
sont quand même un peu évolués, ce ne sont pas
tous des puritains frustrés.

— On marche un peu ?

— Allons-y.

Elles partent faire un tour, portant seulement
chapeau et verres fumés. Elles marchent longtemps,
dans cette atmosphère érotique qui, en même temps,
ne l'est pas. Être nu en compagnie d'autres gens
crée cette électricité dans l'air, et aussi cette paix,
cette plénitude, ce calme. On ressent une certaine

excitation, qui toutefois ne se manifeste pas sexuellement. Certains se promènent, d'autres restent allongés, les enfants jouent, tout est normal. Et on en vient à se dire que cette excitation que l'on ressent est simplement le plaisir d'être vivant, libre, sans contraintes, sans complexes, sans inhibitions, naturel. Des gens parlent à Louise et Béatrice, essayant de se souvenir des bribes de français qu'ils ont appris jadis à l'école. Des femmes dans l'eau observent de loin leurs enfants qui jouent sur la plage, les désignant à Louise et Béatrice.

— *You see, this little red hat over there, that's my baby girl.*

— *How many kids do you have?*

— *I have four, they're all here. My husband is with the other three a little further. You like it here?*

— *Yes, we like it a lot. We want to come here every day, people are so nice.*

— *And don't worry, nobody here will bother you. All the people on this beach are very well behaved. You see, they aren't only backward hillbillies in the U.S.A. You're single?*

— *My friend Louise is; my name is Béatrice, I am married, but my husband just left for Africa where he will work till January. I will go there at the end of the month. It is my first time here, it's beautiful.*

— *Well, take care, and have a safe trip over there, if we don't meet again. And don't take too much sun on the first day either. Go gradually.*

— *Thanks a lot. Bye.*

Louise et Béatrice sortent de l'eau, marchent encore un peu et retournent s'étendre sur leurs serviettes.

— Ça va? demande Louise.

— Oui, très bien, c'est magnifique. Je me sens rajeunir.

— Ton Charles va perdre la tête devant cette poule toute brune et il va retrouver toute sa vigueur, tu vas voir, exactement comme un coq.

— Mon Charles… Peut-être ne voudra-t-il plus me voir à mon retour. Il aura réalisé la différence d'âge entre nous.

— Combien tu veux parier qu'il sera là?

— Rien du tout. Je rêve de tomber encore dans ses bras, mais je n'ose pas trop y penser. Peut-être que ça ne marchera pas.

Dimanche soir, 11 juin

— J'ai fait une erreur en t'amenant ici, dit Louise, au moment où elles se préparent à sortir.

— Laquelle?

— Avec cette couleur sensationnelle que tu prends au soleil, tu vas attirer tous les hommes. Moi, je suis célibataire, toi tu es mariée, et ils seront tous là, bavant de désir devant toi, et ne me jetteront même pas un regard.

— Louise, vraiment…

— Ce n'est pas grave, Béa, je blaguais. Je suis contente que tu sois avec moi, tu es ma meilleure amie et je ne voudrais pas être ici avec une autre personne que toi, sauf un homme évidemment.

Au restaurant, Béatrice manifeste de nouveau très peu d'appétit.

— Tu es malade? demande Louise.

— Non, un peu fatiguée.

— Hier et avant-hier aussi, tu étais fatiguée. Tu ne trouves pas ça étrange?

— Non, j'ai travaillé beaucoup avant notre départ et j'étais épuisée, j'imagine.

— C'est notre quatrième journée ici déjà, tu as eu le temps de récupérer; tu dors douze heures par nuit et nous faisons de la plage toute la journée.

— Je sais, mais je suis fatiguée encore, on dirait, et je n'ai pas faim. Je ne sais pas ce qui se passe.

— Tu as d'autres signes?

— Des signes? De quoi parles-tu?

— Tu sais…

— Non, je ne sais pas.

— Sois sérieuse. Tu n'as pas eu de nausées, par hasard?

— Des nausées?

— Oui, des nausées, tu sais de quoi je parle, non?

— Mais c'est impossible…

— Qu'est-ce qui est impossible?

— Hier matin…

— Quoi?

— Je ne me sentais pas bien, mais je n'ai jamais pensé… Mais c'est impossible. Ça fait au moins huit ou neuf ans que je ne prends plus la pilule et ça n'a jamais marché.

— Ça ne veut rien dire. Tu n'as pas d'appétit, tu es toujours fatiguée, tu as des nausées, il me semble que deux et deux font quatre. Tu retardes ?

— Je ne sais pas, je ne compte jamais. Je suis irrégulière, alors quand ça arrive, ça arrive.

— Quand avez-vous fait l'amour, Laurent et toi ?

— Le jour de son départ, le 6 mai.

— Nous sommes le 11 juin. Imaginons que tu as eu tes règles deux semaines avant le 6 mai ; cela nous mène au 23 ou 24 avril. Six jours en avril, 31 en mai, 11 en juin, cela fait donc 48 jours, pratiquement 7 semaines.

— Mais c'est impossible, je ne peux pas être enceinte.

— Je le savais, cet air que tu avais sur le bateau, quand je te disais que tu avais changé, que tu étais rayonnante. Un amant, si extraordinaire soit-il, ne peut donner cet air-là. Et ces nausées ?

— J'en ai eu une autre sur le bateau, mais je pensais que c'était un petit malaise dû à la mer.

— Tu ne manges pas, tu es fatiguée, tu as des nausées, ça fait pas mal d'indices, tu ne trouves pas ?

Béatrice se met à pleurer.

— Et tu pleures pour rien en plus, dit Louise en riant.

— Je ne t'ai pas tout dit. Ce matin, lorsque j'ai mis de la crème solaire, mes seins m'ont paru plus gros, plus lourds.

— Et en plus tu vas avoir les plus beaux seins de Martha's Vineyard?

Béatrice éclate en sanglots et ne peut s'arrêter.

— Je blaguais, viens, rentrons.

Dans la chambre, Béatrice pleure toujours. Elle ne peut s'en empêcher.

— Pleure, ma chérie, pleure, ici tu ne déranges personne. Tu as besoin de quelque chose?

— Qu'est-ce que je vais faire?

— Comment, qu'est-ce que tu vas faire? Mais, on va passer le petit test et on saura pour sûr.

— Mais je suis enceinte, je le sais. Je suis vraiment mélangée. Laurent est en Afrique, je suis à Martha's Vineyard et Charles m'attend à Montréal.

— Tu as l'embarras du choix, tu veux dire?

— Je dois téléphoner à Laurent pour lui apprendre la nouvelle. Il va sûrement tomber en bas de sa chaise, depuis le temps.

— Et toi, tu es heureuse?

— Je suis trois fois heureuse: j'ai un mari, j'attends un enfant et j'ai un amant. En même temps, j'ai tellement peur. Et moi qui croyais qu'il ne se passait rien dans ma vie. Louise, avoir un enfant après toutes ces années, que vais-je faire? Je ne saurai pas comment.

— Tu vas dormir et demain, on verra ce qui va se passer.

Lundi, 12 juin

Le matin, Béatrice ressent encore de petites nausées et Louise décide de se procurer le nécessaire à la pharmacie du coin. Elles feront le test le lendemain matin.

Toute la journée, Béatrice ne tient pas en place et, dans la voiture, sur la plage, au lunch, de retour à la plage, elle reste plongée dans la lecture des instructions en anglais.

— Tu vas les lire combien de fois, ces foutues instructions ?

— Excuse-moi, je suis tellement nerveuse. Pourquoi on ne fait pas le test immédiatement ?

— C'est mieux le matin, mais si tu veux absolument, on peut le faire tout de suite. Tous les gens sur la plage seront fascinés par cette femme qui fait pipi dans un petit gobelet.

— Tu es tellement drôle. Si c'est positif, je veux en faire un autre.

— Comme tu veux, ma chérie. Mais c'est certain à plus de 99 %.

— 99 %, ce n'est pas 100 %.

— Je sais.

— Tu me trouves folle ?

— Oui, mais je t'aime quand même.

— Mais qu'est-ce que je vais faire?

— Quand?

— Si je suis enceinte?

— Comme toutes les femmes, tu vas porter ton bébé neuf mois et accoucher.

— Je sais, mais avec Laurent et Charles?

— Toi seule connais la réponse.

— Tu m'aides beaucoup.

— Ce n'est pas moi qui suis mariée et qui ai un amant, hélas.

— Tu veux changer de place?

— Tu peux me passer ton amant n'importe quand.

— Jamais.

— Laurent alors?

— Non plus.

— Égoïste.

— Tu as vérifié la date de péremption?

— Je te l'ai déjà dit, septembre prochain.

— Ah oui, excuse-moi. Je suis complètement perdue, je ne sais plus quoi penser.

— Tu réalises ta chance, j'espère: tu as un mari qui t'aime, tu es enceinte finalement, toi qui croyais ne jamais avoir d'enfant, et tu as un amant de 12 ans plus jeune que toi, qui te fera peut-être l'amour un jour, un amant... comment dire? Virtuel?

— Méchante...

— Mais non, c'est drôle.

— Très drôle pour toi. Tu aurais dû le voir, pauvre chou.

— Et tu rencontres ce pauvre chou justement pendant que ton mari est absent pour huit mois.

— Je ne savais pas que je deviendrais enceinte, je te rappelle. Et je suis supposée aller rejoindre Laurent à la fin du mois... en théorie...

— Comment, en théorie?

— Je ne sais plus si je veux y aller.

— Ah bon, en voilà une bonne...

— Je ne veux plus m'en aller en Afrique si je suis enceinte; je veux rester ici, dans mon pays. Je ne me le pardonnerais jamais si j'allais là-bas et que je perdais mon bébé.

— Je comprends.

— Enfin, tu es de mon côté.

— Avoue que ça t'arrange bien, ce bébé.

— Comment?

— Mais voyons, tu vas pouvoir revoir Charles...

— C'est secondaire...

— Mais bien commode!

— Je téléphonerai à Laurent demain pour lui apprendre la nouvelle et, s'il veut que j'aille en Afrique quand même, j'irai.

Mardi, 13 juin

Béatrice est debout à 6 h, prête à faire le test.

— Tu es bien matinale.

— Oui, allons-y. Ça fait déjà deux heures que je me morfonds.

— D'accord.

Béatrice se rend dans la salle de bain et revient avec un petit verre contenant son urine.

— Fais-le, dit Béatrice, je tremble trop.

Louise déchire l'enveloppe, sort le petit bâtonnet d'une dizaine de centimètres et en plonge l'extrémité sous les flèches dans l'urine pendant dix secondes. Elle le ressort et le dépose à plat sur le comptoir. Immédiatement, une couleur pourpre apparaît au-dessus des flèches et bientôt deux lignes se forment, la plus haute, ligne CONTROL, et une plus basse, ligne TEST.

Louise regarde Béatrice, la prend dans ses bras et l'embrasse.

— Ma chérie, félicitations, c'est incroyable, c'est magique.

Béatrice ne dit rien, hésitant entre les pleurs et le rire, cherchant son souffle et découvrant soudain cette autre façon de respirer, de percevoir le monde, de voir la vie, toute sa vie. Elle regarde Louise, muette, les yeux grands ouverts, émerveillée, enchantée, et Louise reconnaît immédiatement dans le regard de Béatrice ce miroitement qu'elle avait décelé sur le bateau, cette profondeur, cette gravité. Finalement, Béatrice se lève, prend Louise dans ses bras, la serre bien fort, chantant et riant, transportée de bonheur.

— Louise, tu te rends compte?

— Oui, chérie, c'est extraordinaire. Je suis jalouse encore une fois.

— Tu veux être la marraine?

— Oui, oui, merci, ce serait merveilleux...

— Je dois téléphoner à Laurent.

— À cette heure-ci?

— Non, tu as raison, je vais attendre à 8 h, c'est notre heure habituelle. J'ai si hâte de lui apprendre la nouvelle.

— Tu crois qu'il sera content?

— Sûrement, il va être au septième ciel, je pense.

— Et tu vas lui dire que tu restes ici?

— Oui, je vais lui expliquer, et il décidera.

⚊⚌

Béatrice est si nerveuse, si inquiète. Depuis toutes ces années qu'ils ont voulu avoir un enfant, il fallait que ça marche alors que son mari part à l'étranger. Et maintenant elle ne veut plus aller le rejoindre. Elle n'a pas de problème à trouver de multiples raisons pour rester au Québec, mais elle sait très bien que, derrière toutes ces justifications très raisonnables, se cache ce plaisir, ce bonheur vraiment, revoir Charles! C'est une joie dont elle ne réussit pas à avoir honte. Neuf mois dans ses bras! Mais une angoisse l'arrête immédiatement: peut-être ne voudra-t-il plus la voir lorsqu'elle se mettra à grossir. Peut-être même décidera-t-il de tout arrêter lorsqu'elle lui apprendra qu'elle est enceinte. Les hommes d'aujourd'hui sont si farouches, ils fuient au moindre signe d'implication ! Ils ne veulent plus se marier, ils veulent pouvoir déguerpir avant que surgissent l'armée d'avocats et la batterie de lois qui les garderont en joue jusqu'à la fin de leurs jours. Qui peut les en blâmer ?

Que faire ? se demande-t-elle. Je ne veux pas partir en Afrique et peut-être que mon amant va m'abandonner avant même qu'on ait commencé à se voir.

À 7 h 45, n'en pouvant plus d'attendre, Béatrice décroche le combiné. Son cœur bat la chamade, ses oreilles bourdonnent, si bien qu'elle se trompe deux fois et c'est finalement Louise qui doit composer le numéro.

— Allo...

— Bonjour, Laurent.

— Béa, quelle belle surprise, c'est gentil de me téléphoner.

— Je suis à Martha's Vineyard avec Louise.

— Ah, oui, c'est vrai. Tu as eu mon message avant de partir ? Tu as dû être étonnée que j'aie pensé à ton voyage ?

— Oui, un peu. Ton message est arrivé juste à temps, je partais le lendemain matin.

— Tout va bien ? Vous en profitez pendant que je bosse ?

— Oui, c'est magnifique ici, Laurent. On devrait revenir ensemble un jour.

— Oui, oui, sûrement, ma chérie.

— Laurent, j'ai une nouvelle importante à t'annoncer.

— Pas une mauvaise nouvelle toujours?

— Non, plutôt inattendue, même très surprenante; tu es assis?

— Oui…

— Je sais que cela va te paraître impossible, mais… je suis enceinte.

— Béatrice, ma chérie, c'est magnifique! Tu vas bien?

— Oui, ne t'inquiète pas, dit-elle avant d'éclater en sanglots.

— Ne pleure pas, c'est extraordinaire! On attend depuis si longtemps. Tu es heureuse?

— Oui, très. J'avais un peu mis une croix là-dessus après toutes ces années. En venant ici, j'ai eu de petites nausées, je me sentais fatiguée, j'avais souvent le goût de pleurer, je n'avais pas faim. Alors on a compté, je me suis aperçue que je retardais, on a fait le test, et voilà. Je ne pouvais le croire, évidemment. Je ne savais pas comment réagir. Finalement, je suis très contente. Tu es parti le 6 mai, et on a fait l'amour cette après-midi-là, alors on sait exactement la date.

— Tu as été si merveilleuse que je n'avais plus le goût de partir. Je veux te demander pardon, je t'ai négligé ces derniers mois. Mais on va se reprendre. J'ai hâte que tu arrives.

— Voilà, je voulais justement t'en parler. Tu sais, j'ai bien réfléchi et je pense que tu seras d'accord avec moi. Je crois que c'est mieux que je reste ici maintenant. J'ai tous les services. Là-bas, je serai terriblement malheureuse s'il y a des complications;

je ne me le pardonnerais pas s'il fallait que je perde le bébé. Tu comprends, c'est notre premier et fort probablement aussi le dernier.

— ...

— Laurent?

— Oui, oui, je suis là, Béa, je réfléchis. Je crois que tu as raison. Je comprends très bien. Ta santé et celle du bébé passent avant tout.

— Je savais que tu serais d'accord, tu es si gentil, je suis contente.

— Mais Béa chérie, c'est terrible. Je suis obligé de rester ici, j'ai un contrat à respecter, cela signifie qu'on se verra seulement à la naissance du bébé.

— Mais tu vas venir à Noël?

— Oui, je viens pour deux semaines. C'est un garçon ou une fille?

— Tu vas trop vite, pouffe Béatrice. On ne le saura pas avant quatre ou cinq mois.

— Excuse-moi, je suis tellement content; un garçon ou une fille, c'est pareil, on va prendre ce qui arrive. Je t'aime, tu sais...

— Moi aussi, je t'aime, mais elle ne sait plus si ces paroles s'adressent à son mari au bout de la ligne ou à ce merveilleux jeune homme qui hante ses pensées.

— Et qu'est-ce que tu vas faire pour ton travail? Tu avais pris six mois sabbatiques pour venir me rejoindre.

— Je vais changer tout ça. Je vais travailler jusqu'à la fin octobre ou début novembre, je vais voir, puis je prendrai six mois de congé de maternité.

— Très bien, Béa, très bonne idée. C'est très excitant. Je suis tellement heureux. Notre vie va changer.

— Oui, beaucoup. À bientôt Laurent.

— À bientôt, ma chérie, je t'embrasse. Je t'aime, fais attention à toi.

Béatrice raccroche en pleurant. Louise la prend dans ses bras.

— Voyons, ma chérie, calme-toi. Tout va bien, non?

— Tu as raison, mais je ne peux pas.

— Même en pensant à Charles?

— Il va sûrement me quitter quand je vais lui apprendre la nouvelle.

— Mais non. Et s'il te quitte, tu n'auras rien perdu. Cela voudra dire qu'il n'en valait pas la peine, comme tous les autres. Allez, viens, on s'en va à la plage. Ça va te changer les idées.

Elles partent après déjeuner, avec un petit goûter pour le midi. Il fait un temps splendide.

— Tu parles d'une surprise, me retrouver enceinte à 38 ans.

— Tu es bien chanceuse.

— Tu crois?

— Mais oui, c'est magnifique. Et que vas-tu faire avec Charles?

— Je devrais le quitter?

— Je ne sais pas, je te demande.

— Je ne sais pas. Je me dis parfois que je n'irai pas au rendez-vous et tout se terminera là; d'autres fois, je me dis que je vais y aller et lui expliquer…

— Lui expliquer quoi? Que tu es enceinte et que tu veux continuer à le voir?

— Non, lui expliquer…

— Tu es de mauvaise foi, Béa.

— Pourquoi?

— Si tu veux en finir avec lui, tu n'y vas pas, point final. Si tu y vas pour lui expliquer que tu veux mettre fin à votre histoire, tu te mens, tu lui mens, et tu me mens aussi. Tes paroles diront que tu veux briser, mais ton vrai message sera: Prends-moi dans tes bras, embrasse-moi.

— Tu crois?

— Je suis certaine.

— Je suis vraiment mêlée.

— Tu es une grande personne, tu n'as pas le droit de jouer avec ces choses, et tu sais très bien ce que tu veux…

— Non…

— Oui. Tu le sais; regarde-moi dans les yeux et dis-moi ce que tu veux dans le plus profond de ton cœur.

Béatrice regarde Louise et elle ne peut s'empêcher de sourire. Elle rougit un peu, baisse les yeux.

— Dans les yeux, Béatrice Chevalier.

Béatrice retrouve les yeux de Louise, elle garde longtemps le silence, respire à fond et, ne pouvant mentir à sa meilleure amie, dit, très sérieuse:

— Avoir mon bébé.

— C'est tout?

— … et revoir Charles.

— Tu le penses sérieusement? Tu es enceinte de Laurent et tu veux revoir Charles?

— C'est plus fort que moi, je ne peux pas résister.

— Ça tombe bien que ton mari soit à l'étranger.

— Oui, je sais, ça m'arrange bien.

— Mais enfin, tu ne pourras pas le garder indéfiniment, Laurent va revenir un jour.

— Voici ce que je vais faire: au retour, je vais voir Charles et je lui dis tout.

— Voilà.

— Il saura alors toutes les implications.

— Et tu veux laisser Laurent?

— Non, jamais de la vie, je l'aime encore et lui aussi m'aime.

— Et Charles?

— Il saura tout, c'est une grande personne aussi, et il décidera de sa conduite en connaissant tous les faits.

— Tu vas lui dire tout? Que tu es enceinte, que tu ne veux pas quitter ton mari, et donc que tu vas le laisser, Charles je veux dire, avant l'accouchement?

— Je vais lui dire que j'accouche en janvier, que mon mari revient aussi en janvier, il est capable de faire un et un deux, non?

— Et tu ne risques pas de tomber amoureuse de lui?

— Tu sais, c'est comme renaître, c'est recommencer sa vie. Je comprends les hommes de 50 ans qui tombent amoureux des femmes de 25 ans; ils doivent ressentir la même chose, cette poussée de vie, cette renaissance qui donne l'impression qu'on ne mourra pas, qu'on a vaincu la mort. Tu as entendu le commandant Piché parler de son expérience, lorsque son avion avait perdu toute son essence et qu'il a réussi à atterrir sur cette île portugaise après avoir plané pendant une heure? Il a dit exactement ça, qu'il avait traversé la mort. Voilà comment je me sens avec Charles. Lorsqu'il m'a regardée, je me suis sentie redevenir femme. J'ai vu ses yeux sur moi et je pouvais y lire : Tu es belle, je te désire. Ç'a été un choc, je n'avais rien ressenti de tel depuis si longtemps. Et c'est comme si je ne pouvais plus me passer de cette sensation en moi, ce creux dans mon ventre lorsque je pense à lui.

Mardi soir 13 juin, centre sportif

Charles et Gaétan se rencontrent pour leur tennis hebdomadaire. Charles gagne pratiquement toujours, il laisse une partie à Gaétan par-ci, par-là, pour ne pas le décourager. Après la douche, ils prennent un rafraîchissement.

— Et alors, cette magnifique Béatrice?

— Rien, pas de nouvelles, elle revient dimanche.

— Vous vous voyez dimanche?

— Non, lundi soir. Elle rentre dimanche en soirée.

— Et tu as hâte?

— Très.

— Vous allez faire l'amour?

— J'espère bien.

— Tu n'as pas peur de...

— Non, pas cette fois.

— Tu n'as pas répondu au test que je t'ai envoyé par Internet.

— Non, je ne crois pas à ces histoires. On en trouve dans toutes les revues aujourd'hui, c'est devenu une blague. Et toutes ces questions incroyables : «Votre relation, est-ce un caprice, une passade, un béguin, un flirt, un attachement charnel, un penchant, une affection tendre, etc.», comme si on se posait sérieusement toutes ces questions. On vit, un point, c'est tout.

— Réponds simplement à cette question-ci : te sentais-tu en situation menaçante lorsque tu as vu Béatrice?

— En situation quoi?

— Menaçante.

— Je prenais le petit déjeuner à La Brûlerie, comme d'habitude.

— Te sens-tu menacé dans ton travail?

— Non, tout est normal. Je fais des demandes pour aller travailler au Cégep.

— Eurêka! sursaute Gaétan, tout excité.

— Quoi?

— Tu es dans une situation menaçante, tu risques de changer d'emploi.

— Et alors?

Gaétan ouvre son livre *Ma mère, ma première et unique maîtresse* et se met à lire à haute voix:

— Lorsqu'on se trouve en situation menaçante, on redevient comme un nourrisson et on cherche à se rattacher à sa mère ou à celle qui en tient lieu. On appelle ça la «conduite d'attachement».

— C'est extraordinaire, toutes ces élucubrations.

— Lorsque tu as vu cette femme, tu étais en état d'insécurité pour ton travail et tu as fixé sur elle toutes tes angoisses. Alors Béatrice est devenue ce qu'on appelle en psychologie «la personne maternante».

— Ça ne finit jamais…

— Lorsqu'elle est partie de chez toi la première fois, as-tu protesté ou tu es devenu agité?

— Je me suis rhabillé.

Sans écouter la réponse, Gaétan poursuit sur sa lancée:

— Si tu as protesté, est-ce parce que tu préfères être en sa compagnie ou parce que tu avais peur qu'elle ne revienne plus?

— J'ai simplement peur qu'elle ne veuille plus me voir.

— Ah ha!

— Pauvre Gaétan, j'ai eu une panne d'érection. Une femme a le droit de décider de ne plus voir un homme qui est incapable de lui faire l'amour, surtout quand cet homme n'est pas son mari. Je comprendrais très bien qu'elle ne donne plus signe de vie. Si cela arrive, je n'en ferai pas une tragédie, je n'irai pas te voir, ni un autre psy pour me faire traiter pour une simple déception amoureuse. Ce n'est pas une maladie, c'est la vie. J'aimerais beaucoup la revoir, je souhaite de tout cœur la revoir, voilà.

Dimanche, 18 juin

En rentrant chez elle, en début de soirée, Béatrice laisse tomber ses valises dès la porte franchie. Elle se dirige vers la salle de bain, se déshabille et se fait couler un bain. Après huit heures de route, elle ne rêve que de se prélasser longtemps dans un bain chaud. Lorsque le bain est prêt, elle s'y glisse en soupirant et ferme les yeux. Les vacances sont terminées, se dit-elle, et je dois faire face à mes problèmes. Je suis enceinte et je dois revoir Charles demain. Que faire? Devrais-je y aller quand même? Évidemment, Laurent est très amoureux depuis qu'il est parti. On vit ensemble et il ne me touche pas pendant des semaines; puis il part et il ne cesse de me dire qu'il m'aime. Et ce bébé? Je suis vraiment chanceuse, tellement chanceuse.

Béatrice flatte son ventre dans l'eau chaude, doucement, en faisant des ronds. Elle sourit et lui parle:

— Mais qu'est-ce qui t'a pris d'arriver maintenant? Tu nous en fais, une surprise. Nous ne t'attendions plus. Et tu arrives au moment où j'ai un amant. Que dois-je faire, dis-moi?

Elle ferme les yeux, essaie de revoir Charles dans son esprit, d'imaginer comment elle sera avec lui demain soir. Premièrement, viendra-t-il? Est-il traumatisé par sa mésaventure de l'autre jour? Je dois y aller, il sera sûrement très heureux. Et moi, je le serai aussi, me retrouver dans ses bras, quel bonheur... C'est décidé, j'y vais. En sortant de son bain, elle vérifie ses courriels, ce n'est que publicité et pourriels, rien d'intéressant. Laurent ne lui a pas écrit, elle est à la fois déçue et soulagée; s'il avait écrit, elle aurait trouvé plus difficile d'aller à son rendez-vous avec Charles. Maintenant, elle a le champ libre.

— Il n'avait qu'à m'écrire, dit-elle à haute voix, et à ne pas me laisser seule. Voilà, il le fait exprès, il oublie tout, il ne sait même pas à quelle date je reviens de voyage, je lui ai pourtant dit. Je suis enceinte de lui et il ne pense pas à moi.

Elle ressent une sorte de hargne, comme si elle voulait crier à la face de son mari: Un homme veut me voir, un homme veut s'occuper de moi, il ne pense pas seulement à ses affaires, il me trouve belle, il m'embrasse et veut me faire l'amour. Et elle se rend compte qu'elle veut aller à ce rendez-vous pour faire l'amour avec Charles justement, elle doit y aller pour voir comment elle réagira, sinon leur aventure restera incomplète. Peut-être que dans les bras de Charles elle se rendra compte qu'elle

n'aime plus Laurent, peut-être au contraire réalisera-
t-elle qu'elle l'aime davantage ? Dans les deux cas,
elle trouvera réponse à ses questions.

— Voilà, c'est décidé. Mon beau Charles, je
serai à toi demain soir. Et toi, Laurent, eh bien…
tu verras.

Lundi, 19 *juin*

Charles attend Béatrice à la terrasse où ils se
sont donné rendez-vous il y a déjà deux semaines.
Viendra-t-elle ? 7 h 30, le 19 juin, avaient-ils con-
venu, ou était-ce le 18, hier ? Il vérifie dans son
carnet : c'est bien aujourd'hui. Il essaie de prendre
de grandes inspirations pour calmer son cœur. Peut-
être a-t-elle réfléchi à leur situation, raisonne-t-il, et
qu'elle a décidé de mettre fin à leur relation. Après
tout, ce serait normal : elle est mariée et plus âgée
que lui. De plus, leur dernière rencontre n'a pas été
un succès ; vraiment il l'a peut-être insultée en ne
réussissant pas à lui faire l'amour. Non, mais, quel
crétin, une si belle femme, et il choisit ce moment
pour souffrir d'impuissance, à 26 ans ! Dix jours
offrent beaucoup de temps pour réfléchir, je la comprendrais très bien de décider de ne plus me voir,
se dit-il ; peut-être a-t-elle tout raconté à son amie
et qu'elle a résolu de mettre fin immédiatement à
cette petite passade. Tout ce que j'espère, c'est de
ne pas rencontrer son amie, conclut-il, et il ne peut
s'empêcher de sourire.

Il essaie de lire pour tuer le temps; rien à faire, les mots sautent devant ses yeux, ses mains tremblent, il a froid et chaud, et il ne sait plus s'il veut qu'elle vienne ou non. Aura-t-il mal si elle ne vient pas ou se sentira-t-il soulagé? Il essaie de faire le brave, se dit qu'il y a plein de belles femmes dans le monde, se force à se concentrer sur son roman, mais ses yeux font la navette entre la rue et sa lecture. Il ne peut se rappeler ce qu'il vient de lire et il ferme finalement son livre.

À 7 h 40, je pars, décide-t-il. 7 h 26 arrivent, Béatrice n'est toujours pas là. Il rouvre son livre, essaie de lire, rien à faire. 7 h 29, il est tellement nerveux qu'il devrait encore se rendre aux toilettes, mais il se dit qu'il ne peut pas bouger de cette table. Si elle arrive et ne me voit pas, se dit-il, elle partira et tout sera fini.

Il décide d'observer les femmes qui passent, s'empêchant de regarder sa montre, se demandant laquelle il pourrait bien approcher si jamais Béatrice ne vient pas. En voilà une justement, dieu qu'elle est belle avec ce chapeau, elles sont si charmantes avec un chapeau, mais il ne peut voir ses yeux, elle porte des verres fumés. Elle est vêtue d'une robe légère, courte, boutonnée sur le devant de haut en bas. Un coup d'œil à sa montre, il est 7 h 32, plus que huit minutes.

Il relève la tête. Où est cette belle femme maintenant? Il ne la voit plus dans la rue.

— Bonjour, entend-il à sa droite.

C'est elle, la beauté avec le chapeau, qui lui parle. Il se lève, fouillant dans sa mémoire pour savoir s'il a déjà rencontré cette femme, puis il reconnaît Béatrice, si belle, tellement plus belle que dans son souvenir, plus grande il lui semble aussi. Il la prend dans ses bras et la serre très fort contre lui.

— Charles, tu me serres trop fort, dit-elle en riant.

— Pardon.

Ils s'assoient et elle voit qu'il penche un peu la tête, passant son doigt au coin de ses yeux.

— Charles, tu pleures ? murmure-t-elle, caressant ses cheveux, elle aussi émue.

— J'ai eu peur que tu ne viennes pas.

Elle enlève ses verres fumés et il voit qu'elle pleure aussi.

— Quels braillards on fait, dit-elle. Si tu savais, mes jambes me portaient à peine pour venir ici. Quand je t'ai vu de loin, j'ai eu peur que tu partes, je me suis dit : Il va s'en aller, et j'ai failli crier ton nom. Tu me regardais, mais c'est comme si tu ne me voyais pas.

— Tu as une couleur superbe. Avec ce chapeau, je ne t'ai pas reconnue.

— J'ai un beau cadeau pour toi, mais ce sera pour plus tard.

— Moi aussi, mais prenons d'abord un verre. Raconte-moi.

Elle lui parle des dix jours en Nouvelle-Angleterre, ces belles maisons de Martha's Vineyard, avec leurs jolies clôtures blanches croulant sous les roses, la mer, toutes ces plages, ces soirées superbes avec Louise, leurs longues promenades, leurs conversations sur tout et sur rien. Elle lui raconte qu'elle a pensé à lui tout le temps, qu'elle a tellement parlé de lui que Louise ne voulait plus en entendre un mot, qu'il avait 26 ans…

— 26 ans? s'était écrié Louise.

— Oui, 26.

— C'est injuste, tu n'as pas le droit d'avoir un amant de 26 ans; nous, on n'a même pas un chum potable de notre âge, et toi, tu as un amant de 26 ans.

— Je devrais le laisser tomber?

— Non, donne-le-moi, avait rétorqué Louise. Je le veux, 26 ans! Il doit être beau comme un dieu.

— Oui.

— Et au lit?

— Divin.

Charles pouffe de rire.

— Tu lui as dit ça?

— Oui.

— Mais…

— C'est pas grave, ça ne compte pas. Ça ne m'a pas dérangée du tout. J'espère que tu as oublié. Alors, tu me le donnes, ce cadeau?

— Voilà, dit-il, en lui offrant un joli sac.

Elle ouvre le sac, écarte un peu le papier de couleur et découvre un slip moisson et un soutien-gorge demi-buste ornés de petites fleurs.

— Merci, tu es gentil, c'est magnifique, dit-elle en l'embrassant.

— Et le mien, mon cadeau?

— Un peu de patience. Lorsqu'on sera chez toi.

— Allons-y.

Lorsqu'ils pénètrent dans l'appartement, Béatrice retrouve ce lieu qu'elle avait un peu oublié, qui l'avait tant charmée, où elle s'était la première fois retrouvée dans les bras de Charles, et elle se détend immédiatement, elle sait qu'il ne peut plus rien lui arriver de mal, comme si elle entrait dans un endroit protégé, à l'abri de tout, enveloppée de douceur. Elle revoit les rayons de livres qui, il lui semble, sont là pour veiller sur elle, pour la garder au chaud, comme les bras de Charles.

Doucement il l'emmène dans la chambre et s'assied sur le lit. Elle reste debout devant lui, les bras ouverts, et lui dit:

— Ouvre, si tu veux ton cadeau.

Il entreprend de déboutonner sa robe, et ses doigts se mettent à trembler soudain. Il se souvient de ce magnifique roman, *L'Ombre du vent*, où Fermin explique au jeune narrateur qu'il n'existe pas «dans la vie d'expérience comparable à celle de la première fois où on déshabille une femme». Mais tous les hommes savent que chaque fois est toujours la première fois: on grelotte comme la première fois, on frissonne de tous ses membres en

défaisant les boutons et, chaque fois qu'on découvre cette chair rose et lumineuse, chaque fois que
nos mains touchent cette peau douce comme de la
soie, le souffle nous manque et on comprend qu'on
accède au paradis.

Charles réussit finalement à défaire tous les
boutons et ouvre lentement la robe : émerveillé, il
glisse ses mains sur son ventre, sur ses hanches,
puis il entoure Béatrice de ses bras et l'attire vers
lui, colle sa joue sur son ventre et reste là, les yeux
fermés, sentant sa poitrine contre son front. Béatrice
caresse doucement ses cheveux, et elle se souvient
de ce qu'elle a dit à Louise, cette sensation de
renaître et ce dard qui plonge en elle, toujours plus
profondément, qui lui triture l'intérieur, mais qui
ne fait pas mal.

— Mon amant, dit-elle.

— Je voudrais rester comme ça toujours.

— Tu ne remarques rien ?

— Tu es nue sous ta robe.

— C'est tout ?

Il la regarde encore, elle fait glisser sa robe par
terre, s'éloigne, marche dans la chambre, pivotant
sur elle-même.

— Et puis ? demande-t-elle.

— Mais tu es bronzée partout !

Elle s'approche, met ses mains autour de son
cou, lui offrant son ventre et ses seins acajou.

— C'est mon cadeau. À Martha's Vineyard, il y
a une plage pour nudistes et nous y avons passé la

majeure partie de notre temps. Je voulais t'offrir ce cadeau, mon corps tout bronzé. Comme ça, tu pourras rêver à moi lorsque je ne serai pas là. Tu pourras imaginer tous ces hommes qui m'ont vue passer, tous ces hommes qui ont voulu flirter avec moi, et moi, je ne pensais qu'à toi. Je sentais leur désir sur moi et je ne pensais qu'à toi, je prenais tout ce soleil et je me disais : Charles va passer sa bouche et ses mains sur ma peau et il sera si content. Je ne pensais qu'à aujourd'hui, à notre rendez-vous, en espérant de tout mon cœur que tu viendrais. Je voulais t'offrir ce plaisir, et tu pourras maintenant avoir toutes les mauvaises pensées que tu veux en pensant à moi.

— Crème brûlée, mon dessert préféré, dit-il, en glissant sa langue dans le petit repli sous les seins, les soulevant un peu, malléables, dociles, cumulus charnus, nuages dodus et pourtant légers comme de la mousse. Tes seins, je passerais ma vie à les étudier et à les admirer, je me ferais géographe, cartographe, physicien, arpenteur géomètre, topographe, pour les regarder, les mesurer, les peser, les toiser, les jauger, continue-t-il, les couvrant de baisers entre chaque mot.

— Mesure-moi, arpente-moi, dessine-moi, lèche-moi, prends-moi, j'en rêve depuis deux semaines.

Il tombe à genoux entre ses jambes et cueille avec la pointe de sa langue les petites gouttelettes de sa mouillure, minuscules étoiles scintillantes accrochées au firmament noir de sa toison. Puis il entrouvre le rideau des lèvres, découvre la petite fente, raie, rigole, sillon précieux, passage secret, porte sur le paradis, «sente du xérès», comme le dit encore Fermin, et sa langue caresse enfin cette chair si douce, onctueuse, liquoreuse, fruit ouvert, louise-bonne ou griotte marasquinée. Béatrice soupire d'aise. Les yeux fermés, souriante, elle se balance doucement, en chantonnant. Graduellement, le plaisir montant et se réverbérant en ondes grandissantes dans tout son corps, ses mains s'agrippent aux épaules de Charles, ses doigts s'enfoncent dans sa chair, et ce chant s'élève de sa gorge, note rauque et déchirante, elle se met à tanguer, à osciller dans l'air, comme un arbre battu par le vent, essayant de maintenir son équilibre, ses jambes agitées maintenant de spasmes incontrôlables, et bientôt elle se raidit, se fige, puis elle titube, incapable de se tenir debout, se défait finalement et, hoquetant et pleurant, disloquée, désarticulée, démembrée, tombe en morceaux dans les bras de Charles, éperdue, tremblante, frissonnante, en sanglots. Charles, pour la première fois témoin de tant d'abandon, de tant de renoncement, de tant d'humilité, profondément ému par tant de beauté, la reçoit, la recueille, l'enveloppe, l'entoure, l'emmitoufle, l'emmaillote, la lange, la couvre de baisers, la réchauffe afin de calmer ses sanglots et ses frissons. Ils restent ainsi longtemps, mais elle pleure toujours, des larmes coulant sans cesse sur ses joues.

— Qu'est-ce que tu as, pourquoi tu pleures?

— J'ai quelque chose à te dire.

— C'est si grave?

— Oui, très grave.

— Dis-moi.

— J'ai si peur.

— Peur de quoi?

— De tout… je croyais que c'était impossible, mais… je suis enceinte.

— Monsieur le juge, ce n'est pas moi, je n'ai même pas fait l'amour avec elle, je n'ai pas été capable…

— Espèce de fou, pas de toi, de mon mari.

Et elle rit au travers de ses larmes.

— Enfin tu ris.

Il la regarde longtemps et, dans ses yeux, il peut lire la joie et la peur, le bonheur et l'appréhension, l'angoisse et cette «secrète fierté d'une femme qui découvre qu'elle est enceinte», comme l'écrit Durrell. Il l'embrasse partout sur son visage, aspirant ses larmes au fur et à mesure, comme il buvait sa mouillure tout à l'heure.

— Tu vas me laisser? demande-t-elle.

— Non. Pourquoi je te laisserais?

— Mais je suis mariée et enceinte.

— Et alors?

— Je vais devenir grosse.

— J'ai toujours aimé les grosses.

— Tu sais quel âge j'ai?

— Non, je ne me suis jamais posé la question.

— J'ai 38 ans.

— C'est mon ami Gaétan qui va être content.

— Pourquoi?

— Trop longue histoire. Et toi, tu ne vas pas me laisser?

— Je ne suis pas capable. J'ai toujours envie de toi. Tu es toujours là, près de moi, je ne fais que penser à toi.

— Tu es enceinte depuis quand?

— Le 6 mai, le lendemain de notre première conversation; je suis certaine de la date parce que mon mari est parti ce jour-là et nous avons fait l'amour. Je suis très surprise parce que cela fait des années que nous n'employons plus aucun moyen contraceptif et nous avions conclu que je ne pouvais pas avoir d'enfant. Lorsque je l'ai annoncé à mon mari, je ne savais pas à quoi m'attendre. Il était si heureux, et j'ai senti qu'il m'aimait. Je n'avais pas eu cette sensation depuis longtemps. J'ai senti moi aussi que je l'aimais encore. Il travaille tout le temps et les derniers six mois ont été plutôt difficiles. Il devait se préparer pour ce nouveau poste à l'étranger, il était très occupé, et nous avons pratiquement cessé de faire l'amour. Il est donc parti en mai, et je devais aller le rejoindre à la fin du mois de juin. J'ai su que j'étais enceinte pendant que j'étais à Martha's Vineyard. J'avais de petites nausées, mes seins grossissaient, je retardais, je n'en croyais pas mes yeux. Louise et moi avons acheté un test et j'ai découvert officiellement que j'étais enceinte. J'ai dit à Louise que je ne voulais plus partir. À ce moment-là, elle m'a regardée sérieusement et m'a demandé si j'étais amoureuse de toi. J'ai répondu que je ne savais pas, mais que je voulais d'abord rester pour le bébé. M'en aller en Afrique, si jamais il y a des complications, je ne me le pardonnerais jamais. Alors elle m'a dit: Il tombe bien, ce bébé, tu ne trouves pas? et j'ai répondu: C'est mon mari qui va décider. Je lui ai donc téléphoné. Je lui ai expliqué les raisons pour lesquelles je voulais rester ici, mais je me disais: S'il veut que je le rejoigne quand même, je pars. Je voulais qu'il me dise de partir le rejoindre et, en même temps, je voulais qu'il me dise de rester ici, pour le bébé, mais je ne pouvais m'empêcher de penser aussi à toi, je voulais continuer à te voir. Quand il a dit qu'il était d'accord pour que je reste ici, je me suis mise à pleurer, mais je ne sais pas si c'était parce que je ne le verrai pas avant six mois, parce que j'étais enfin enceinte, parce que je savais que je le tromperais pendant tout ce temps ou parce que j'étais si heureuse de pouvoir faire l'amour avec toi. Tu vas continuer à me faire l'amour?

— Oui.

— Même quand je serai grosse? Je vais avoir des malaises, des sautes d'humeur, je vais pleurer pour rien, te faire des scènes.

— Ce n'est rien.

— J'ai autre chose à te dire aussi.

— Vas-y. C'est le grand déballage aujourd'hui.

— Tu vas être choqué.

— Tu crois?

— Tu sais, quand on s'est connus, je voulais coucher avec toi, mais, à ce moment-là, je savais que je partais fin juin. Alors je me disais : Je vais faire l'amour avec ce beau jeune homme pendant quelques semaines, puis je pars pour six mois. Scénario parfait, ni vu ni connu. Tu es choqué ?

Il la regarde longtemps et lui répond doucement, si doucement :

— Tu veux faire l'amour ?

Ils s'étendent sur le lit, elle lui enlève ses vêtements et s'installe à cheval sur lui, faisant glisser lentement son sexe en elle, fermant les yeux et soupirant. Elle fait pivoter son bassin, tournant lentement, ses mains prenant appui sur son thorax, puis monte et descend, un sourire inondant son visage.

— Pourquoi tu souris ? demande-t-il.

— Au gymnase, je vois sur les escaladeurs toutes ces filles splendides, elles font le même mouvement que je fais sur toi et je me demande toujours pourquoi elles ne sont pas en train de faire l'amour plutôt que de s'évertuer sur des machines.

Elle se penche vers lui, lui donne sa bouche, lui offre ses seins, Charles est transporté, son sexe mouillé, entouré, caressé, câliné, cajolé, étreint, embrassé.

— Tu connais Crémone ? demande-t-elle.

— La ville d'Italie ?

— Oui, la ville où on a créé les plus fameux violons du monde. Il y a un musée où on peut voir neuf de ces violons.

Bougeant lentement son bassin en rotation, elle prend sa bouche entre chaque phrase, suce doucement sa langue, en faisant entendre des ronronnements de plaisir.

— Les violons sont suspendus dans des cages de verre à température et humidité contrôlées. Tu fais le tour du musée et, quand tu reviens vers les violons, tu t'aperçois qu'une cage est ouverte et qu'un des deux Stradivarius n'y est plus.

Elle lui donne des baisers dans le cou, sur les joues, sur les yeux, reprend sa bouche, détaillant ses dents, aspirant sa langue entre ses lèvres, comme si elle s'abreuvait à une fontaine.

— Donc le Stradivarius n'est plus là, continue-t-elle. Au moment de quitter le musée, tu entends soudain cette musique, des accords, des gammes, des suites de notes. Tu penses d'abord que c'est un disque, ou la radio, tu ne vois personne.

Elle se penche de nouveau vers lui, embrasse ses épaules, son cou, reprend sa bouche longtemps.

— Qui joue ? demande-t-il, tiraillé entre le plaisir et la curiosité. Tu me fais languir…

— Pas si vite, on a tout le temps. Faire l'amour, c'est comme voyager. Tu vois, par exemple, entre Milan et Venise, il y a 280 kilomètres. Si tu veux vraiment bien voyager, tu dois faire au moins deux ou trois fois cette distance ; alors tu vas à droite, à gauche, tu reviens sur tes pas, tu arrêtes dans des endroits inconnus, tu te perds dans des petits villages et tu découvres des merveilles. Dans le fond, tu ne veux pas vraiment arriver. Faire l'amour, c'est la même chose : tu dois tout faire pour ne pas arriver à la fin. La beauté, c'est le trajet, pas la destination. Alors quand tu me fais l'amour, tu dois te perdre sur mes cuisses, dans mon dos, sur mes fesses, tu dois arrêter dans mon cou, sur mes pieds, entre mes orteils, entre mes jambes, partout.

Elle l'embrasse encore, remuant son bassin, jouant avec son plaisir, essayant de le retarder, de le maintenir là, à ce point d'embrasement.

— Alors, demande encore Charles, qui joue ?

— C'est le maître de musique. Tous les jours, comme les chanteurs le font chaque matin pour entretenir leurs cordes vocales, il joue de chaque instrument, le fait chanter, fredonner, vibrer, pour garder le violon en forme, pour que sa sonorité ne faiblisse pas, pour que le violon n'oublie pas qu'il a été créé pour faire de la musique, pour qu'il soit toujours prêt à jouer pour vrai.

Charles n'a jamais vécu une sensation pareille, jamais femme ne lui a fait l'amour ainsi. Les yeux fermés maintenant, comme ces musiciens transportés par la musique qu'ils jouent, elle tend son visage vers le ciel, toute volupté, toute ferveur, toute piété. Puis elle se penche vers lui, prend sa bouche et continue, les yeux dans les yeux :

— Notre corps est comme ces précieux violons de Crémone. Notre sexe un Stradivarius et on doit en prendre soin, le cajoler, le dorloter, le faire chanter, on doit le caresser pour lui rappeler qu'il est un violon d'une valeur inestimable, qu'il a été créé pour nous faire chanter.

— Et si on ne le fait pas?

— Alors on manque d'amour, premièrement pour soi-même et, deuxièmement, pour celui ou celle qui viendra faire chanter notre corps un jour. On caresse son sexe, on le fait vibrer par amour pour l'amant ou l'amante qui viendra, pour se préparer à sa venue. L'amant ou l'amante qui nous croise sentira ainsi que nous l'attendions. Il sentira aussi si on n'est pas prêt et il passera son chemin. Tu es maintenant mon maître de musique, joue de moi comme tu veux, caresse-moi comme tu veux, autant de fois que tu veux, joue toutes mes notes, toutes mes gammes, tous mes accords, je suis ton clavier, ta partition, ton violon.

Rendue à ce point, elle n'a qu'à accentuer légèrement son mouvement de giration et à contracter ses muscles, et Charles, complètement enivré d'elle, de son corps, de sa peau, de ses seins si près de sa bouche, de ses paroles, de toute cette poésie, sent naître et grandir ce plaisir prodigieux qui monte en vrille depuis le fond de son ventre. Béatrice se retrouve chevauchant un cheval sauvage, Charles soulevant et abaissant son bassin sans arrêt, agitant les jambes, les allongeant et les repliant sans cesse, sa tête oscillant de droite à gauche, son cri devenant bientôt un long pleur, puis un regret d'avoir à quitter cet état de perfection et de bonheur qu'il avait atteint, ce septième ciel où il flottait depuis si long-temps. Finalement, il se calme, souriant, les bras en croix, les yeux toujours fermés. Béatrice se pen-che, prend sa bouche et l'embrasse doucement, lui murmurant :

— Tu es mon amant, mon bel amant, tu es le plus merveilleux maître de musique.

JUILLET

Aujourd'hui, 19 juillet, il fait chaud dès 7 h, le soleil est brûlant, l'air immobile, et Charles a invité Béatrice à Sainte-Adèle, à la maison de son père, au bord d'un lac, où ils pourront se rafraîchir et relaxer avant d'aller souper quelque part. Béatrice se rend chez Charles et ils partent vers 9 h : c'est la première fois qu'ils passeront une journée complète ensemble et ils sont excités comme des enfants. Ils se dirigent vers l'échangeur L'Acadie. Il n'y a pas beaucoup de circulation, tout le monde est en vacances. Ils quittent la chaleur étouffante de Montréal avec plaisir et s'engagent sur l'autoroute des Laurentides. Déjà, ils voient défiler les centres d'achats de Laval.

— Tu as déjà habité Laval ? demande Béatrice.

— Presque.

— Comment ?

— Lorsque j'étais jeune, mes parents ont été un peu tentés par la vie en banlieue ; ils avaient même pris rendez-vous avec un agent immobilier. En se rendant à Laval, mon père a soudain regardé ma mère et lui a demandé : Voulons-nous vraiment devenir des Lavallois ? Elle s'est retournée vers lui et tous les deux, en même temps, comme si leurs réflexions avaient suivi le même chemin, ont fait signe de la tête : Non. Alors ils ont rebroussé chemin. Tu sais que Laval est un très vieux mot breton ?

— Bon, dit Béatrice, je sens que je vais en entendre de bonnes.

— La pure vérité, madame, la pure vérité. Tu sais que les Bretons sont venus pêcher ici avant que Jacques Cartier ne découvre notre pays ? Comme le disait mon grand-père, le travail des pêcheurs n'était pas de découvrir, c'était de pêcher ; Cartier, lui, était découvreur de métier, pas un pêcheur ; alors il a découvert le Canada, mais bien après les pêcheurs. Quand ils se croisaient sur le Saint-Laurent, Cartier, avec cette condescendance typiquement française, demandait aux Bretons : Alors, mes braves, ça mord ? Et eux rétorquaient : Et vous, vous avez découvert quelque chose ? Cartier, désignant tout ce qui les entourait par un long et large geste circulaire de la main, répondait emphatiquement : Canada. Les Bretons, peu impressionnés par toute cette pompeuse pantomime qu'ils savaient destinée principalement à chasser les maringouins, se regardaient en riant et se disaient entre eux : Y a rien là.

— Tu es complètement fou.

— Les Bretons avaient sans doute raison, car le mot Canada pourrait aussi venir de l'espagnol *aca* qui

signifie «par là», et *nada* qui veut dire «rien»; alors
Canada signifierait vraiment: Il n'y a rien par-là.

Béatrice s'esclaffe de plus belle.

— En breton, «Y a rien là» se dit: La'al. Lorsque
les Bretons revenaient de leurs expéditions et qu'on
leur demandait où ils avaient pêché, ils répondaient:
La'al, endroit où il n'y a rien.

— C'est vraiment ton grand-père qui a dit ça au
sujet des Bretons et de Jacques Cartier?

— C'est peut-être Vigneault.

— Alors le v, dans Laval, il est apparu quand?

— Attends, j'y arrive. Tu sais que Laval est
maintenant une grosse ville, la deuxième en importance au Québec. Mais Laval n'a pas de centre-ville;
alors, depuis quelques années, Laval cherche son
centre-ville. Comme personne ne le trouvait, on a
eu la brillante idée d'engager un expert pour découvrir ce fameux centre-ville; cet expert cherche et
cherche, mais n'a pas encore trouvé. Il paraît qu'on
a identifié le bobo maintenant, et par là on décèle
encore le syndrome découvreur/pêcheur, qui est
notre bon fond français: le type était urbaniste, et
non découvreur de centre-ville. Un urbaniste n'est
pas un découvreur, n'est-ce pas? Alors on cherche
encore un vrai découvreur de centre-ville. C'est pas
évident, tu sais, les spécialités scientifiques maintenant, c'est vraiment pointu.

— Ce que tu peux en inventer, des histoires.

— Tu aurais dû entendre mon grand-père parler
des scientifiques.

— Mais le v, lui?

— Alors Laval, qui était vide auparavant, est aujourd'hui rempli de…?

— Magasins?

— Vous gagnez un billet pour assister à la cérémonie officielle de la découverte fortuite du centre-ville de Laval. Laval, endroit où il n'y a rien, synonyme de Canada, signifie maintenant, êtes-vous bien assise, madame: Lavilleoùilyaleplusgrandnom bredemagasinsdanstoutl'hémisphèreoccidentaletmê meprobablementaussidansl'hémisphèreorientalcequi enfaitquandmêmepasmaletquin'estpasbanal, ce qui serait trop long à dire, évidemment, alors on dit Laval, en contractant dans le v tout ce qu'il y a entre La et al, un peu comme le pi d'Archimède, cette suite aléatoire de décimales sans fin, comme les magasins de Laval.

Elle se penche vers lui et l'embrasse.

— Comment j'ai fait pour me passer de toi tout ce temps? Tu me fais tellement rire. Depuis combien de temps tes parents sont séparés?

— J'avais neuf, dix ans.

— Et ça s'est bien passé avec la nouvelle femme de ton père?

— Non, au début, pas du tout.

— Pourquoi?

— Aujourd'hui, j'ai une théorie là-dessus, mais à l'époque, je ne comprenais rien. Tu sais, les enfants ne voient pas leurs parents comme des êtres sexués. Il n'y a pas de dimension sexuelle dans une famille, alors que cette dimension est toujours plus ou moins présente dans nos rapports quotidiens avec des étrangers. Dans la famille donc, les enfants voient leurs parents comme des parents, non comme des amants qui ont eu des enfants. Et beaucoup de parents les confortent dans cette image en cessant d'être des amants et en devenant des parents à 100 %. Certains vont même jusqu'à s'appeler Papa et Maman entre eux, alors exit le sexe. Lorsque ton père quitte ta mère pour une autre femme, c'est comme s'il redevenait un être sexué, il redevient un amant. L'enfant perçoit ce changement, cette attirance sexuelle de son père pour cette nouvelle femme, et il se sent mis de côté, je pense. Il ne peut accepter cette femme, car elle est une rivale pour l'affection de son père.

— Ça me semble raisonnable. Je sais que, lorsque les hommes apprennent que je suis enceinte, tout leur comportement change, je deviens intouchable, comme une sainte qu'ils doivent honorer et aucun n'ose flirter avec moi.

— On arrive bientôt ; après cette longue côte, on pique à droite entre les arbres et on y est dans trois minutes.

La voiture roule lentement sur la petite route et s'engage finalement dans une entrée en gravier menant à une maison entourée d'une galerie ensoleillée, avec un lac à environ 30 mètres.

— C'est magnifique, commente Béatrice.

— C'est beau, n'est-ce pas ?

— Il y a beaucoup de maisons sur le lac?

— Une quinzaine. Ici, on est dans une petite baie où on est seuls. Viens, on va se baigner, il fait chaud.

Ils entrent rapidement dans la maison et se déshabillent, Béatrice laissant tomber un peu n'importe où ses sandales, puis sa robe et finalement son slip. Charles ne peut s'empêcher de la regarder, d'admirer cette grâce dans tous ses gestes.

— Tu as vu? demande Béatrice, s'apprêtant à enfiler un maillot. J'ai un peu épaissi autour de la taille, j'ai pris un ou deux centimètres.

— Tu es très bien, Béa. Et pas besoin de maillot. On est seuls dans notre baie. Mets une robe de bain si tu veux, mais personne ne peut nous voir ni sur notre terrain ni des quais. Si toi et moi restions ici, il y aurait deux règles: la grille d'entrée serait toujours fermée et tu devrais passer l'été toute nue, tout le temps. Comme ça, je pourrais te faire l'amour n'importe quand, n'importe où.

— Tu ne penses qu'à ça? demande Béatrice, se remémorant les derniers mois d'abstinence avec son mari.

— Y a-t-il dans la vie quelque chose de plus important? Tu sais, mon père a une tante de 94 ans dont le mari est mort depuis longtemps. Elle vit dans un foyer avec un homme de son âge et, la nuit, elle découche pour aller dormir avec son amant de 75 ans. Je vais parfois la voir avec mon père, on a toujours beaucoup de plaisir en sa compagnie. Elle ne peut s'empêcher, l'air un peu gênée, mais en même temps fière comme une adolescente, de nous raconter ses trois ou quatre orgasmes aux mains de son amant. Tu imagines, 94 ans! Le corps humain est extraordinaire, non? Elle nous dit qu'elle ne peut pas en parler à ses garçons, car ils lui font des scènes. Ses fils ont 60 ans et, comme tous les enfants qui veulent hériter, ils ont peur qu'elle dépense tout son argent. Avec sa santé sexuelle, ils n'ont pas fini d'attendre. Allez, dans l'eau!

Ils descendent au lac, Béatrice marche devant, et Charles ne peut détacher les yeux de ses hanches, de ses fesses, ces rondeurs, ces courbes, et il n'est pas loin de penser qu'il n'y a rien de plus troublant. Les femmes se doutent-elles de leur infini pouvoir de séduction? se demande-t-il.

Ils arrivent finalement sur un quai flottant, inondé de soleil, avec des chaises, une table et un parasol. On voit l'autre rive du lac en face, à plusieurs centaines de mètres et, effectivement, cette petite baie offre une intimité rêvée pour des amants.

— C'est splendide, dit Béatrice.

— Oui, c'est très bien. Et pas de bateaux à moteurs, encore mieux. On a la paix.

Ils s'étendent sur les chaises longues en poussant un grand soupir.

— Quel plaisir!

— Lorsque tu as chaud, tu plonges, c'est tout.

— Je crois que je vais y aller tout de suite, le soleil est vraiment fort.

Béatrice plonge et Charles reste sur le quai, à la regarder, figure pâle glissant sous l'eau. Elle émerge plus loin, se retourne et lui envoie des baisers en souriant. Elle nage quelque temps, puis revient. Elle sort de l'eau et Charles n'a pas assez de ses yeux pour admirer cette beauté devant lui : ce qui le frappe d'abord, ce sont ses bras, éloignés de son corps, mains ouvertes, comme si elle était un oiseau qui aurait décidé de se poser là, devant lui, qui n'aurait pas encore replié ses ailes, puis ce sourire, épanoui, sans retenue, libre, tout à la joie du moment présent, sans souci, sans complexe ; son cou si fin, ses épaules carrées, puis ses seins somptueux où l'on voit des gouttelettes s'écouler en trois ou quatre longues traînées descendant de la base de son cou comme les cordons d'un invisible maillot, qui perlent sur tout son corps et dont certaines se confondent avec ces petites pointes de chair brunâtres autour des aréoles. Chaque fois Charles a le souffle court devant cette courbure renflée, cette lourdeur arrondie et, en même temps, cette légèreté, cette vivacité, cet élan au moindre mouvement, cette oscillation, cette mobilité, chaque fois il est frappé d'apnée devant le merveilleux mystère de ce poids qui tombe toujours et qui ne choit jamais. Sans gravité, le désir et l'amour existeraient-ils ?

Ils passent ainsi l'après-midi à se baigner, à siroter de la limonade, à discuter de choses et d'autres, à somnoler.

— Mon père a écrit un texte sur ce lac, je te le lirai tantôt.

— Ton père écrit?

— Il a écrit beaucoup de choses, oui, et il a finalement publié son premier roman l'année dernière. C'était pas mal, tu le liras. Tu vas voir de qui je tiens. Tu crois aux signes?

— Quels signes?

— Il y a quelques années, mon père partait pour la Barbade, un peu avant Noël, comme tous les ans, et il est allé voir son père avant le départ. L'anniversaire de mon grand-père était le 2 décembre. Au moment de quitter, après la soirée, mon père m'a raconté qu'il a embrassé son père, comme d'habitude, mais cette fois, il a eu soudain les larmes aux yeux, c'était la première fois que cela lui arrivait en quittant son père. Sur le coup, il n'a pas compris pourquoi. Il est donc parti pour la Barbade et est revenu le 5 janvier, un dimanche. Le lendemain, mon père roule en voiture à Montréal et soudain, à l'émission de Myra Cree, il y a cette chanson qui commence, seulement des notes de guitare, puis trois mots: *Gia la sento*. C'est Andrea Bocelli qui chante, puis encore des notes de guitare, et ensuite: *Gia la sento morire*. Mon père a arrêté sa voiture dès les premiers accords, coupant même le moteur, comme si quelque chose le forçait à stopper et à écouter. Il a écouté jusqu'à la fin et, lorsque Bocelli chante: *In silenzio, se ne andata dormire, è gia andata dormire* («En silence, elle s'en est allée dormir, elle est déjà partie dormir»), il pleurait sans savoir pourquoi. Sur ce disque de Bocelli, tout le monde écoutait *Con te partiro*, mais la plus belle chanson est *Romanza*, qui est d'ailleurs le nom de l'album. Le lendemain, mon père a appris que son père avait subi un accident vasculaire cérébral la veille, à peu près à l'heure où il a entendu la chanson à la radio. Quand il a su la nouvelle, il a tout de suite pensé à leurs adieux, le 2 décembre, et à cette chanson de Bocelli. Il m'a dit que c'était la vie qui lui donnait des signes, qui l'avertissait de la mort prochaine de son père, et qu'il ne les avait pas vus. Ils étaient là devant ses yeux. Il n'y a donc pas de hasard puisque la vie nous avertit de ce qui va se passer.

— Et nous, demande Béatrice, il y a des signes?

Charles ne répond pas, se contentant de regarder au loin. Tout autour du lac, on aperçoit, oscillant comme des mirages dans l'air surchauffé, des parasols ouverts, petits nuages coniques multicolores descendus du ciel, sous lesquels évoluent des silhouettes blanchâtres, filiformes, barrées de lignes horizontales roses, jaunes, blanches, bleues. L'eau est un miroir, l'air est immobile, lourd, et on sent sur tout son corps cette pesanteur, ce poids bienfaisant, comme une douillette sous laquelle on se laisse écraser, sans bouger, à moitié endormis, emmagasinant la chaleur comme des lézards. C'est une journée parfaite de juillet, canicule bienvenue, souhaitée, attendue, que les habitants du Québec espèrent voir durer plusieurs jours de suite, sinon ils diront qu'ils n'ont pas eu d'été, ils se sentiront lésés, comme si on leur avait volé quelque chose à quoi ils avaient droit, qu'ils avaient mérité en supportant patiemment leurs longs mois de froidure, et vous aurez beau leur donner le plus magnifique et le plus chaud des septembres, s'ils n'ont pas eu en succession ces 10 ou 12 jours étouffants de juillet, avec ces nuits sans air, sans un souffle, s'ils doivent se contenter de deux ou trois jours chauds éparpillés par-ci par-là, avec des journées fraîches entre, et que vous leur demandez s'ils ont passé un bel été, ils vous répondront, moqueurs, sarcastiques, avec cette pointe d'amertume dans la voix, un peu blessés même: Quel été?

Au plus profond de l'hiver, lorsque le mercure se fige vers –30 pendant plusieurs jours de suite et qu'il semble ne plus jamais vouloir remonter, les Québécois, emmitouflés sous plusieurs couches de vêtements, sentent déjà, inscrites dans leurs gènes mêmes, ces chaleurs de juillet qu'ils recevront dans six mois et ainsi, au Québec, Noël arrive véritablement en juillet: le vrai cadeau de Noël des Québécois est cette succession de jours chauds qui représentent le juste retour du pendule.

— Voilà, on a eu ces –30, se disent-ils, mais ce n'est rien, on a maintenant ces 30, alors tout est bien.

De même, en juillet, pendant la canicule, lorsqu'ils plongent dans un lac, les Québécois sentent sur leur peau cette fraîcheur de l'eau qui leur rappelle que l'hiver est toujours présent, 12 mois par année, comme le redoux de janvier leur avait donné un avant-goût de juin.

Si vous interrogez les gens au sujet du temps qu'il faisait au Paradis terrestre, tous vous répondront qu'il faisait toujours beau, qu'Adam et Ève passaient tout leur temps à se prélasser sur une plage devant une mer chaude. Ce n'est pourtant pas exact. Au Paradis à la fin de nos jours, *quand les hommes vivront d'amour* et que *les soldats seront troubadours*, comme le chante si justement Raymond Lévesque, tous les opposés s'annuleront, toutes les différences disparaîtront, toutes les contradictions se résoudront, tous les conflits se régleront, *et commenceront les beaux jours*. De même, au Paradis terrestre, tous les contraires se rencontraient et donc, tous les temps coexistaient: ciel pur et cirrus duveteux, soleil éclatant et altostratus bleuâtres en verre dépoli, temps sec et ondées ruisselantes, calme plat et vents violents, mistral et sirocco, blizzard et suroît, zéphyr et nordet, toute l'échelle de Beaufort à la fois, tous les temps et toutes les saisons, et le Québec est ainsi le pays qui se rapproche le plus du Paradis terrestre, car on peut y rencontrer mai en janvier et novembre en juillet.

Finalement, regardant toujours le lac, Charles dit:

— Dans cette chanson de Bocelli, on dit aussi: *Lo chiamano amore, è una spina nell cuore che non fa dolore.*

— Et qu'est-ce que ça veut dire?

Ses yeux reviennent sur Béatrice, toute pour lui, toute à lui, corps et âme.

— Charles, qu'est-ce que ça veut dire?

— Ça signifie: On appelle ça l'amour, c'est une épine dans le cœur qui ne fait pas mal.

Béatrice se lève, s'approche de lui, prend sa tête entre ses mains et l'embrasse tendrement, puis couvre tout son visage de baisers, lentement, et elle plonge ses yeux dans les siens.

— Je sais très bien ce qui va arriver de nous, Charles, mais je ne veux pas y penser. N'y pense pas non plus. Actuellement, la vie nous a oubliés, elle ne sait plus qu'on existe. Je veux simplement faire l'amour avec toi le plus souvent possible avant que la vie ne se souvienne de nous.

— Tu as raison.

— Tu viens dans l'eau avec moi?

Ils plongent et décident ensuite de remonter à la maison pour l'apéro. Ils s'installent sur la terrasse, le soleil est encore chaud, Charles embrasse Béatrice avant d'aller chercher une bouteille de vin blanc. Il revient bientôt avec les verres et des feuilles imprimées.

— Le texte de ton père?

— Le titre est *Correspondances*. Ça parle de ce lac.

— Lis-le-moi, j'aime me faire lire des histoires.

Charles la regarde, son corps nu offert au soleil, il se dit qu'il est heureux et se demande si c'est tout ce qu'il lui faut dans la vie. Il promène ses yeux sur le ciel, le lac, la forêt autour, revient sur Béatrice devant lui, la contemple longuement, souriant, ému soudain :

— Qu'y a-t-il ? demande-t-elle.

— Rien, je suis heureux, je n'ai besoin de rien d'autre.

— Moi aussi, Charles. Je passe le plus bel été de ma vie.

— Alors je lis ?

— Je t'aime.

C'est la première fois qu'elle lui dit ces mots. Il la regarde, elle pleure maintenant, abondamment, mais elle soutient son regard, et il se dit qu'il ne connaît pas femme plus belle. Le temps s'arrête, ils restent ainsi, les yeux dans les yeux, et ils n'ont plus conscience du monde : elle pleure et sourit en même temps, de ce sourire de Joconde, si tendre et un peu moqueur, à la fois ironique et indulgent.

— Moi aussi, je t'aime, Béatrice.

— On ne dira plus jamais ces mots, tu es d'accord ?

— Oui, je suis d'accord.

— Tu me le lis, ce texte ?

— Oui, madame.

CORRESPONDANCES

Au matin, le soleil levant dessine à la surface de l'eau un rai de lumière bien défini, quadrilatère oblong, comme si on avait ouvert une porte au fond du lac, à gauche, et, pendant quelques minutes, tous les matins, il reste là, dans l'expectative, espérant voir s'encadrer dans ce rectangle de lumière rose une silhouette, quelqu'un, Dieu peut-être... qui ne vient jamais, et il se dit qu'il devrait prendre le canot, avironner sur cette lumière surnaturelle et se laisser flotter jusqu'à la source de ce rayon; peut-être qu'au bout il découvrirait que la terre est toujours plate et qu'il s'abîmerait dans l'infini.

Il ferme les yeux, et les rouvre; a-t-il dormi? Il lui semble que le rayon sur le lac n'a pas bougé, que le rectangle a la même superficie, la même couleur, et pourtant les aiguilles sur le cadran ont bien avancé. Le chant mélancolique du huard résonne et se répercute, trois notes, comme un hautbois, la deuxième plus longue que les autres et, comme s'il répondait à son appel, il se lève pour descendre au lac.

Il est 6 h 30, l'eau est un miroir parfait, pas un souffle de vent, il fait déjà une chaleur bienfaisante. Il aime par-dessus tout cette heure d'avant le début du monde, cette heure où rien ne bouge, instant de solitude et d'éternité.

Debout sur le quai, il dénoue le cordon de sa robe de chambre et, au moment où il laisse tomber son vêtement à ses pieds, s'exposant au soleil, un frisson de plaisir parcourt son corps: la nudité lui procure depuis toujours cette joie, cette ivresse, cette allégresse profonde, cette sensation de liberté complète, cette légèreté, comme un oiseau prêt à prendre son envol.

Il reste ainsi un bon moment, debout sur le quai, absorbant un peu de la chaleur du soleil ; il va plonger, mais il hésite encore, il hésite toujours, l'eau sera fraîche, sinon froide, car, même si l'été règne déjà dans l'air, l'hiver habite encore dans l'eau. Ses yeux font le tour du paysage, les collines qui entourent le lac, l'île un peu à droite, bruissante d'oiseaux, la dentelle du faîte des arbres reflétée dans l'eau, « cathédrale qui descend », écrit Rimbaud.

Déjà, le petit vert du printemps a disparu, cet éphémère frimas vert tendre des premiers bourgeons, écharpe translucide couronnant la cime des arbres, résille à peine visible, qui ne dure que deux ou trois jours et qui, si on n'y prête pas attention, disparaît aussi vite que la jeunesse, comme cette petite fille dans le film « 1900 », courant devant un Burt Lancaster devenu si vieux qu'il est incapable de la rattraper, et cette fillette sur laquelle il ne peut refermer les mains, c'est sa vie qui s'enfuit, qui glisse entre ses doigts, sa jeunesse si fraîche hier encore, aujourd'hui passée, évanouie, révolue, et il doit s'arrêter, essoufflé, épuisé, désespéré, en pleurs, expliquant à l'enfant que la plus grande tragédie sur la terre n'est pas la guerre ni la famine ni les cataclysmes, mais bien l'impuissance qui frappe les hommes vieillissants.

Il regarde dans l'eau à ses pieds, des poissons nagent paresseusement près du quai, comme dans l'attente de son plongeon. Le soleil sera bientôt plus haut, le vent froissera l'eau immobile, d'abord cette légère ondulation qui donne l'impression d'une pelure d'orange, puis la houle et enfin les vagues, parfois moutonneuses, et toute cette magie matinale disparaîtra.

Il se décide finalement et plonge. Il y a d'abord ce choc de l'eau, toujours plus froide que ce à quoi il s'attendait, ce bruit aussi, comme s'il brisait une mince couche glacée, puis cette sensation, presque une douleur, comme si des cristaux de glace lui égratignaient la peau au passage et, finalement, cette impression de l'eau sur tout son corps, qui l'enveloppe tout entier, qui colle à sa peau, ce froid qui s'infiltre entre ses doigts, entre ses jambes, entre ses orteils, entre ses fesses. Quel bonheur! Il glisse longtemps sous l'eau et peu à peu l'écart de température entre l'eau et son corps se réduit, l'eau est froide, mais il n'a plus froid, il atteint ce bien-être, ce plaisir, cette joie d'être complètement immergé, complètement entouré, protégé, inaccessible, invulnérable.

Il émerge finalement et se tourne sur le dos, le bleu du ciel au-dessus, comme s'il planait, porté par une vague de bien-être. Il se laisse ainsi flotter pendant un bon moment, s'immergeant parfois: il n'y a pas mieux que plonger dans un lac au réveil pour se sentir revivre, renaître. Après une vingtaine de minutes, il revient à son quai, sort de l'eau, s'assied sur la chaise longue et se laisse sécher au soleil. Les vagues créées par sa baignade s'éloignent graduellement, le lac peu à peu retrouve sa sérénité et bientôt plus aucune trace d'agitation ne subsiste à la surface de l'eau, comme s'il n'avait jamais plongé, comme s'il n'était jamais venu au lac, comme s'il n'avait jamais existé.

De retour à la maison, il entre sans bruit et se rend jusqu'à la chambre ; elle dort encore, couchée sur le côté gauche, genoux repliés, comme cette statue dans l'eau au château de Mateus, respirant doucement.

Certains matins, elle l'attend et, lorsqu'il arrive dans la chambre, avec son sexe si petit, tout froid, elle est déjà assise au bord du lit et elle demande :

— Tu m'as apporté une glace ?

Il se couche, elle s'assoit en tailleur et se penche vers lui. Elle aime prendre son sexe ainsi, minuscule bouton de fleur, le faire grossir et s'épanouir lentement, avec patience, sans jamais se lasser, ravie, étonnée toujours, émerveillée chaque fois devant ce membre qui peu à peu s'éveille et grandit : c'est une glace à l'amour, dit-elle, la meilleure glace au monde, car elle ne fond pas, elle devient chaude et soyeuse, avec cette densité parfaite, ce moelleux qui cède un peu mais reste ferme. Lentement, longuement, sans hâte ni précipitation, avec des pauses, elle le réchauffe et le lèche, avec ces soupirs, et ces bruits quelquefois, ces ronronnements, comme si elle murmurait une formule magique, secrète, connue d'elle seule. Parfois elle souffle un peu sur son sexe, comme pour lui insuffler la vie.

Il est étendu et la voit, au bout de ses bras, courbée sur lui, attentive, patiente, chercheuse d'or, guettant les premiers émois, ses premiers gémissements et, lorsque son sexe se gonfle un peu, elle sourit, et dit, comme Dieu contemplant le premier jour de la création :

— C'est beau.

Il avance sa main droite pour cueillir son sein, à distance parfaite, ni trop près ni trop loin, il n'y a pas d'efforts à faire, et il reçoit dans le creux de sa main ce poids si doux, si mobile, oscillant comme une balançoire, avec cette pointe qu'il pince un peu entre ses doigts, elle gémit, le désir naît au fond de lui et il comprend alors qu'elle est cette magicienne, cette fée, cette alchimiste capable de ranimer son corps, de lui redonner la vie, et que sa bouche, son dos, ses hanches, son corps entier sont les véritables pierres philosophales qui, au simple toucher, au simple regard même parfois, ravivent cette émotion unique, précieuse, inestimable, l'or même de la vie, le désir.

Sur le lac, le quadrilatère rose a disparu, le vent court à la surface de l'eau, le jour est levé.

Son regard revient sur elle et il reste ainsi à l'observer pendant de longues minutes, ne voulant pas l'éveiller, émerveillé devant cet ange descendu dans son lit, renaissance chaque matin de sa vie. Il se glisse sous les couvertures, il veut réchauffer son corps avant de se coller à elle, et son esprit vagabonde : il la revoit dans ces poses où il la surprend parfois, ces milliers d'instantanés conservés dans sa mémoire, visions fugaces, si brèves, mais imprimées à jamais dans son souvenir, diaporama de ses désirs, voyeurisme entretenu, nourri, sans cesse augmenté, multiplié, vidéothèque de ses fantasmes, innombrables, celui-ci, elle est assise sur le bidet, face au mur, la main gauche sur la tablette au-dessus de sa tête et la main droite entre ses jambes, comme si elle était un homme tenant son sexe pour diriger le jet, ou cet autre, elle est penchée devant le frigo, nue, éclairée seulement par la lumière de la porte ouverte, inconsciente de son corps, ailleurs, abstraite d'elle-même, fulgurante beauté noir et blanc en contre-jour.

Maintenant réchauffé, ne craignant plus de la surprendre, il se colle contre elle, recevant ses fesses au creux de son ventre, comme s'il la portait, grossesse d'homme. Son sexe est déjà dur, présent de la nature qu'il lui offre tous les jours, l'hiver sous les couvertures, comme deux enfants dans une cachette, l'été à découvert, dans la lumière si douce du matin. Jamais elle ne dit non, jamais elle ne le repousse, toujours elle reçoit son désir, toujours elle accueille son amour. Et plus elle se laisse désirer, plus il la désire ; plus elle se laisse aimer, plus il l'aime ; plus elle se laisse prendre, plus il la prend. Dans son sommeil, elle frissonne, gémit, soupire, alanguie, offerte, elle soulève un peu sa jambe droite pour l'accueillir entre ses cuisses, et leurs sexes sont comme deux vaisseaux spatiaux cherchant à s'arrimer, voyageant à 25 000 kilomètres à l'heure, mais en même temps immobiles, si près l'un de l'autre, le sexe mâle s'avançant et s'ajustant au fur et à mesure, trouvant finalement la petite ouverture, exerçant une légère pression, ouvrant délicatement les lèvres, oiseau avide de nectar.

Elle dort mais elle ne dort plus, elle émerge du sommeil, elle s'éveille à la vie, elle naît au jour, elle entrouvre les yeux, elle s'ouvre au monde et sa première sensation de la vie consciente est celle de ce désir qui l'entoure, l'enveloppe, l'englobe, la réchauffe, cet écrin d'amour

dans lequel elle baigne, et les premiers mots qui se forment en elle sont : Je suis désirée, je suis aimée, et elle
sourit.

Le matin, son érection est si ferme, si pleine, si raide,
qu'il peut rester en elle longtemps, immobile, ou alors
actif, la prenant en adoration, son sexe si droit, si rigide,
infatigable machine, engin si merveilleux qu'elle l'appelle
en riant son godemiché, ou alors simplement son gode,
son god, son dieu, coulant en elle et faisant déferler ces
vagues de plaisir, « la mer, la mer, toujours recommen-
cée », avec ces plateaux, ces pauses, comme des belvé-
dères où elle peut prendre pied, s'arrêter, contempler son
bonheur, ce soleil qui se lève au fond de son ventre, et
lui, son sexe semblant ne plus jamais vouloir fléchir, a
l'impression qu'il ne mourra jamais.

Cette fois, elle reste couchée et veut simplement le
sentir entrer et grossir en elle, l'envahir, l'investir, la possé-
der, l'occuper, la remplir, la peupler, la gaver. Centimètre
par centimètre, sans hâte, sans brusquerie, au rythme de
sa respiration, l'aiguillon de chair pénètre lentement en
elle, de plus en plus profondément, baigné de cette
chaude mouillure, et ils montent tous deux au paradis.
À la fin, elle sent battre son cœur à même cette pul-
sation de son sexe en elle et ils voudraient rester ainsi
toujours, parfaitement soudés, excités mais en deçà du
plaisir, embrasés mais sans emportement, ardents mais
sans frénésie, braise couvant.

Bientôt sa respiration s'allonge, ralentit, et il sait
alors qu'elle s'est rendormie, avec son sexe en elle, au
milieu de l'amour, au milieu du désir, lui dans la réalité

et elle dans le rêve, lui habitant son rêve et elle occupant ses pensées.

Dans son sommeil, elle rêve, elle est nue quelque part, et des hommes se présentent devant elle, qui lui font l'amour à tour de rôle. Les visages changent, mais c'est toujours son sexe à lui qui est présent en elle, elle le sait, elle en reconnaît la taille, le volume, la respiration, le phrasé.

Les visages défilent, se transforment à chaque poussée en elle, distribution changeante, imprévue, surprenante, sans ordre, visages connus et inconnus, amis, voisins, confrères, connaissances, et d'autres, simples figurants qui ont passé dans sa vie, ces yeux qu'elle a vus s'attarder sur ses seins, ces désirs qu'elle a sentis naître sur son passage, ces hommes avec qui elle a flirté une fois, dans une soirée, au restaurant, au bureau, dans un magasin, en achetant des billets de spectacle, pendant une conversation anodine, ou alors au volant de sa voiture, coincée dans un bouchon, en train de se maquiller et sentant ce regard sur elle, cet homme à sa gauche, et prolongeant ce moment, recommençant le rouge à lèvres, accentuant sa moue dans le petit miroir du pare-soleil, toute à cette excitation de se sentir observée, admirée, désirée, tous ces amants qu'elle n'a pas eus dans sa vie viennent à tour de rôle en elle, ces passants auxquels elle a rêvé un instant, ces désirs surgissant sur une terrasse, ces fantasmes, se demandant : Tiens, celui-ci, qui passe, est-ce que je coucherais avec lui ?, répondant : Oui, ou alors surprenant cet autre à admirer ses jambes, et faisant exprès de laisser sa robe ouverte très haut sur la cuisse, l'été, ces après-midi où il fait très chaud, et soudain le désir lui étreignait le ventre, son sexe mouillait et s'ouvrait comme une fleur, et elle sait aujourd'hui, profondément, que si certains de ces inconnus l'avaient abordée de la bonne façon, s'ils avaient osé, s'ils avaient eu le courage (les hommes sont si pusillanimes), elle sait qu'elle aurait peut-être fait cet acte fou de coucher avec un inconnu, là, en plein milieu de sa vie, femme mariée, avec des enfants, songeant sans cesse à son mari, si présent, et jouissant sans doute plus fort du seul fait de penser à lui, comme la Justine de Durrell prenant un amant parce qu'elle est en train de tomber amoureuse de Nessim.

Tous ces hommes apparaissent dans son rêve, tous ils entrent en elle, doucement, un après l'autre, amants multiples, innombrables, mais elle ne sent que le sexe de son mari, et elle est ainsi fidèle et infidèle, loyale et déloyale, irréprochable et fautive, constante et volage, elle le trompe et ne le trompe pas, elle fait l'amour avec tous et seulement avec lui, elle est la maîtresse de tous et sa femme à lui, il est un homme et tous les hommes, il est son amant et tous les amants. Il la mordille dans le cou, incapable de ne pas toucher cette peau de satin, et il sait que sa passion va bientôt l'emporter. Dans son rêve à elle, les hommes se succèdent plus rapidement, ils caressent ses seins, la mordent doucement, elle gémit, son dos frémit, son bassin oscille, son plaisir monte, et elle s'éveille, elle reconnaît ce rai de chair au creux d'elle-même, cette écharde de plaisir au plus profond de son ventre, elle crie en même temps que son mari se défait en spasmes incontrôlables, comme un pommier que l'on secoue pour en faire tomber les derniers fruits, et il s'effondre derrière elle, le souffle court, contre son dos. Ils restent ainsi longtemps, reprenant leur souffle, retrouvant leur calme, s'assoupissant même un peu.

Dans son demi-sommeil, il sait que demain matin, il découvrira au réveil le rectangle de son dos, son désir se lèvera comme un soleil sur ce quadrilatère oblong offert à ses lèvres et son sexe plongera encore au plus profond de cette chair rose. »

— Tu sais, dit Charles, j'ai parlé à mon père de mon petit problème lorsque nous avons couché ensemble la première fois.

— Ah oui?

— J'étais un peu désemparé après ma mésaventure avec toi, alors je le lui ai dit.

— Ton père et toi parlez de ces choses librement?

— C'était la première fois. Je crois que ce n'est qu'à notre âge qu'on peut en parler avec ses parents, quand il n'y a plus de parents ni d'enfants, seulement des adultes. Lui m'a parlé de ses problèmes aussi. Il a eu 60 ans et il ne peut plus faire l'amour comme avant. Il dit se retrouver devant un dilemme: doit-il cesser de faire l'amour et quand? Après avoir flanché ou après avoir été brillant? Nous avons bien ri, car il a fait un parallèle avec un sportif qui décide de prendre sa retraite: doit-il se retirer au sommet ou attendre qu'on lui montre la porte? En amour, a-t-il expliqué, tu ne peux pas tout arrêter après avoir flanché, ce serait trop lamentable. Au contraire, si tu as été très bon, tu veux le faire encore, car tu te dis que tu es encore capable. C'est un problème insoluble. Au sujet de ma panne, il m'a dit : Toi, c'est arrivé seulement une fois, ne t'en fais pas ; moi, ça m'arrive souvent maintenant. Tu sais, dans notre société corrompue par la culture américaine (pour paraphraser Gandhi, a-t-il dit, la culture américaine *serait* une bonne idée), on n'en a que pour la jeunesse, mais une femme de 60 ans est très belle, elle a une peau très douce, des cuisses de soie et de beaux seins, lourds comme des seins de femmes enceintes, c'est très émouvant. Alors, quand on la voit nue, on ressent du désir et, en même temps, cette émotion de savoir que l'on vieillit, et on s'aime davantage. Chaque fois, quand elle voit qu'on la regarde, elle a cette incertitude dans les yeux, cette question, cette peur : Suis-je encore belle ? M'aimes-tu toujours ? As-tu encore du désir pour moi ? Quand on se colle contre elle le matin, contre ses fesses douces et fraîches, quand on l'entoure de son bras, on n'a pas d'âge, on n'est ni vieux ni jeune, on est simplement vivant. Je suis toujours amoureux de ma femme, mais je ne peux plus l'aimer comme je voudrais. C'est comme dans ce texte où je parle de Burt Lancaster. On ne croit jamais que cela nous arrivera et, un jour, on veut faire l'amour à sa femme, on la désire, même après toutes ces années, on fantasme encore à son sujet, on la prend dans ses bras, et on ne peut pas l'aimer comme on voudrait l'aimer. Certaines femmes se moquent de l'importance que les hommes attachent à ces choses. Flaubert a dit à peu près : Vivre, c'est bander, et c'est très vrai. L'impuissance est la première manifestation de la mort dans la vie d'un homme. Tu sais, jusqu'à 55, 60 ans, on ne croit pas vraiment qu'on va mourir ; on reste mince, on fait de l'exercice, on soigne son apparence et on peut encore penser être objet de désir, on peut imaginer qu'on n'est pas encore traité comme une personne âgée. Être vivant, c'est désirer et être désiré. Les enfants et les personnes âgées sont en dehors de la vie, on ne les désire pas ; la vraie vie, c'est la vie sexuée. Vers la soixantaine, l'impuissance entre dans notre vie, on n'est plus objet de désir et on se sent peu à peu mis sur une voie d'évitement. En fait, on réalise que le monde va continuer après nous. On voit toutes ces belles jeunes femmes passer, et on prend conscience tout à coup qu'on ne sera jamais plus jeune et qu'on ne pourra jamais plus en tenir une entre ses bras. Même si on accepte ce fait, même si on sait qu'elles ne pourraient jamais nous aimer, on les désire quand même. Dans le fond, je crois que c'est la vie qu'on désire, c'est la vie qu'on sent lentement nous filer entre les doigts, comme Burt Lancaster, justement, incapable de saisir la petite fille qui court. Toutefois, si on a vraiment aimé une femme, si on l'a adorée, si on lui a fait l'amour aussi souvent qu'on le pouvait, si on a fait toutes les folies de l'amour pour elle, alors, la première fois qu'on flanche, elle nous embrasse doucement, elle cueille nos larmes de chagrin avec ses baisers et on lit dans ses yeux qu'elle comprend toute notre détresse, elle sait que notre amour, qui se mesurait auparavant aux centaines de fois où on lui a fait l'amour, se mesurera maintenant aux innombrables fois où on ne pourra plus.

— Charles, tu me fais pleurer encore.

— Tu sais, lorsque je n'ai pas réussi à faire l'amour avec toi, tu as eu ce même regard, sans condescendance, sans mésestime, sans ironie. Je ne me suis senti ni diminué ni méprisé. Voilà pourquoi je suis venu à notre rendez-vous. J'étais extrêmement nerveux, mais je savais en même temps que tu viendrais.

— Charles…

— Oui?

— Fais-moi l'amour…

Le jeune homme s'approche d'elle, la prend dans ses bras et l'embrasse longtemps, puis il l'installe sur un fauteuil, ses fesses tout au bord. Il met un coussin par terre et s'y assoit, en tailleur, entre ses jambes, courbé devant *L'Origine du monde*. Les lèvres sont fermées, ligne toute droite, tige de fleur s'épanouissant au sommet en boucles serrées, dense buisson abritant le plus doux des trésors. Charles ouvre délicatement, d'abord les grandes lèvres, sépales d'orchidée, ailes de papillon, puis les plus petites gardant l'entrée, dévoilant ce petit bouton ornant la voûte, grain de beauté, fragile agate, larme, pleur d'Aurore, goutte de rosée, précieuse perle d'eau, opaline, centre du plaisir, centre de son corps, centre de son être, centre du monde. Il glisse sa langue dans la fente.

— Avec le vin qui goûte le litchi, c'est sucré salé, dit-il.

Béatrice rit, les yeux entrouverts comme ces bouddhas dont on ne sait s'ils les ouvrent ou les ferment et, fondant déjà, tire la tête de Charles entre ses jambes.

— Tu parles trop, murmure-t-elle.

Charles retrouve son sexe et, pendant si long-temps qu'elle en perd la notion du temps, lèche lentement, posément, sans rien précipiter. Béatrice s'enfonce dans le fauteuil, silencieuse, s'embrasant peu à peu. Charles arrête parfois, toujours au bon moment, s'étonne Béatrice, et il sème des baisers sur ses cuisses, ses mollets, son ventre, sa toison, puis il retrouve la petite fente, crique liquide, anse douce et chaude où on voudrait passer le reste de sa vie, en dehors du monde, en dehors du temps. Quelquefois, elle ouvre les yeux, elle ne voit au-dessus d'elle que le ciel bleu où flânent des cumulus, elle se dit qu'elle monte au ciel et que la mort doit ressembler à cette lente assomption. Bientôt, elle se met à trembler de tous ses membres, ses mains s'agrippent au fauteuil, elle cambre les reins, l'orgasme fouette son corps et elle jouit en silence, souriante, les yeux grands ouverts, buvant l'azur. À la fin, elle se laisse glisser au bas du fauteuil et se love dans les bras de Charles.

— Tu es un amant extraordinaire. Personne ne m'a jamais fait l'amour comme toi. Comment se fait-il que tu saches si bien faire l'amour ?

— Je conduis lentement et je ne fais pas de gestes brusques.

— Tu es fou.

— J'ai beaucoup lu aussi.

— Tu me fais perdre la tête. Charles, j'ai un goût de femme enceinte, et on ne doit jamais dire non à une femme enceinte.

— Oui ?

— Prends-moi debout, devant le lac.

Il l'emmène face au lac.

— On dirait qu'on fait partie de la nature, dit-elle ; on fait l'amour et, en même temps, c'est comme si on marchait dans la forêt.

— Cette position est très célèbre dans la littérature française.

— Qu'est-ce que tu racontes ?

— C'est la position Saint Exupéry.

— Ah bon, dit Béatrice, rigolant doucement.

— Saint Exupéry a écrit cette phrase : Aimer, ce n'est pas se regarder dans les yeux, mais regarder tous les deux dans la même direction.

Béatrice éclate de rire, tellement qu'elle se recroqueville et s'éloigne en titubant, complètement hilare.

— Charles, comment peux-tu dire de telles folies ?

— Tu vois, on ne peut pas faire l'amour et rire en même temps. L'amour est le contraire du rire.

— Comment veux-tu qu'on continue maintenant ?

— Viens.

·=·=·

Le soir, au restaurant, Béatrice est radieuse, souriante, détendue, elle plane, Charles l'observe et se dit que le bonheur existe vraiment. Il voudrait que le temps s'arrête à ce moment-là, avec Béatrice devant lui, ses gestes gracieux, ses mains, qu'elle pose sur les siennes parfois, caresses, effleurements d'ailes d'oiseau, son rire qu'il aime tant, ses yeux, si tendres, où il voit poindre des larmes s'ils s'attardent trop longtemps sur lui, et il sait alors que ce bonheur qu'ils vivent ne peut durer.

Le maître d'hôtel commente :

— Madame est amoureuse.

La soirée commence admirablement, mais peu à peu, l'humeur de Béatrice change, s'assombrit. Elle se retire de la conversation et, à la fin, ne répond plus, sinon par monosyllabes. Charles lui demande si tout va bien et elle répond qu'il n'y a pas de problème. Le repas se termine plus ou moins dans le silence et ils se dirigent vers la voiture. Avant de démarrer, il demande :

— Qu'est-ce que tu as? Tu ne te sens pas bien?

— Non, tout va bien.

— Mais tu ne parles plus.

— Ramène-moi à Montréal.

— Dis-moi, Béa.

— Allez, démarre, je suis fatiguée.

Pendant la route, il se retourne parfois vers elle; elle reste toujours silencieuse et il remarque bientôt des larmes qui coulent sur ses joues.

— Béa, qu'est-ce qui se passe?

— Rien.

— Pas de ça, Béa. Dis-moi.

— Tu ne t'es pas vu?

— Mais qu'est-ce que j'ai fait?

— *Mademoiselle par-ci, mademoiselle par-là, vous êtes si gentille, et qu'est-ce que vous faites dans la vie. Ah, vous êtes étudiante? Moi-même, j'enseigne le français.* Vraiment, Charles, c'était assez évident.

— De quoi parles-tu?

— Tu flirtais avec la serveuse.

— Mais non, jamais. Je viens de passer la plus belle journée de ma vie avec toi et j'irais flirter avec une autre, et devant toi en plus? Voyons, Béa, je ne ferais jamais ça.

— Les hommes sont tous pareils.

— Béa, tu n'es pas juste. J'ai simplement été poli, je suis toujours comme ça.

— Et en plus tu avoues...

— Je n'avoue rien, je n'ai rien fait.

— Laisse-moi tranquille.

— Béa, tu es jalouse?

— Oui, je suis jalouse, je sais très bien que tu me trouves moins belle que cette jeune fille.

— Mais non, Béa, jamais de la vie.

— C'est assez, je ne veux plus en parler.

Charles conduit en silence, lui jetant un coup d'œil de temps en temps. Puis il tend la main, essuie doucement les larmes sur sa joue.

— Béa, calme-toi. Depuis que je te connais, je n'ai jamais été si heureux.

— Je ne suis pas jeune comme elle.

— Ça ne m'intéresse pas qu'elle soit jeune. Tu es la femme la plus fascinante que je connaisse et je n'en veux pas d'autre.

Béatrice ne répond pas, incline plutôt son siège, tourne la tête vers la droite et ferme les yeux. Bientôt Charles entend sa respiration régulière et il comprend alors qu'elle s'est endormie. Il soupire, se cale dans son siège et ralentit un peu, savourant ces moments de silence et de paix. Il leur reste encore au moins 45 minutes de route, la nuit est belle, la radio joue doucement, il est près de 23 h 30, il y a peu de voitures à cette heure. Il repense à cette journée qu'ils viennent de passer, comme un couple, un vrai couple, et il doit se forcer pour se convaincre qu'ils devront se séparer dans quelques minutes, lorsqu'ils arriveront à Montréal. Béatrice le quittera, montera dans sa voiture et il se retrouvera seul dans son lit, comme tous les soirs. Il ressent une certaine frustration devant cet état de choses, il en veut davantage maintenant, il voudrait Béatrice pour lui seul, il se rend compte qu'il ne peut plus se passer d'elle et il doit s'avouer que ce n'est plus un jeu, ce n'est plus un flirt, ce n'est pas une passade. Il se remémore les catégories d'amour énumérées par son ami Gaétan et sourit. Il n'a jamais vécu de telles choses. Il se retourne vers Béatrice et lui murmure doucement:

— Je t'aime.

Béatrice ne bouge pas, profondément endormie. Il lui répète:

— Je t'aime, je ne veux plus te laisser, je t'aime, je ne veux plus que tu me quittes, je t'aime…

Plus il lui dit ces choses, plus il se laisse aller à rêver: elle va quitter son mari et vivre avec lui. Il échafaude des plans, revoit les pièces de son appartement en essayant de trouver une place pour le bébé… Mais il bloque immédiatement ces images. Trop facile, se dit-il, trop facile, les choses ne se passeront certainement pas comme ça. Elle ne quittera pas son mari, je n'ai que 26 ans, il y a trop de différence entre nous. Et il doit s'avouer qu'il va souffrir avant la fin de l'année et que, plus il se laisse aller à l'aimer, plus il va avoir mal.

Ils sont déjà à la sortie Henri-Bourassa. Il est minuit quinze et Charles ne veut pas rentrer immédiatement, il veut rester avec Béatrice. Elle dort toujours. Il sait que, s'il stoppe, elle va s'éveiller, alors il décide de prendre la 40 vers l'ouest et de continuer à rouler. Il se sent invulnérable, seul avec la femme qu'il aime, personne ne peut les rejoindre, personne ne peut entrer dans leur univers, personne. Charles roule doucement vers l'ouest, continuant de vivre son rêve. Il fait encore une vingtaine de kilomètres, Béatrice dort toujours. Finalement il doit rebrousser chemin et reprendre la 40 vers l'est, vers la maison. Il est triste maintenant, la fin est proche et il ne peut s'y résoudre. Revoici bientôt l'échangeur Décarie, puis L'Acadie, Saint-Laurent, Saint-Denis. Il quitte l'autoroute métropolitaine et descend vers le sud. Béatrice dort toujours. Il arrive chez lui, trouve une place pour se garer et coupe le moteur. Le vrombissement ouaté de la voiture cesse et, le silence sonnant soudain comme un réveil, Béatrice ouvre les yeux. Un instant elle semble perdue ; elle regarde autour d'elle, puis se tourne vers Charles et lui sourit.

— Nous sommes arrivés ? Quelle heure est-il ?

— Une heure du matin.

— Une heure ? Mais que s'est-il passé ?

— Rien, tu dormais, j'étais si bien avec toi, alors j'ai roulé jusqu'à Pointe-Claire et je suis revenu.

— Tu me pardonnes ?

— Béa, je t'aime.

— Il ne faut pas.

— Je sais, c'est ce que je me répète, mais c'est plus fort que moi. Je voudrais te garder avec moi, ce soir, tout de suite, et demain aussi.

Béatrice met sa main sur la bouche de Charles, comme pour lui signifier de ne plus rien dire, puis elle prend ses lèvres, plusieurs fois, 10 fois, 20 fois. Lorsqu'elle s'éloigne de lui, elle murmure chaque fois :

— Ne dis rien, ne dis plus rien.

Après un dernier baiser, elle prend son visage dans ses mains, caressant ses joues, ses cheveux, ses yeux, répétant encore :

— Ne dis rien. Bonne nuit.

Elle ramasse ses affaires en silence, ouvre la portière et sort. Charles la voit s'éloigner dans la nuit, la grâce de ses mouvements, sa taille qui ondoie. Elle ne se retourne pas, se dirigeant résolument vers sa voiture. À travers les vitres des voitures stationnées entre la sienne et celle de Béatrice, Charles voit les lueurs rouges de ses feux arrière qui s'allument, puis qui s'éteignent, elle démarre et se perd dans la nuit.

Dimanche, 23 juillet

— Bonjour Béa.

— Ah, bonjour Laurent.

La sonnerie du téléphone a réveillé Béatrice. Il est 7 h 30. Depuis mercredi, elle n'est pas encore descendue de son nuage. Laurent ne lui a pas écrit depuis plusieurs jours et elle n'a pas eu à soutenir ces combats intérieurs entre son amant et son mari.

Elle retrouve immédiatement toute son angoisse, cette boule au creux de son ventre.

— Excuse-moi de te téléphoner si tôt.

— Ce n'est rien.

— J'ai une nouvelle.

Le cœur de Béatrice sursaute: Va-t-il me dire qu'il arrive bientôt? Qu'il vient passer quinze jours avec moi? Que vais-je faire? Dans sa tête, ces deux images d'elle-même, mère de l'enfant de Laurent et amante de Charles, entrent en collision.

— Quelle nouvelle? demande-t-elle, le cœur battant.

— Je t'avais dit que je demanderais de pouvoir aller passer deux semaines avec toi.

— Oui? Son cœur cogne encore plus fort contre sa poitrine.

— Eh bien, c'est impossible.

— Pourquoi? demande-t-elle, à mi-chemin entre la joie et la tristesse.

— Trop de travail, pas de temps de vacances, c'est tout.

— ...

— Ce n'est pas juste, dit Laurent, la voix brisée.

— Laurent... souffle Béatrice, elle aussi soudainement submergée d'émotion.

— Je suis fatigué, je ne fais que travailler. Te parler aujourd'hui et savoir que je ne pourrai pas te voir avant Noël...

Il y a un long silence, tous deux essaient de reprendre leurs sens, et Béatrice sent tout à coup son mari si proche, si présent, qui a tellement besoin d'elle. Pour la première fois depuis long-temps, elle sent qu'elle aime encore Laurent, qu'elle l'aime profondément. L'image de Charles s'éloigne et celle de Laurent prend toute la place. Elle les voit maintenant si clairement, elle, son mari et son enfant, ce dont ils ont rêvé pendant si longtemps. Soudain, elle est prête à tout lui révéler.

— Laurent…

— Oui?

— Tu sais, pour moi aussi, le temps est bien long loin de toi.

— …

— Et je…

— …

— j'ai connu…

— Oui?

— … beaucoup de moments difficiles depuis que tu es parti, réussit-elle à articuler, se ravisant à la dernière minute.

Son instinct ne la trompe pas, et son amie Louise lui a répété tellement de fois : N'avoue jamais, jamais, jamais! À quoi cela servirait-il d'avouer? À faire du mal, c'est tout. Comment peux-tu avouer à Laurent que tu as un amant pendant que tu portes son enfant? Peut-on sérieusement penser qu'avouer une telle chose te rendra plus chère à ses yeux?

— Ne t'inquiète pas, le bébé et moi, nous allons très bien, continue-t-elle, rassurante. Et le temps passera vite jusqu'à Noël.

— Excuse-moi, je ne veux pas que tu t'en fasses pour moi. Je me sens déjà mieux.

— Je t'embrasse bien fort, Laurent. Je t'aime.

— Moi aussi, souffle-t-il, et il raccroche brusquement.

Béatrice, complètement bouleversée, a à peine le temps de déposer le combiné que le téléphone sonne encore.

— Bonjour, c'est Louise !

— Ah, Louise, tu tombes bien, répond-elle, en larmes.

— Mais qu'est-ce que tu as ?

— Je viens de parler avec Laurent.

— Tu sembles bien triste.

— Oui, très triste. Laurent pensait venir me voir en juillet ou en août, mais son employeur a dit non. Il pleurait et ça m'a bouleversée.

— Je comprends.

— J'ai failli tout lui avouer.

— Aïe ! Jamais, jamais.

— Je sais, je me suis souvenu de ce que tu m'avais dit.

— Tu veux qu'on prenne un café ensemble ?

— Oui, ça va me faire du bien. Ma sœur Roberte sera là aussi.

— Celle qui a changé de voiture, il y a quelques années, parce que le modèle qu'elle conduisait faisait trop «péquiste» ?

— Oui, exactement.

— Tu n'en as pas entendu parler depuis longtemps, il me semble.

— Trois ans, je pense. Elle m'a téléphoné hier ou avant-hier. Elle n'est plus dans la vente directe, elle a lancé sa propre société. On se voit vers 10 h 30?

— O.K.

Béatrice se prépare lentement, les choses se placent un peu dans sa tête, Laurent, son enfant, Charles. Elle retrouve un peu de sérénité. Elle sait très bien qu'avec la différence d'âge, il y a une impossibilité pour elle et Charles. En même temps, elle ne peut se résoudre à ne plus le voir. Une femme ne peut jamais oublier un homme qui l'a emmenée si souvent au ciel.

En arrivant au café, Béatrice aperçoit Louise déjà en conversation avec Roberte. Sa sœur cadette a toujours eu l'air d'une millionnaire, même quand elle n'avait pas le sou, mettant en pratique ce principe si cher aux Américains: *Fake it till you make it!* Après des études poussées et quelques années de travail comme biochimiste, elle a complètement bifurqué, se lançant dans la massothérapie, puis dans la réflexologie, toutes ces médecines parallèles si populaires auprès des femmes. Ensuite elle a tâté de la vente directe, source de sa brouille avec Béatrice. Il y a quelques années, son expression favorite était: «*Fannnntastic*», en anglais évidemment, puis elle a épousé Roland, un Français, et elle s'est mise à ponctuer les phrases de ses interlocuteurs par des «Oh la la» typiquement hexagonaux. Lorsqu'elle parlait de sa Mercedes 325i, au lieu de prononcer à la française «Trois cent vingt-cinq i», elle disait toujours «Three twenty-five aille». Roland, de plus en plus agacé par cette anglicisation force-née et plutôt sur les derniers kilomètres avec elle, demandait alors, caustique: «Est-ce que la Three twenty-five "aille" est plus rapide que la Trois cent vingt-cinq i?» Le mariage s'est évidemment terminé dans le mur lorsque Roland, exaspéré par les folles dépenses de sa femme dont l'activité préférée con-sistait à battre le record de bouteilles de champagne consommées dans les bars lors des anniversaires de ses «amies», a dû aussi payer ses billets de station-nement accumulés: une somme de plus de 4 000 $. Roberte a fait faillite une deuxième fois.

Le coup de fil de Roberte a un peu surpris Béatrice, qui ne sait pas vraiment à quoi s'attendre ce matin. Qu'est-ce que sa sœur peut bien vouloir lui annoncer?

— Bonjour, vous deux, dit-elle.

— Bonjour, grande sœur, dit Roberte, tout sou-rire. Ça va?

— Oui, ça va très bien. J'attends un bébé.

— Un bébé? À ton âge?

— Oui, et alors?

— Alors, rien. Je suis surprise, c'est tout. Tout va bien?

— Oui, je me porte à merveille.

— Félicitations. Et Laurent?

— En Afrique jusqu'en janvier pour son travail. Et toi, que se passe-t-il dans ta vie?

— Je suis maintenant CEO, ou PDG, comme vous dites en français.

— De quoi?

— De *Féminine singulière*.

— Qu'est-ce que c'est?

— C'est un centre de croissance personnelle qui offre toute la panoplie de médecines douces et d'arts divinatoires : réflexologie, aromathérapie, ennéagramme, phytothérapie, chromothérapie, shiatsu, massothérapie, ayurvédisme, chiromancie, astrologie, tarot, numérologie, graphologie, cartes du ciel, feng shui, etc.

— Tu gagnes ta vie avec ça?

— Si tu savais! J'ai créé cette compagnie il y a un peu plus de deux ans et demi et je suis millionnaire aujourd'hui.

— Encore une fois?

— Cette fois-ci, c'est la bonne, crois-moi.

— Comme quoi profiter de la naïveté des gens est beaucoup plus rémunérateur que rechercher la vérité scientifique, remarque Béatrice, déjà un peu agacée.

— Ton centre est très fréquenté? demande Louise.

— Les portes ne sont pas assez grandes; savez-vous quel est le segment parfait du marketing aujourd'hui?

— ...

— Le segment parfait du marketing dans le monde occidental d'aujourd'hui, continue Roberte, n'est pas la tranche des femmes de 16-24 ans, comme le croient les grosses sociétés américaines obsédées par la jeunesse, mais bien celle de ces femmes adultes, riches, professionnelles ou non, qui ont entre 40 et 55 ans et trouvent la vie trop compliquée. Elles ont un mari, ou ont eu un mari ; en passant, vous savez que, au Québec, dans 80 % des cas, ce sont les femmes qui demandent le divorce...

— Quand même, 80 % des hommes ne sont pas mauvais, murmure Béatrice.

— ... elles ont un mari et un amant... continue Roberte.

Béatrice se demande si sa sœur lit dans ses pensées ou si Louise lui a parlé de son Charles.

— ... elles ont une carrière en même temps que des enfants, ou elles ont eu des enfants et ensuite une carrière, ou vice versa, peu importe. Imaginez autant de variantes que vous voulez, mais elles mènent toutes au même résultat : ces femmes sont malheureuses. La différence avec les générations précédentes, c'est que les femmes d'aujourd'hui ont de l'argent. Alors elles s'inscrivent à tous les séminaires, cours, mouvements, ateliers, sessions, avec des gourous de toutes sortes auprès de qui elles croient trouver le bonheur. Le Klondike du XIXe siècle, c'est la tristesse des femmes de 50 ans. Alors pourquoi je laisserais ce marché à d'autres ?

Féminine singulière est une société gérée entièrement par des femmes et, comme l'indique son nom, strictement réservée aux femmes. Les femmes qui se présentent aux bureaux de *Féminine singulière* ne voient que des femmes, qui affichent toutes ce sourire de béatitude permanent, cette équanimité apprise, cette sollicitude empesée des gens en possession tranquille de la vérité, qui parlent en fermant les yeux et qui se déplacent avec cette démarche planante des gens sous médication, comme si elles volaient au-dessus des problèmes. *Féminine singulière* offre, entre autres, des journées intitulées «Retrouvez votre jardin secret». Lorsqu'une femme arrive pour une de ces journées, une praticienne la regarde dans le blanc des yeux et prend son pouls énergétique afin de déterminer sa *dosha*. La deuxième étape est celle du nettoyage: on lui injecte dans les narines une mixture d'essences aromatiques, on arrose copieusement son troisième œil d'un liquide huileux, on enduit son corps d'une pâte rougeâtre odorante, on la fait vomir et on termine avec un lavement. Ainsi purifiée, elle peut passer à l'étape nutrition: on lui offre un repas spécial composé d'un mélange d'herbes odorantes et d'une potion à base de jus de gingembre. La journée se termine avec méditation, yoga, musique relaxante et grand air, le tout pour la modique somme de 495 $, payable à l'arrivée évidemment. Ces journées connaissent un énorme succès et on doit souvent refuser du monde. Les clientes qui demeurent trop loin des centres urbains peuvent s'abonner à un service téléphonique et profiter des conseils d'une *life coach* à raison de 450 $ à 750 $ par mois, débités automatiquement de leur compte.

— Tu es toi-même une femme, oppose Béatrice, ça ne te gêne pas de profiter de la crédulité des femmes ?

— Pas du tout ! Je leur offre un produit, elles sont libres d'accepter ou non. Je ne les force pas. Si cela leur fait du bien, qui sommes-nous pour décider pour elles ?

— Et elles y vont avec leurs maris ?

— Non. Les femmes aiment se retrouver entre elles, poursuit Roberte, sans hommes, pour pouvoir discuter en toute liberté, raconter leur vie, s'épancher et se tomber dans les bras l'une de l'autre, pleurant leur enfance bafouée par un père qui n'en avait que pour ses garçons, et regrettant leur vie adulte gaspillée au service de ces hommes abjects et grossiers qui voulaient toujours coucher avec elles alors qu'elles souhaitaient seulement parler d'âme à âme.

— Abjects et grossiers, quand même, tu exagères. Des adultes, ça couche ensemble et ce n'est pas abject. Comment ces femmes veulent-elles que leur mariage fonctionne si elles refusent de coucher avec leur mari ?

— Pour la majorité de ces femmes, l'homme idéal doit être comme leur chat : émasculé et dégriffé ; en un mot, inoffensif.

— Tu n'y vas un peu fort ? dit Louise.

— À peine. Tu sais, le sexe, c'est comme le piano ou la peinture, très peu de gens sont doués, et les hommes encore moins que les femmes. Les femmes ne savent que faire de la sexualité masculine, qu'elles trouvent vulgaire, agressive, sale, disons le mot.

— Heureusement que toutes les femmes ne sont pas comme ça, commente Louise, regardant Béatrice d'un air entendu.

— *Féminine singulière* leur offre la possibilité de retrouver la pureté qu'elles avaient avant d'être souillées par les hommes.

— Quel langage!

— Je te dis ce qu'elles ressentent. Elles ont toutes lu des livres de croissance personnelle à droite et à gauche, elles ont discuté avec d'autres femmes, ensemble elles ont revu et corrigé leur enfance avec les lunettes de toute cette psycho-à-gogo, comme tu dis, et elles se sont finalement convaincues qu'elles ont été des victimes. Au centre, on organise toutes ces notions qu'elles ont glanées au hasard et on leur propose un vrai programme de croissance qui vise à leur redonner de l'estime d'elles-mêmes. On a même lancé une ligne de vêtements à taille élastique pour les femmes qui ne veulent plus se conformer au modèle hyper mince à la mode.

— Grosses et heureuses?

— Oui, et on en vend à pleines portes. C'est un des secteurs les plus profitables de *Féminine singulière*.

— Ces femmes ne font plus l'amour? demande Béatrice.

— Pour la plupart, non. Beaucoup de ces femmes ne se sont même jamais touchées.

— Tu es sérieuse?

— Oui. On offre même un atelier de découverte du corps féminin.

— Avec vibrateur? demande Louise à la blague.

— Dans les sessions avancées, oui.

— Je ne te crois pas, dit Louise, les yeux ronds de surprise.

— Il faut être de son temps.

— Je suis estomaquée. Donnez-vous des diplômes? renchérit Louise, croyant toujours plaisanter.

— Oui, répond Roberte, insensible à l'ironie. Ces femmes aiment recevoir des preuves de leurs accomplissements. On affiche les diplômes sur un tableau d'honneur.

— Y a-t-il une collation des grades?

— Oui.

— Vraiment, Roberte, tu es sérieuse?

— Évidemment.

— Alors, elles ne savent rien du sexe.

— Presque rien. Tu comprends pourquoi elles ont peur des hommes.

— À faire l'amour toutes seules, ou entre elles, elles n'apprennent pas à vivre avec leur mari.

— Elles n'en veulent plus ou presque.

— Elles voudraient vivre avec des hommes qui ne les touchent pas?

— À peu près.

— Au fond, elles voudraient vivre avec leur père, ou même leur grand-père, ajoute Béatrice.

— Inoffensif, asexué, sans vie quoi, conclut Louise.

— Oui. Bon, c'est bien beau tout ça, dit Roberte, mais je dois vous laisser. J'anime un atelier cette après-midi, intitulé justement «Prise? Non! Comprise? Oui». Vous voulez venir?

— Comme c'est dommage, on a prévu une sortie nous aussi, ment Béatrice, n'est-ce pas Louise?

— Oui, oui, on se reprendra, répond celle-ci, prenant la balle au bond.

— D'accord. Alors, à bientôt peut-être, Louise. J'ai été heureuse de te revoir, Béa. Si vous décidez de venir à mon centre, on est sur Internet.

— Oui, merci.

Une fois Roberte partie, Béatrice demande:

— Tu ne lui as pas dit pour Charles et moi?

— Mais non, voyons, pour qui tu me prends?

— Lorsqu'elle a parlé de ces femmes qui ont un mari et un amant, je me suis posé des questions.

— Tu es mon amie, je ne colporte pas tes secrets.

— C'est incroyable, ces centres, non? C'est triste de voir ces femmes se réunir entre elles, au lieu de faire l'amour pour vrai. Toi, tu es seule, et tu ne fréquentes pas ces espèces de couvents.

— Non, mais j'y pense, dit Louise.

— Quoi?

— S'ils fournissent les vibrateurs…

— Tu es terrible.

— Je pourrais te montrer mes diplômes.

— Ça doit être épouvantablement drôle, ce tableau d'honneur, avec des catégories peut-être, comme au judo : Premier Orgasme, Deuxième Orgasme…

— Revenons aux choses sérieuses. Comment va Laurent ?

— Oh, ne m'en parle pas, il était tellement triste ce matin.

— Tu vas laisser Charles ?

— Je suis vraiment embêtée, tu sais. Lorsque je parle à Laurent, comme tantôt, et que je le sens si près de moi, je fonds d'amour pour lui, et je suis prête à rompre avec Charles. Le problème, c'est que Laurent n'est pas là. Dès l'appel terminé, c'est comme s'il disparaissait complètement de ma vie. Charles, lui, est tout à fait présent. Lorsque je me retrouve seule, mes pensées se tournent immédiatement vers lui et je suis incapable de ne pas aller le retrouver.

— À l'heure actuelle, tu n'es pas obligée de choisir.

— Exactement.

— Même enceinte de Laurent, tu peux facilement faire l'amour avec Charles ?

— Oui, c'est deux univers séparés. Je ferme les yeux et Laurent n'existe plus. Tu vas penser que je suis sans-cœur…

— Non, je crois que je comprends.

— De la même façon, lorsque je parle au téléphone avec Laurent, et que je sens qu'il m'aime,
Charles n'existe plus, j'aime Laurent de tout mon
cœur et de tout mon corps, et je me dis que je vais
laisser Charles tout de suite après.

— Loin des yeux, loin du cœur…

— C'est ça, je crois, c'est tout simple, n'est-ce
pas? Et je crois que, si elles n'étaient pas hypocri-
tes, la grande majorité des femmes dans ma situation feraient la même chose. Elles ont simplement
peur de l'opinion des autres.

AOÛT

Mercredi, 16 août

Aujourd'hui Charles a décidé d'aller au club sportif que fréquente Béatrice, car ils ne peuvent pas se voir en soirée. Béatrice doit se rendre une réception chez son amie Louise, qui fête son quarantième anniversaire. Peut-être Béatrice sera-t-elle un peu embarrassée de le voir là, mais il ressent cette urgence de se trouver près d'elle. Elle a maintenant ce petit ventre, cette rondeur, comme un premier quartier de lune, et elle devient encore plus attirante à ses yeux, émouvante en fait.

Pendant qu'il l'attend, il lit Durrell, édition intégrale du *Quatuor d'Alexandrie* qu'elle lui a offerte, jetant de temps en temps un coup d'œil autour de lui. Au moment où elle revient de sa machine, elle l'aperçoit et vient s'asseoir près de lui, toute en sueurs, s'essuyant continuellement.

— En quel honneur? demande-t-elle, les yeux brillants de bonheur.

— Parce que...

— Parce que quoi?

— Parce que j'ai eu le goût de te voir, parce que je ne pense qu'à toi, parce que tu occupes toutes mes pensées, parce que je suis bien avec toi, parce qu'il fait beau, parce que je ne joue pas au golf, parce que, à part te faire l'amour et lire, je ne connais pas plus grand plaisir, parce que je ne pourrai pas te voir ce soir, parce que mes vacances achèvent, parce que tu me manquais, parce que... parce que...

— Tu me fais tellement plaisir.

— Écoute, c'est le début de *Cléa*: Les orangers furent plus opulents que de coutume cette année-là. Les fruits rougeoyaient dans leurs berceaux de verdure satinée, comme des lanternes que le vent faisait palpiter, les livrant aux rayons du soleil, puis les dérobant à la vue. On aurait dit qu'ils voulaient, par cette profusion inhabituelle, célébrer notre départ imminent de la petite île – car le message longtemps attendu de Nessim était enfin arrivé...

— C'est beau.

— Un beau livre, c'est comme une femme qu'on aime. Plus on le lit, plus on veut le relire; plus on le relit, plus c'est beau.

— Avant d'oublier, si on me demande qui tu es, je dirai que tu es mon neveu.

— Oui, madame.

— Ne fais pas de blagues, je ne pourrai pas conserver mon sérieux et ils sauront tout.

— Oui, madame.

— Je t'embrasserais bien là, tout de suite, petit polisson.

— Je sais, madame.

— Je te ferais l'amour aussi.

— Moi aussi, madame. Même enceinte, tu peux continuer à faire de l'exercice?

— Oui, marcher est tout à fait correct. Je ne cours pas, évidemment. Je vais arrêter à la fin de septembre. Je cesse le travail au milieu d'octobre. Jusqu'à maintenant, tout va bien, je n'ai aucun malaise. Je verrai un gynécologue dans un mois, avec échographie, et je saurai peut-être si c'est un garçon ou une fille.

— Et tu veux?

— L'un ou l'autre, du moment qu'il est en bonne santé.

— Tu as choisi les prénoms?

— Oui.

— Lesquels?

Béatrice jette un coup d'œil vers le gymnase.

— Tu dois être un peu excité, avec toutes ces filles presque nues autour. Tu les as vues?

— Un peu.

— Un peu? Je suis certaine que tu les as bien regardées.

— Oui et non, elles ne m'intéressent pas vraiment.

— Je ne te crois pas, elles sont jolies et bien faites, non? Tu veux me faire croire que ces belles jeunes femmes minces ne t'excitent pas?

— Non.

— Celle-ci, comment tu la trouves ?

— Elle marche les pieds par en dedans.

— Et puis ? demande Béatrice, pouffant de rire, remarquant que c'est effectivement le cas.

— On dirait une paire de ciseaux qui se ferment ; j'aurais peur, au moment où elle jouit, de me faire couper… quelque chose.

— Tu es fou, s'esclaffe-t-elle.

Elle jette encore un coup d'œil dans le gymnase et dit :

— Celle-là, sur le tapis roulant, la petite blonde musclée ?

— D'abord, elle est trop maigre, on voit tous ses os. Et puis, regarde comment elle court : les coudes sortis. On peut sûrement se blesser en faisant l'amour avec elle. En se retournant brusquement, elle nous envoie un coup de coude, paf, œil au beurre noir.

Béatrice rigole de bon cœur.

— Ces filles, continue Charles, elles ont un look, elles n'ont pas de style.

— Quelle différence ?

— Le style, c'est personnel ; le look, c'est emprunté, copié. Toi, tu as un style ; lorsque je t'ai vue la première fois, tu ne ressemblais à personne. Ces filles-là, on dirait qu'elles aiment davantage l'idée d'être belles et bien faites que d'être aimées, caressées, adorées, prises pour vrai ; elles vivent dans des revues, elles veulent ressembler à une image.

On leur dit de montrer leur nombril et, même si c'est vulgaire, elles le montrent; on leur dit de porter leurs pantalons au milieu des fesses et, même si c'est affreux, elles le font quand même. Ce sont des filles Botox; lorsqu'on les touche, c'est dur, et on dirait qu'elles ont peur qu'on les froisse. Ces filles, elles ont sans doute un programme qu'elles doivent vouloir respecter à tout prix. Avant de faire l'amour, qu'elles considèrent probablement comme un sport violent, elles doivent dire: Un instant, je dois faire quelques étirements, de peur de se blesser. Puis elles mettent leur inévitable bouteille d'eau sur la table de nuit, près de leur indispensable téléphone portatif. Pendant qu'on les prend, elles doivent faire des exercices pour leurs triceps parce qu'elles n'ont pas eu le temps d'aller au gymnase ce jour-là, ou alors elles disent: Ne jouis pas tout de suite, il me reste une série de *push-up* à faire. En les déshabillant, on ne sait pas ce qu'on va trouver, peut-être des faux seins, des fausses fesses, des anneaux par-ci, des haltères par-là. De toute façon, elles sont blondes.

— Et alors?

— Elles peuvent être jolies, mais pour moi elles ne sont jamais belles.

— Pourquoi?

— Les blondes peuvent être excitantes, mais seules les brunes ou les noires sont troublantes.

— Tu as réfléchi à tout ça?

— Oui.

— Celle-ci, elle est noire, elle ne te plaît pas?

— Elle a la poitrine plate.

— Tu es terrible.

— Un proverbe grec ou arabe dit: Un navire sans voile est une femme sans poitrine. Ou peut-être aimes-tu mieux la version de mon grand-père: Si tu épouses une femme qui n'a pas de seins, la vie te paraîtra un désert.

La jeune fille sans poitrine passe devant eux en silence. Béatrice doit pencher la tête pour cacher son fou rire.

— Je l'ai déjà vue dans la douche, dit-elle. Elle se lavait les cheveux et on voyait tout son corps de haut en bas. Ses seins sont comme des pectoraux d'hommes finalement, de simples renflements; elle est toute mince, délicate comme un garçon de 12 ans. Voilà, on dirait un androgyne, tes yeux descendent sur son ventre et tu t'attends à voir un sexe d'homme, mais il n'y en a pas; il y a cette taille étroite, puis cet élargissement des hanches et cette toison menue. Physiquement, elle est un peu mon contraire, c'est assez troublant.

— Au moins on sait qu'ils ne sont pas faux, dit Charles en riant après son passage. Sérieusement, je les trouve touchantes, ces femmes sans poitrine, je les trouve même sexy. Mais dis-moi, pourquoi portent-elles toutes des soutiens-gorge? Elles n'en ont pas besoin.

— Elles doivent probablement se sentir plus féminines. Ton grand-père a vraiment dit ça? demande-t-elle, riant encore.

— Non, je l'ai lu quelque part, il me semble, je ne sais plus où. Mais je fais comme Vigneault : quand je ne sais pas qui a dit quelque chose, je dis que c'est mon grand-père.

— Tu es incroyable.

Ils se regardent longtemps et des passants, observant cette brillance, cet éclat dans leurs yeux, verraient immédiatement qu'ils sont amoureux fous. Toutefois, ces mêmes passants ne seraient pas en mesure de déceler cette nuance de gravité au fond de leur regard, ces éclairs de douleur intermittents, et ils ne pourraient comprendre que ces amoureux ont parfaitement conscience que tout ça ne peut durer, qu'ils savent très bien quand tout cela va se terminer, mais qu'ils choisissent de faire comme ces enfants qui, ne pouvant imaginer l'avenir et ne voyant devant eux qu'une étendue immense, sans horizon et sans fin, pensent qu'ils ne mourront jamais.

— Tu sais, la première fois que j'ai vu ton regard sur moi, je me suis sentie comme une femme ; tes yeux me regardaient, sans arrogance, sans effronterie, détaillant mon corps. C'est comme si j'avais été nue devant toi, tes yeux me déshabillaient, comme si tu voyais à travers mes vêtements et je me suis sentie immédiatement désirée. Tes yeux accentuaient cette notion que j'étais une femme, un être sexué, et non un être indistinct, comme ces féministes américaines vêtues de sacs *Glad*. J'ai reçu un véritable choc. J'étais une femme, une vraie femme, exclusivement femme, parfaitement femme. Et aujourd'hui encore, dès que je sens ton regard sur moi, si franc, si direct, si... impudique, je ressens une sorte d'ivresse. Tu me demanderais d'aller nue dans la rue et je le ferais. Les hommes ont tellement peur de nous. On est là, devant eux, parfois ils n'auraient qu'à tendre la main et caresser notre joue en nous disant qu'on est jolie, et on tomberait probablement dans leurs bras. Mais ils n'osent pas. Alors on les méprise un peu ; les femmes ne respectent pas les hommes qui ne flirtent pas avec elles.

— Que fait-on maintenant ?

— Je dois partir. Il faut que je me prépare, il y a une réception ce soir chez Louise.

— D'accord. On se voit quand alors ?

— Je ne sais pas. Je t'appelle ?

— Oui, appelle-moi. Tu sais, tu n'as pas encore répondu à ma question...

— Laquelle ?

— Les prénoms pour ton bébé.

— Si c'est une fille, elle s'appellera Eugénie, comme ma grand-mère.

— Et si c'est un garçon ?

Béatrice le regarde intensément, essayant de sourire.

— Béa, si c'est un garçon ?

— Charles, dit-elle dans un souffle.

Et elle se lève précipitamment et se sauve.

Mercredi 16 août, en soirée

Pour célébrer son quarantième anniversaire de naissance, Louise a invité tous ses amis. Ce sera une grande soirée. Il fait très chaud, on pourra rester dehors tard dans la nuit. Les gens arrivent, les femmes toutes plus belles les unes que les autres. Lorsque Béatrice se présente, vêtue d'une simple robe courte, Louise ne peut s'empêcher de la quereller :

— C'est ma fête, pas la tienne. Tu es scandaleusement belle, cet amant te réussit à merveille. Mes amis, voici mon amie Béatrice, avec qui je suis allée à Martha's Vineyard. Vous le voyez peut-être, elle est enceinte de trois mois et demi déjà.

— Merci, tu es une vraie amie, marmonne Béatrice, la fusillant du regard.

Au cours de la soirée, des hommes viennent voir Béatrice, lui demandent si elle se sent bien, s'ils peuvent l'aider de quelque façon que ce soit, si elle ne devrait pas s'asseoir, se réfugiant automatiquement tous dans leur rôle de père, évacuant de leur conversation et de leur attitude toute notion qu'elle soit sexy, séduisante et franchement désirable. Béatrice s'ennuie fermement. Elle se rappelle Emma Bovary déplorant que le monde soit vide d'hommes dignes de ce nom, qu'ils soient tous veules, pleutres, lâches, incapables d'audace.

Heureusement, il y a Charles, murmure-t-elle, et elle frissonne de plaisir. Tout de suite, un invité intervient :

— Vous allez bien, vous voulez vous asseoir?

— Non, tout va bien, merci.

— Je vous ai vue frissonner, vous avez peut-être froid.

— Non, non, il fait très chaud, ne vous en faites pas.

Encore mes hormones, se dit-elle. J'ai furieusement envie de faire l'amour. Je ne peux pas partir tout de suite, Louise sera froissée. Amusons-nous un peu.

Et elle se met à faire le tour, flirtant un peu avec tous ces hommes effarouchés, qui ne savent comment réagir, qui voient cette femme enceinte s'attarder auprès d'eux, rieuse, séduisante, infiniment charmante mais, comme si elle et eux étaient des aimants de même polarité, les hommes s'éloignent, battant sans cesse en retraite, se tenant toujours à distance. Elle en fait un jeu: elle s'approche et automatiquement l'homme recule.

— Vous avez peur de moi? demande-t-elle, moqueuse.

— Non, c'est que vous êtes enceinte...

— Et alors?

— Rien... vous voulez vous asseoir?

— Non, tout va bien, merci.

Finissant par croiser Louise, Béatrice demande:

— Ça t'ennuie si je m'en vais?

— Tu es fatiguée?

— Non, j'ai une furieuse envie de faire l'amour.

— Tu ne penses qu'à ça...

— Ce n'est pas de ma faute, ce sont mes hormones.

— La belle excuse. Tu t'en vas retrouver ton
dieu?

— Oui.

— Alors, bonsoir, chanceuse.

En quelques minutes, Béatrice se retrouve chez
Charles. Il est 23 h 30, elle sonne et se cache sur le
côté de la porte. Charles ouvre, ne voit personne,
s'apprête à refermer, mais soudain une main surgit
qui agite un morceau de chiffon blanc devant ses
yeux. Un instant après, Béatrice bondit devant lui,
tenant son slip dans la main.

— Surprise!

— Comment?

— C'était tellement ennuyant et je ne pensais
qu'à toi. J'ai très envie de faire l'amour.

— Viens.

Ils entrent dans l'appartement, et Charles l'entoure tout de suite de ses bras. Prends-moi, souffle-
t-elle, les yeux brillants, et elle se retourne face au
mur. Charles remonte simplement sa robe, met ses
mains sur ses hanches, la mord dans le cou, glisse
ses mains sur son ventre arrondi. Béatrice ferme les
yeux, ivre de ces sensations, de cet homme affamé
de son corps, de ses caresses partout sur elle. Voilà
ce qu'elle voulait, voilà ce dont elle avait besoin,
voilà pourquoi elle est venue le voir, pour qu'il la
prenne ainsi, debout, comme à l'improviste, en
catimini, à la hâte, refusant toute attente, toute

lenteur, dans l'impatience du désir, avidité et pur empressement animal. Rapidement elle supplie, se lamente pendant que Charles agrippe ses hanches de toutes ses forces, ne pouvant plus tenir, retarder, repousser le moment et, au bout de son cri, il se colle contre elle, la serrant si fort dans ses bras, tellement amoureux de son corps, de sa forme, de son odeur, de sa présence.

Charles la tient ainsi, face au mur, enveloppée dans ses bras, tous les deux reprenant leur souffle. Après quelques minutes, il descend un peu la fermeture-éclair de sa robe, dévoilant d'abord son épaule gauche qu'il parcourt de ses lèvres, puis l'épaule droite, la couvrant à son tour de baisers, lentement, posément. Il abaisse ensuite la fermeture-éclair jusqu'au bas de ses reins et laisse glisser la robe par terre. Il prend les mains de Béatrice dans les siennes et les étend sur le mur, en croix, amants de Vitruve, la mordillant partout dans le cou. Tenant toujours ses mains, il pose ses lèvres tout le long de son dos, sur ses hanches, ses fesses, puis sur ses cuisses, délicatement, sans hâte. Béatrice ne dit rien, respirant à peine, voulant qu'il ne cesse jamais, ne faisant pas un geste, transportée, soûlée par tout cet amour d'après l'amour, ce désir passé le désir, cette passion au-delà de la passion. Elle ne sent plus son corps, elle a l'impression d'entrouvrir la porte sur un monde supérieur, d'aborder un nouveau continent, où toute hâte serait disparue, toute précipitation oubliée, toute impatience annihilée.

Maintenant, Charles la retourne et l'adosse au mur; elle se laisse faire, les yeux fermés, s'abandonnant complètement. Son amant s'agenouille devant elle et commence par embrasser ses jambes, ses genoux, ses cuisses puis, entourant son ventre rond de ses mains, il le couvre d'innombrables baisers. Béatrice l'entend répéter, depuis qu'il s'est agenouillé devant elle: Je t'adore, je t'adore, je t'adore. Prenant de nouveau ses mains dans les siennes, Charles remonte sur ses seins, puis ses épaules et, finalement, sa bouche trouve celle de Béatrice, leurs langues s'emmêlent comme deux mers se rencontrant, et le bonheur qui les inonde leur semble plus grand que celui qu'ils viennent de vivre et qu'ils croyaient insurpassable. Leurs bouches se séparent finalement, ils se regardent et tous deux se demandent comment ils pourront continuer leur vie après un tel enchantement.

— Je ne croyais pas que de tels moments pouvaient exister. J'ai l'impression de voler, dit Béatrice, fermant les yeux. On ne se quittera jamais?

— Non.

— Même si on ne se voit plus, on ne se quittera jamais?

— Jamais.

Béatrice esquisse soudain un petit sourire.

— À quoi tu penses?

— Je veux te laisser un souvenir que tu n'oublieras jamais, mais vraiment jamais.

— Dis-moi.

— Tu te souviens de ce que je t'ai dit cette après-midi?

— Quoi donc?

— Que j'irais toute nue si tu me le demandais?

— Oui.

— Je vais donc sortir comme ça.

— Tu es sérieuse?

— Je veux t'offrir ce cadeau.

— Ce serait vraiment fou, non?

— Ce serait vraiment excitant. Quelle heure est-il?

— Tu y penses sérieusement? Ma rue n'est pas passante, mais quand même. Il est minuit trente.

— Allons-y.

Les amants atteignent tous ce point d'insouciance. Ils veulent tous un jour afficher insolemment leur amour, l'étaler effrontément. Ils en arrivent à cette témérité, à ce désir impérieux d'être vus, découverts, surpris en flagrant délit, prêts à tout risquer, comme s'ils avaient besoin d'éclabousser le monde de leur bonheur pour se sentir vraiment vivants, comme si cette action d'éclat authentifiait leur amour, le rendait officiel.

— Ta voiture est loin? demande Charles.

— Peut-être à 200 mètres.

— Voilà ce que nous allons faire. Je vais chercher ta voiture, je l'amène devant, puis je surveille la rue et je te fais signe quand tu pourras descendre.

— D'accord, garde ta robe de chambre. Lorsque j'arriverai à la voiture, tu me la donnes et tu remontes à l'appartement.

— Nous sommes vraiment devenus fous.

— C'est extraordinaire. Je ne me suis jamais sentie aussi vivante.

— Allons-y.

Charles sort en robe de chambre et va chercher la voiture de Béatrice. Il arrive bientôt devant sa porte. Il stoppe et descend, laissant le moteur tourner. Il est minuit quarante-cinq, il n'y a personne dans la rue. Béatrice est prête, et elle voit Charles qui regarde à droite, puis à gauche et qui, en souriant, lui fait signe. Le cœur battant comme s'il allait s'extraire de sa poitrine, Béatrice sort, sa robe blanche dans une main, ses dessous dans l'autre ; avant d'arriver au bout de la galerie, elle ouvre les bras, descend lentement les marches et s'engage sur le trottoir qui mène à la rue, tournant et virevoltant lentement sur elle-même. Charles voit venir dans la nuit cette déesse au ventre rond et il se dit qu'il n'oubliera jamais une telle vision. Béatrice, se rappelant cette après-midi de mai où elle s'était mise nue devant son mari qui n'avait même pas daigné lever les yeux, marche lentement, regardant cet homme qui la mange des yeux et, plus elle ressent le besoin de courir, moins elle se hâte, plus elle sent la panique l'envahir, plus elle ralentit, sa volonté contrôlant toutes ses émotions. Elle arrive au trottoir, bifurque vers sa gauche, descend dans la rue, fait le tour de la voiture et se jette dans les bras de Charles, près de la portière. Il l'enveloppe de sa robe de chambre et la serre contre lui. Elle tremble de tous ses membres, grelottante, secouée de frissons incontrôlables.

— C'est terriblement excitant, dit Béatrice, le souffle court. Je croyais mourir. À ton tour maintenant.

— J'y vais.

Ils s'embrassent, Béatrice enfile la robe de chambre et Charles se dirige à son tour vers la maison, lentement. Sur la galerie, il tourne deux ou trois fois sur lui-même, battant des bras comme un oiseau, Béatrice éclate de rire, monte dans la voiture et disparaît.

Charles reste longtemps assis dans son salon, à calmer son cœur, sa tête bourdonnant encore des visions de Béatrice nue marchant lentement vers lui dans la rue.

Jeudi, 17 août

Béatrice a rendez-vous pour le lunch avec Louise. Lorsqu'elle arrive, elle aperçoit Roberte, assise avec Louise.

— Que se passe-t-il? demande-t-elle, déjà agacée par la présence de sa sœur.

— Tu m'excuseras, dit Louise, j'ai pensé qu'on devrait peut-être discuter de ta situation.

— Qu'est-ce qu'elle a, ma situation?

— Ne perds-tu pas la tête avec ton amant?

— Vous êtes ici pour me sauver?

— Tu as un mari, tu es enceinte de quatre mois et tu as un amant.

— Et alors? Je suis assez grande pour savoir ce que je fais. Je ne te comprends pas, Louise, d'en avoir parlé. C'était un secret, je suis un peu choquée.

— Pardonne-moi. Hier soir, lorsque tu as quitté ma réception pour aller rejoindre Charles, je me suis dit qu'il fallait peut-être intervenir. Alors, j'ai téléphoné à Roberte.

— Eh bien, si vous voulez me guérir, vous ne serez pas venues pour rien, dit Béatrice, l'air frondeur, êtes-vous bien assises?

Et Béatrice, les yeux brillants, se met à raconter ce qu'elle a fait la veille.

— Tu as fait quoi? s'exclame Roberte.

— C'était absolument extraordinaire. Je ne me suis jamais sentie aussi vivante.

— Mais tu es folle, tu aurais pu te faire prendre! continue Roberte, pendant que Louise hoche la tête, hésitant entre l'admiration et le découragement.

— Je sais, mais je m'en foutais royalement. Comme le chante Ferré, c'était extra, dit Béatrice, tout sourire. J'en ai encore des frissons.

— Vraiment, une femme de 40 ans, enceinte par-dessus le marché, commente Roberte.

— Pauvre Roberte, tu es tellement convention-nelle; tu es plus jeune que moi et tu me parles comme si tu étais ma mère. Tu n'as jamais eu de passion?

— Il faudrait que tu viennes à mon centre.

— Jamais de la vie. C'est un centre pour personnes sans vie.

— Non, c'est un centre pour femmes en détresse.

— Je ne suis pas en détresse, justement. Je suis vivante et j'aime ce que je vis. Ton centre, c'est pour les femmes qui veulent vivre sans hommes. Tes femmes, ce sont des religieuses sans la cornette. J'aime mieux avoir un amant.

— C'est bien beau, mais ça va devenir de plus en plus compliqué.

— Vivre signifie complications ; il n'y a que la mort de simple. Tes femmes rêvent de mourir, elles choisissent de mourir tout en étant vivantes. Je veux vivre.

— Mais tu devras descendre de ton nuage à un moment donné.

— Je vais descendre lorsque je choisirai de descendre.

— Tu vas te retrouver malheureuse après…

— Eh bien, je serai malheureuse pendant un certain temps, c'est tout, et je n'en mourrai pas. Dans la vie, moi, j'ai décidé d'être heureuse et je m'arrange pour l'être.

— Et si Laurent l'apprend ?

— Il ne l'apprendra pas.

— Mais s'il l'apprend ?

— J'assumerai les conséquences, mais tu ne me verras pas à ton centre, je n'entrerai pas en religion.

— Tu te retrouveras peut-être seule.

— Eh bien, je serai seule, mais c'est moi qui décide.

Jeudi 17 août, en soirée

Béatrice est chez elle, il est près de 20 h lorsque le téléphone sonne.

— Allo ?

— Bonsoir, je voudrais parler à madame Béatrice Chevalier, s'il vous plaît.

— C'est moi.

— Bonsoir madame, je suis Quartz rose.

— Pardon ?

— Mon nom est Quartz rose.

— Qu'est-ce que c'est que cette histoire ?

— Je suis du centre de croissance personnelle *Féminine singulière*.

— Ah bon, ma sœur vous a donné mon numéro de téléphone.

— Oui, Anis étoilé m'a parlé de vous.

— Annie qui ?

— Anis étoilé est notre guide suprême.

— Ma sœur s'appelle Anis étoilé ?

— Oui. Anis étoilé m'a parlé de vous et nous avons conclu que vos chakras devaient être désalignés.

— Mes quoi ?

— Vos chakras !

— Bon, encore des folies. Mais dites-moi, Quartz rose, c'est votre vrai nom?

— Oui.

— On vous a nommée ainsi à la naissance?

— C'est le nom que j'ai choisi lorsque j'ai décidé de renaître.

— Et quel âge avez-vous?

— Je suis immortelle.

— C'est Anis étoilé qui vous a dit ça?

— Mourir est un mythe.

— Ah bon!

— Nous ne sommes pas là pour parler de moi, mais de vous. Anis étoilé me dit que vous vivez de façon désordonnée.

— J'ai un amant, si c'est ça que vous voulez dire.

— Il faut réaligner vos chakras.

— Je sais très bien gérer mes tracas.

— On dit chakras, non tracas. Vous avez sept chakras, comme tout le monde. Je suis la prêtresse du 4e chakra, qui se trouve au centre de la poitrine et qui est le siège de la dépendance amoureuse.

— Je ne suis pas dépendante.

— Avec Obsidienne et Cornaline, nous pouvons vous aider.

— Parce qu'il y a aussi Adrienne et Caroline?

— Obsidienne peut vous guérir de votre intérêt excessif pour la chair et le monde matériel…

— Intérêt excessif pour la chair, vraiment…

— Et Cornaline vous aidera à contrôler votre passion amoureuse dévastatrice.

— Qui vous a dit qu'elle était dévastatrice?

— Sodalite devra aussi arroser votre troisième œil, on vous donnera un lavement et aussi des conseils de diététique.

— C'est le traitement royal. Et tout ça gratuitement?

— Le traitement dure quatre heures et coûte 400 $.

— C'est donné...

— Une dizaine de traitements devraient suffire.

— Comme vous y allez.

— Il faudrait venir à notre centre. *Féminine singulière* est un centre réservé aux femmes. Tout l'immeuble a été béni et consacré par la grande prêtresse Maharisha J.E.R.A.L.J.A.L.B. Panchakarma. Nous avons pris notre nom à partir des initiales et les femmes fréquentant notre centre sont donc toutes des Jeraljalbiennes. Quand viendrez-vous nous voir?

— Je n'irai pas. Avoir un amant n'est pas une maladie. Je suis assez grande pour prendre mes propres décisions, je n'ai besoin de personne.

— Il faut vraiment rééquilibrer votre kapha, votre vata et votre pitta.

— Vous vendez du pain pita en plus?

— Pitta avec deux t, c'est le feu.

— Excusez-moi. Bon, écoutez, dites à ma sœur que tout ça est bien beau, mais que ça ne m'intéresse pas.

— Vous avez peur?

— Peur de quoi?

— De guérir?

— De guérir de quoi?

— Il est évident que vos sept chakras sont désor-
ganisés.

— Je m'aime bien ainsi. Dites-moi, avez-vous
connu l'amour?

— Je le connais maintenant. Ce qu'on nous a
présenté comme de l'amour est servitude. Nous
sublimons les énergies dégradantes de ce que vous
appelez amour et nous les utilisons pour nous créer
une aura.

— Énergies dégradantes?

— Vous comprenez.

— Vous êtes vierge?

— Euh... oui...

— Vous n'avez jamais fait l'amour de votre
vie?

— Dans mon ancienne vie, oui.

— Vous n'êtes donc pas vierge.

— Après un an de sessions au centre *Féminine
singulière*, notre corps est purifié des souillures
mâles et nous redevenons vierges.

— Les souillures mâles, vraiment. Vous êtes
donc des vierges recyclées?

— Citrine devra vraiment se joindre à nous.

— De quoi Citrine me guérira-t-elle?

— De ces conflits intérieurs non résolus que je
devine chez vous. Nous voulons vous libérer.

— De l'amour?

— De la dépendance.

— Je ne veux pas être un ange. Je suis une femme, je suis vivante et je veux vivre. Je n'irai pas m'enterrer comme vous le faites. Bonsoir et ne me téléphonez plus.

Un peu abasourdie, Béatrice raccroche et téléphone immédiatement à Louise.

— Allo?

— Bonsoir, je voudrais parler à madame Louise Léger, s'il vous plaît.

— C'est moi.

— Bonsoir madame, mon nom est Quartz rose.

— Pardon?

— Je suis Quartz rose, du centre *Féminine singulière*.

— Mais qu'est-ce que c'est que cette histoire? Béatrice?

— Oui, espère de commère, je suis très en colère contre toi.

— Pourquoi?

— Je viens de recevoir un appel d'une folle appelée Quartz rose, du centre *Féminine singulière*, qui veut me sauver des souillures mâles.

— Elles rappliquent jusque chez toi. Je suis vraiment désolée, Béa.

— J'étais vraiment furieuse contre toi au début de son appel, mais, à la fin, c'était plutôt drôle. Je te pardonne.

— Les souillures mâles, elle a dit ça?

— Oui.

— Vraiment, elles sont folles, non?

— Je te raconterai tout demain, c'était absolument délirant.

— Je me faisais vraiment du souci pour toi, tu sais.

— Je comprends, tu peux parfois penser que je perds la tête, mais ne t'en fais pas, je sais ce que je fais.

SEPTEMBRE

C'est une de ces journées de fin septembre où la nature, faisant le ménage saisonnier dans ses dossiers, tâche qu'elle a négligée pendant tout l'été, découvre et nous offre un jour de canicule, oublié quelque part, qui surgit soudain, ardent, si frémissant qu'on croirait entendre encore les cigales, qui nous enveloppe comme une ouate chaude, et tous nos pores s'ouvrent pour mieux absorber cette chaleur bienfaisante que l'on voudrait pouvoir stocker pour les jours d'hiver qui se profilent à l'horizon.

Désireuses de montrer de nouveau leur beau corps, les femmes se déshabillent une dernière fois et descendent dans la rue, robes courtes flottant paresseusement comme des drapeaux au-dessus de leurs cuisses bronzées, chemisiers sans manches, décolletés profonds, blouses transparentes sur des dessous coquins ou sur leur poitrine libre et, avec toutes ces différentes teintes de peaux, acajou, ambre, ébène, cuivre, or, pêche, et certaines toutes blanches parmi, il suffit de rester assis à une terrasse ensoleillée et de regarder passer ces splendeurs, faune babillante, remuante et bariolée, si heureuses d'être ainsi observées, acceptant tous les regards, sentant tous ces désirs sur leur passage, rieuses, enjouées, radieuses, si incroyablement belles. Charles observe toutes ces femmes passer, les gens qui circulent, si heureux de cet été inattendu, mais il n'a d'yeux que pour une seule, qu'il cherche soigneusement.

La voilà qui apparaît bientôt, chapeau noir, pantalon noir cintré aux chevilles et chemisier fuchsia ouvert sur son ventre de quatre mois et demi, retenu par un seul bouton entre ses seins, ronde et pourtant mince, future mère mais d'abord et avant tout femme, magnifiquement sexy, Vénus enceinte. Elle arrive à la terrasse, comme une femme sortie tout droit d'un film de Fellini, et se dirige vers lui. Elle s'assoit et, lorsqu'elle croise la jambe droite par-dessus la gauche, tout le côté de son pantalon s'ouvre, de la cheville jusqu'au sommet de la cuisse, découvrant toute cette chair moelleuse et dorée, avec ce sillon horizontal séparant sa cuisse en deux, ce duvet blond chatoyant au soleil, et le regard ne peut s'empêcher d'essayer de monter plus haut, à la recherche du slip, qui reste invisible.

— J'ai eu mon échographie, dit Béatrice, radieuse.

— Et?

— Tout va bien, le bébé semble en parfaite santé, et c'est là le plus important. On entend toutes sortes

de choses sur les grossesses pour les femmes de
mon âge et, même si on ne veut pas écouter, ça
nous inquiète toujours un peu. Je me suis toujours
sentie bien, et j'avais de très bonnes sensations avec
ce bébé. Donc, j'avais confiance, mais la confirma-
tion du médecin m'a enlevé tous les petits doutes
que je cachais au fond de moi.

— Et?…

— Devine…

— Fille?

— Oui.

— Tu voulais une fille?

— Je pense que oui, mais j'aurais eu un garçon
et j'aurais été aussi enchantée. J'ai téléphoné à
Laurent et il est aux oiseaux lui aussi. Nous sommes
vraiment chanceux. Tu sais ce que je fais le matin,
maintenant?

— Dis-moi.

— Au réveil, avant de sauter dans la douche, je
repousse les couvertures et je regarde entre mes
seins cette nouvelle bosse qui me cache maintenant
tout le bas de mon corps. Tous les matins, installée
toujours de la même façon par rapport au rebord
de fenêtre devant moi, j'évalue à l'œil la croissance
de mon ventre, je le caresse longuement, je parle
à mon bébé, je lui explique des choses, je lui chante
des chansons. Je lui parle de moi, de toi, de Laurent,
je lui raconte ma vie, mes émois, mes plaisirs, mes
inquiétudes, mes peurs, mon bonheur. Je n'ai
jamais cru pouvoir être si heureuse dans la vie. Je

suis comblée. Assez parlé de moi. Ton début d'année, ça va?

— Oui, ça va bien, j'ai de bons groupes. J'ai
même hérité d'un groupe de douance.

— Qu'est-ce que c'est?

— C'est un groupe d'élèves qui ont maintenu une
moyenne générale supérieure à 87 % l'an dernier.

— Ça doit être difficile.

— Oui et non, c'est très stimulant. Tu sais, on
répartit les tâches par ancienneté. Eh bien, croirais-
tu qu'aucun professeur plus âgé que moi n'a voulu
de ce groupe? On parle ici des meilleurs élèves de
la polyvalente.

— Pourquoi?

— J'imagine qu'ils étaient intimidés par ces élèves. Toute leur préparation est prête depuis plusieurs
années et ils devraient sortir de leur routine.

— C'est quand même étrange que ces professeurs
refusent de travailler avec les meilleurs élèves.

— Oui, mais je suis bien content.

— Tes parents étaient profs aussi, non?

— Tous les deux. Deux de mes oncles aussi, et
quelques tantes.

— C'est génétique, votre affaire.

— On dirait. Le divorce aussi. Après ses deux
divorces, mon oncle, constatant que plusieurs hommes ne comprenaient pas pourquoi leurs femmes
les laissaient, a mis sur pied une sorte de groupe
d'entraide à but non lucratif qui se nomme Associa-
tion d'aide pour les hommes amoureux anonymes,
l'AAHAA.

— C'est drôle. J'ai une sœur, un peu plus jeune que moi, qui a lancé une organisation analogue. C'est un centre de croissance personnelle, appelé *Féminine singulière*, réservé aux femmes seulement. C'est rempli de femmes de 40 à 55 ans qui ont peur des hommes.

— Mon oncle reçoit peut-être les ex-maris de ces femmes.

— Effectivement, c'est possible. Contrairement à ton oncle qui fait ça de façon bénévole, ma sœur fait des millions avec ces femmes malheureuses. L'une de ses assistantes m'a téléphoné l'autre jour, une certaine Quartz rose, tu imagines le nom, qui voulait me sauver.

— Te sauver?

— Oui, de l'amour comme on le vit, toi et moi. Elle appelle ça une servitude, elle le considère dégradant, elle parle des souillures mâles, et d'autres balivernes. Tu aurais dû l'entendre, c'était surréel. Ces femmes ne veulent plus de contact avec des hommes. Elles les considèrent comme responsables de tous leurs malheurs. Mais vraiment, Charles, l'AAHAA, tu me fais marcher?

— Non, c'est vrai, c'est un véritable groupe d'entraide pour les hommes. Les réunions ont lieu le lundi soir. Ça s'appelle donc Les lundis de l'AAHAA.

— Tu inventes, dit Béatrice, déjà prise d'un fou rire.

— Non, pas du tout. D'abord il faut que tu saches que mon oncle est aussi joueur de bridge; il a eu deux femmes et il les a perdues toutes les deux. La première, il dit qu'il l'a laissée parce qu'elle ne jouait pas au bridge.

— Et la deuxième?

— Il l'a laissée parce qu'elle jouait au bridge. Ils se chicanaient tout le temps.

— Et que font-ils, dans ces rencontres? demande Béatrice, riant toujours.

— C'est une organisation qui s'inspire des Alcooliques anonymes. Les Amoureux anonymes sont des hommes qui aiment les femmes mais qui, pour diverses raisons, ne peuvent en garder une. Alors ils se rencontrent pour échanger et s'entraider; l'un d'eux va se placer debout devant le groupe et il se présente en disant, comme chez les Alcooliques anonymes: Bonjour, je m'appelle Charles, et je suis amoureux, et il raconte ses problèmes.

— Tu y es déjà allé?

— Oui, je transcris parfois les témoignages pour mon oncle et il les distribue aux membres. Je me souviens de celui-ci:

Bonjour, je m'appelle Marc et je suis amoureux. Moi, ma femme me désirait quand je n'étais pas là. Là, il a fait une pause, tout le monde attendait. Et Marc a finalement continué: Alors, je suis parti.

Béatrice éclate de rire.

— Tu blagues, non?

— Non, je te jure, c'est sérieux. Ces hommes sont malheureux et ils essaient vraiment de comprendre. Vu de l'extérieur, c'est drôle, évidemment. Écoute la suite, Marc a poursuivi: Quand je suis loin d'elle, sachant qu'elle me désire, je suis malheureux. Alors, je reviens. Quand je suis en vacances, elle dit que je la dérange, que je l'empêche de faire sa journée, que je suis toujours dans ses jambes. Mais c'est ça le problème : je ne suis jamais dans ses jambes. Tout ce que je voudrais justement, c'est être dans ses jambes, lui faire l'amour. Mais quand c'est le bon moment, j'ai pas le tour ; quand j'ai le tour, c'est elle qui ne file pas. Je l'aime, mais ce n'est pas suffisant, j'imagine, elle voudrait autre chose, mais je ne sais pas quoi.

— Tu as raison, c'est triste.

— Attends, ce n'est pas fini, tu sais que les AA ont une prière ? L'AAHAA a aussi la sienne. Lorsqu'un type a fini son témoignage, tous les hommes présents se lèvent, ils se donnent la main en faisant un cercle et ils disent en chœur : Seigneur, aidez-nous, les femmes sont toutes folles, mais on ne peut pas s'empêcher de les aimer.

Béatrice s'esclaffe, pliée en deux, presque incapable de rester assise, suppliant :

— Pitié, tu vas me faire accoucher avant terme…

— À l'origine, la prière était un peu différente, mais ils l'ont changée lorsque l'émission *Enjeux* a fait un reportage sur l'AAHAA.

— Quelle était la prière au début ?

— Le premier membre que mon oncle a recruté s'appelait Luc Perrier. Il sortait d'un troisième divorce et était vraiment en maudit contre les femmes.

— Trois divorces ?

— Oui. La première est restée 3 ans, la deuxième 4 ans et la troisième 6 ans.

— Il faisait du progrès, non?

— C'est ce qu'il croyait, mais il était invivable.

— Alors, pourquoi restaient-elles de plus en plus longtemps?

— C'est la troisième qui lui a finalement dit pourquoi: elles voulaient toutes montrer qu'elles étaient plus *tough* que la précédente. Elles ne voulaient pas passer pour des «moumounes».

— Vraiment, c'est assez stupide, non?

— Voilà pourquoi la première chose que Luc Perrier a dite en rencontrant mon oncle, ç'a été: C'est toutes des criss de folles…

— Tu es sûr que tu ne me fais pas marcher?

— Pas du tout. La prière est venue de là. Perrier est devenu le bras droit de mon oncle. Tu sais, les hommes n'ont plus aucune idée de ce que les femmes veulent. On les a tellement rabaissés, on leur a tellement dit qu'ils étaient des ci et des ça. Les femmes veulent ceci, puis elles veulent cela, les hommes ne savent plus où donner de la tête. On les a voulus roses, puis maintenant toutes les revues féminines disent que les femmes aiment bien les hommes roses, mais que, pour l'amour, elles préfèrent encore les machos. Regarde les pubs: les hommes sont toujours traités en inférieurs, en insignifiants, incapables d'accomplir les tâches les plus simples. Tu me diras que c'est le juste retour du pendule. Les femmes sont toujours dépeintes de façon supérieure. Je me rappelle d'un autre homme du groupe qui disait : Bonjour, je m'appelle Robert, et je suis amoureux. Ma femme est très belle, elle a un corps splendide, je la désire continuellement, mais je ne peux pas la toucher. Elle fait du jogging avec mon voisin, elle fait beaucoup de condition-nement physique avec mon voisin, elle dit qu'elle fait ça pour rester belle, mais sa culotte l'irrite et on ne peut plus faire l'amour. Je lui dis que je l'aime, qu'elle est vraiment très belle, que je vou-drais faire l'amour avec elle et qu'elle pourrait arrê-ter les exercices un certain temps. Mais elle ne veut pas, alors j'ai une superbe femme que je ne peux pas toucher.

— Pauvre homme, dit Béatrice.

— Il a continué : Tous mes amis m'envient, une si belle femme, qu'ils disent, tu dois être heureux au lit, et ils font toutes ces blagues stupides. Moi, je ne dis rien, je fais semblant, mais je suis mal-heureux. Ma femme affirme que je ne la comprends pas. Un psychiatre à la radio a dit que, pour essayer de mieux comprendre les femmes, les hommes devraient se mettre à leur place ; alors maintenant, quand je vais à la toilette pour faire pipi, je fais comme elle… je m'assois. Mais ça ne semble pas donner grand-chose.

— Assez, je ne suis plus capable…

— N'oublie pas la prière : Seigneur, aidez-nous, elles sont toutes folles, mais on ne peut pas s'em-pêcher de les aimer.

OCTOBRE

Au Québec, l'automne arrive bien avant octobre, certains arbres commençant à jaunir dès la fin d'août, se résignant tout de suite, baissant les bras immédiatement, comme s'ils n'avaient aucune fierté, se disant sans doute : Ça ne vaut pas la peine ; de toute façon, l'hiver finira par arriver. D'autres résistent et se battent de façon spectaculaire, nous offrant ce phénomène unique au monde, que Joe Dassin a fait faussement connaître sous le nom d'été indien. Depuis ce temps, les Français nous parlent immanquablement de l'été indien et, chaque fois, on est obligé de leur expliquer qu'on dit « l'été des Indiens », et ensuite que cet été n'a aucun rapport avec les couleurs, qu'il n'arrive pas du tout en septembre, mais bien à la fin d'octobre, quand on reçoit parfois ces deux ou trois jours de chaleur, juste avant l'hiver.

Les derniers arbres à céder, au mois de novembre, sont les mélèzes, ces arbres hybrides, équivoques, énigmatiques, à cheval entre deux classes, conifères à aiguilles caduques, qui deviennent jaunes, puis roux, avant de perdre finalement leur feuillage, laissant voir leurs frêles branches dont on se demande comment elles peuvent résister aux grands froids de janvier.

Pour les habitants du Québec toutefois, le signe incontestable de la fin de l'automne et de l'arrivée prochaine de l'hiver est la migration des grandes oies sauvages. Tous les automnes, vers le milieu d'octobre, à n'importe quelle heure du jour ou de la nuit, on entend tout à coup cette rumeur grandissante, des cris, des plaintes, des notes sans ordre, comme des instruments de musique en train de s'accorder. Inévitablement, Charles se lève, parfois à l'aube, s'habille en vitesse et se précipite dehors, le cœur battant, se souvenant de la première fois où son grand-père l'avait tiré du lit pour lui montrer ces magnifiques oiseaux qui, par groupes de 10, 20, 40, 100 ou 1000, traversent le ciel du nord au sud, suivant aveuglément cette boussole infaillible inscrite dans leurs gènes millénaires. Chaque fois, Charles relit *Les Oies sauvages* de Félix-Antoine Savard, l'un des plus beaux textes de la langue française, lui disait son grand-père, ou alors *Le Survenant*, l'admirable roman de Germaine Guèvremont.

Deux ou trois jours plus tard un immense voilier d'outardes traversa la barre pourpre du soleil couchant. Sagaces et intrépides, elles allaient demander leur vie à des terres plus chaudes de fécondité. Elles volaient en herse par bandes de cinquantaine, les dernières, plus jeunes ou moins habiles, d'un vol tourmenté, jetant sans cesse leurs deux notes de détresse auxquelles répondait l'exhortation mélancolique de l'éclaireur.

Lorsqu'il avait demandé à son grand-père pourquoi les dernières criaient ainsi, celui-ci lui avait expliqué que les plus jeunes sont toujours derrière et que, parfois, dans cette longue route vers le sud, épuisées ou trop faibles, incapables de suivre, elles tombent, abandonnées par les autres qui continuent leur route. Pourquoi? avait-il encore demandé à son grand-père. Parce que c'est la vie, avait-il répondu, et Charles n'avait pas compris alors pourquoi. Aujourd'hui, il comprend et il se remémore ce passage d'un roman de John Irving où Ted explique à sa fille Ruth comment ses deux frères sont morts dans un accident de voiture. Dans ses leçons de conduite, Ted avait toujours insisté sur une chose : au volant d'une voiture, on ne doit jamais quitter la route des yeux, peu importe ce que dit ou fait le passager de droite. Ruth demandait depuis longtemps comment ses frères étaient morts ; alors son père décide de la faire conduire, un dimanche soir, lorsque des milliers et des milliers de villégiateurs rentrent en ville. Au milieu de cette circulation si dense, Ted raconte l'horreur de l'accident et Ruth lui dit :

— Papa, je pleure trop, je ne vois rien, je ne vois pas la route.

Et son père lui répond qu'il n'y a pas d'endroit pour arrêter et qu'elle doit continuer.

— Je pleure trop. Je ne vois pas où je vais, papa, dit-elle encore.

— C'est là le test, Ruth. Parfois, il n'y a pas d'endroit pour arrêter ; parfois, tu ne peux pas arrêter, et tu dois trouver un moyen de continuer.

Les oies sauvages n'arrêtent jamais, ne se retournent jamais ; peut-être l'oie de tête entend-elle son propre petit derrière, sanglotant et l'appelant, mais elle regarde toujours devant, toute à ce dessein irrésistible de voler vers le sud, ne songeant qu'à la survie du grand nombre.

Charles rentre de l'école, il est 17 h, Béatrice est assise dans la chaise longue, en tailleur, une robe de chambre ouverte sur son ventre rond, boule proéminente, sphère, globe incarnat accrochant immédiatement l'œil. Elle s'affaire à tricoter une grenouillère pour son bébé. En arrivant, Charles est allé l'embrasser, a caressé son ventre. Avant de préparer le souper, il corrige quelques copies. Mozart joue, une paix infinie les entoure.

— Eugénie n'est pas trop tannante ?

— Non, elle est tranquille. Je vais prendre un bain tantôt, tu viendras voir. Lorsque je suis dans l'eau chaude, elle gigote beaucoup. Tu as eu une dure journée ?

— Pas si mal. Tu sais, les élèves me font tellement rire parfois. Je leur explique les racines des mots français. Par exemple, je leur ai montré que tous ces mots qui se terminent en -ite, comme tendinite, méningite, appendicite, signifient inflammation de l'organe en question : tendinite, inflammation du tendon, méningite, inflammation des méninges, ainsi de suite. Ils doivent mémoriser ces racines et, lors des tests, je leur demande de me donner par écrit un certain nombre de mots formés à partir de ces racines. Alors, avec la racine -ite, un élève a écrit *déficite*.

Béatrice ne peut s'empêcher de rire.

— Logique, n'est-ce pas ? Déficit, inflammation du budget. Et toi, qu'est-ce que tu as fait ?

— Je suis restée dans cette chaise longue à tricoter ; j'ai dormi un peu. Je suis si bien depuis que je ne travaille plus. Tu aimes enseigner ?

— Oui, c'est difficile, mais c'est intéressant. Mon père m'a déjà expliqué que c'est comme faire décoller un avion.

— J'écoute.

— Imaginons qu'un avion doit atteindre 100 km/h pour décoller. S'il décolle avec un vent de dos de 50 km/h, le vent l'aidera jusqu'à 50 km/h, mais l'avion devra atteindre 100 km/h de lui-même avant de s'élever dans les airs. Si, au contraire, l'avion décolle avec un vent de face de 50 km/h, il n'aura qu'à atteindre 50 km/h et il décollera, puisque 50 plus 50 font 100. Le devoir d'un professeur, c'est d'être, non pas vent de dos, mais vent de face. Dans le fond, théoriquement, plus on est exigeant, plus c'est facile. Paradoxal, non ?

— Tu es un jeune homme fascinant, tu m'étonnes toujours.

Ils se regardent en silence. Il s'approche, met les mains sur son ventre.

— Je commence à être assez grosse, non?

— Oui, madame.

— Embrasse-moi.

Il s'allonge à côté d'elle et prend sa bouche. Elle se cale au fond de la chaise longue, met ses mains au-dessus de sa tête et lui offre sa langue, ses dents, son corps fondant peu à peu, comme si elle se coulait dans un bain chaud. Parfois, elle met ses mains de chaque côté du visage de Charles, le caressant doucement, puis ses mains retombent derrière sa tête. Elle ne veut pas qu'il arrête, elle lève la tête lorsqu'il semble s'éloigner, elle le retient avec ses dents, ses lèvres, comme pour lui dire: Continue, ne me laisse pas, je veux m'endormir ainsi.

— Ta bouche sur la mienne, c'est comme si je m'abreuvais à une source. Plus je bois, plus je veux boire. L'eau est toujours bonne, ni trop froide ni trop chaude, et on voudrait en boire sans arrêt.

— Puis-je te priver pendant un certain temps?

— Pour quoi faire?

— Le souper, pendant que tu prends un bain.

— Oui, je veux bien me priver pendant un certain temps. Mais tu dois venir m'embrasser dans le bain.

Pendant son bain, Béatrice l'appelle:

— Charles, viens voir.

Il se rend dans la salle de bain. Béatrice est étendue de tout son long dans l'eau chaude.

— Regarde.

Et elle lui montre son ventre qui se distend selon les mouvements du bébé.

— C'est incroyable. Touche.

Charles pose ses mains sur son ventre et il voit et sent ces bosses, ces renflements, ces saillies qui se forment à gauche et à droite, plus haut, plus bas, imprévisibles.

— C'est drôle, n'est-ce pas, ces bosses un peu partout, on dirait un tremblement de terre.

— Oui, c'est vraiment impressionnant.

— Embrasse-moi encore.

Il prend sa bouche encore une fois et, même dans l'eau chaude, elle frissonne de plaisir. Le jeune homme retourne dans la cuisine et elle le suit bientôt, vêtue d'une robe de chambre. Charles lui dit :

— Laisse ta robe de chambre ouverte, j'aime voir ton ventre.

Puis il prépare le repas. Béatrice marche à droite et à gauche, lui tourne autour, colle son ventre contre lui, puis s'éloigne. Charles ne peut s'empêcher de la regarder, ses reins cambrés, ce geste si touchant de ses mains sur son ventre rond, la gauche dessous, jusque sur son pubis, et la droite, les doigts ouverts comme une étoile de mer, qui caresse le côté, puis le dessus, machinalement, distraitement, mais avec tellement de douceur. Puis sa main droite descend sous son ventre, et c'est la gauche qui se répand en caresses partout. Pendant tout ce temps, elle garde la tête penchée vers l'avant, examinant ce globe qui occupe le centre de son corps, et son regard a cette gravité, cette tendresse infinie et si touchante.

— Charles…

— Oui?

— Tu es dans la lune?

— Non, je t'admire. Quand tu regardes ton ventre, tu es dans la lune aussi, non?

— Oui. Tu sais, ce ventre, c'est du rêve, un rêve qui grandit chaque jour, qui envahit ton corps, qui occupe toutes tes heures et toutes tes pensées. Tu sens ton bébé bouger en dedans de toi et tu deviens l'égale de Dieu. Je sais que le rêve va se terminer et que ce sera beaucoup plus dur que je l'imagine, les nuits courtes, les pleurs, les coliques, les inquiétudes. Mais, pour le moment, tout ça est en dedans de moi, mon ventre contient le monde entier, toute la création.

Après le repas, ils s'installent, elle de nouveau dans la chaise longue, à tricoter, et lui à son bureau, à corriger, à écrire, ou alors dans un fauteuil, à lire, et ils passent la soirée en silence, entourés seulement par la musique. Ils se regardent de temps en temps, heureux, seuls au monde.

Vers 21 h 30, Béatrice doit partir. Chaque fois, c'est difficile. Chaque fois, Charles lui dit:

— Tu peux rester à coucher…

— Tu sais bien que c'est impossible.

Résigné chaque fois, il l'aide à enfiler son manteau. Elle s'essouffle maintenant plus rapidement, même si elle n'a pas pris trop de poids. La voilà prête à partir, elle ouvre la porte et disparaît.

Charles erre longtemps dans son appartement, triste, comptant maintenant les jours qui restent avant leur séparation. Il se prépare, se conditionne psychologiquement : elle va me laisser, c'est certain. C'est même normal, voilà ce que je dois me dire. Il y a trop de différences entre nous, c'est une relation impossible. En même temps, lorsqu'il se laisse aller, il ne peut s'empêcher de rêver. Chaque fois qu'ils se rencontrent, il imagine qu'elle lui dira : Je t'aime, je veux vivre avec toi. Chaque fois, arrivé à ce moment dans son scénario, il s'arrête, sachant bien que ça ne se produira jamais.

Mardi soir suivant

Au tennis, Charles, dans une forme superbe, ne retenant aucun de ses coups, inflige une raclée à Gaétan et ils se retrouvent après la douche pour un casse-croûte et un rafraîchissement.

— Tu étais en grande forme, ce soir, dit Gaétan.

— Oui, je dois dire que je me sentais très bien.

— C'est ta Béatrice qui te donne toute cette énergie ?

— Peut-être, et ce n'est pas parce que nous pratiquons l'abstinence. Mais, dis-moi, tu n'essaies plus de me caser dans tes petites boîtes avec des étiquettes, toquade, caprice, passion…?

— J'ai dépassé ce stade.

— Ah, finie la psycho-pop. Quelle est la nouvelle passion?

— J'ai rencontré quelqu'un.

— Oui? Je suis content pour toi.

— En fait, il y en a deux.

— Bon, encore tes histoires de jeunes filles. Ne me dis pas que tu fais dans le ménage à trois maintenant?

— Tu n'es pas drôle. Non, ce sont des femmes mûres.

— Tes livres de psycho-à-gogo t'ont guéri de tes attirances juvéniles?

— Peut-être, je ne sais pas.

— Mais deux, Gaétan, que vas-tu faire avec deux femmes, toi qui n'as jamais réussi à en garder une? Comment les as-tu connues?

— Elles faisaient du recrutement.

— Elles sont témoins de Jéhovah?

— Non. Elles tenaient un stand au centre d'achats, elles travaillent pour un centre pour femmes.

— Un centre pour femmes?

— Ça s'appelle *Féminine singulière*, je crois.

— Pardon?

— Oui, c'est ça, *Féminine singulière*.

— C'est incroyable! C'est le centre de croissance personnelle qui appartient à la sœur de Béatrice!

— Tu es certain?

— Oui, Béatrice m'en a parlé l'autre jour. Une de ces folles lui a téléphoné pour la sauver de sa relation avec moi. De quoi avez-vous discuté?

— Massages métaphysiques, chiromancie transcendantale, astrologie inversée, numérologie déconstructionniste, graphologie ontologique... C'était passionnant.

— C'est ce que je disais, le genre complètement maboul. Comment se nomment-elles?

— Je ne connais pas leur nom civil.

— Comment?

— Elles ont choisi un autre nom depuis qu'elles fréquentent ce centre.

— Ah oui, c'est vrai. Celle qui a téléphoné à Béatrice se nommait Quartz rose. Alors tes deux femmes se nomment comment?

— Je ne veux pas que tu rigoles.

— Ça promet.

— *Féminine singulière* est un centre réservé aux femmes, mais elles ont eu la gentillesse de parler longuement avec moi. Je me suis senti attiré par la première, puis par la deuxième, si bien qu'à la fin, je ne savais plus laquelle me plaisait le plus.

— Leur nom?

— La première se nomme Cardamome...

— Vraiment! s'esclaffe Charles.

— Ne ris pas, je t'ai dit.

— Et l'autre? demande Charles en essayant de garder son sérieux.

— ... Citronnelle, murmure Gaétan.

— Alors tu hésites entre Cardamome et Citronnelle? réussit à articuler Charles, étouffé de rire. On
se croirait au marché Jean-Talon! Et laquelle est la
plus sexy?

— Il n'est pas question de sexe entre nous.

— Ah bon!

— Non. Elles m'ont convaincu de canaliser toutes mes énergies vers la création de mon aura.

— Pauvre Gaétan, toi qui ne pouvais voir passer
une femme sans la déshabiller du regard, qui as
fréquenté plein de belles femmes, tu vas essayer de
faire croire que tu vas maintenant pratiquer l'abstinence. Elles t'ont bien emberlificoté.

— Elles m'ont expliqué que mes chakras étaient
désalignés…

— Je sais…

— Et comment me guérir de mes dépendances.

— Assez. C'est pour ça que je t'ai battu à plate
couture, ce soir?

— Je n'étais pas à mon mieux, c'est sûr. Je traverse une période difficile. Je suis en train de me
recentrer, de me ressourcer pour rebâtir mon énergie radiante et ça prend du temps.

— Bonne chance. Allez, on y va, j'en ai assez
entendu pour ce soir. On joue la semaine prochaine?

— Oui.

— Et comment tu t'appelleras d'ici là? Menthe
panachée, Curcuma, Ciboulette?

— Non.

— Comment non?

— Cardamome et Citronnelle m'ont proposé quelque chose.

— Dis-moi, je meurs d'envie.

— Elles m'ont dit que j'avais le type… Coriandre.

— Coriandre? C'est très bien. Ça fait un peu hermaphrodite, non?

— Très drôle, salut.

NOVEMBRE

Jeudi, 9 novembre

En ce matin du début de novembre, Béatrice ouvre les yeux après avoir dormi profondément, sans bouger, et elle s'éveille complètement détendue, avec cette impression de flotter encore. La veille fut une soirée d'amour inoubliable : assise sur Charles, lui tournant le dos, celui-ci tenant son ventre comme Atlas la terre, la soutenant et la soulevant, elle se souvient seulement de cette impression de légèreté, comme si elle était un de ces passereaux d'Islande qui, ayant grimpé très haut dans le ciel au moment de la migration et ayant trouvé le vent qu'il cherchait, s'endort simplement et navigue, les yeux fermés, jusqu'à destination, ou comme si elle faisait un voyage en ballon, planant comme une frégate, si longtemps et sans effort, rêvant de s'envoler pour de bon.

Béatrice repousse les couvertures et, elle qui ne voyait rien entre ses seins depuis sa puberté, découvre maintenant son ventre, comme un soleil qui se lève devant elle, sept mois bientôt : Eugénie pèse déjà un kilo et demi, elle bouge et entend un peu ce qui se passe autour d'elle. Béatrice ne peut s'empêcher de caresser son ventre, de parler à sa fille, de lui chanter des chansons. Elle lui dit qu'il lui reste un peu plus de deux mois avant sa naissance, un mois et quelque avant l'arrivée de son père, qui passera Noël avec elles, qui retournera là-bas ensuite et qui reviendra un peu avant la fin de janvier pour être présent lors de l'accouchement. Béatrice réalise qu'elle ne verra donc pas Charles pendant deux semaines et qu'elle pourra ensuite le voir à nouveau. Mais la fin approche pour eux et elle ne sait vraiment pas comment elle va réagir. Elle ne veut pas quitter Laurent, elle porte son enfant et elle veut l'élever avec lui.

Elle chasse ces pensées et se remet à rêver à Charles, se demandant quel est son emploi du temps aujourd'hui. Son horaire est affiché sur le mur de sa penderie et, de cette façon, elle sait à tout moment de la journée où il est et ce qu'il fait, quel cours il donne, dans quel local, à quelle heure et pendant combien de temps. Elle se souvient soudain que c'est la remise des bulletins aujourd'hui, et que Charles doit rester à l'école ce soir, jusqu'à 21 h, pour rencontrer les parents. Pauvre Charles, se dit-elle, ce que ça doit être fastidieux, et elle décide de lui faire une surprise, de se rendre à son appartement pour l'accueillir. Il sera fatigué, elle lui servira un verre de vin blanc, et ils parleront simplement, de tout et de rien. Il la fera sûrement rire, il la fait toujours rire, elle est toujours étonnée de ses propos, de sa façon de voir la vie et les gens, il a toujours un point de vue inattendu. Très contente de son idée, elle se lève en pleine forme au moment où le téléphone sonne.

Il est presque 9 h, Béatrice se dit que c'est probablement Louise qui appelle. Fidèlement, assidûment, Louise téléphone quotidiennement. Tous les jours, Béatrice entend : Bonjour, c'est Louise, cette voix chantante, douce, chaleureuse, rieuse, un peu embarrassée aussi, comme si elle s'excusait de toujours appeler, pour rien en fait, simplement pour prendre des nouvelles, curieuse de savoir ce qui se passe, pour voir si vous êtes heureux. Louise a eu 40 ans et elle est toujours célibataire. Elle vit ainsi un peu par procuration, s'informant des événements nouveaux dans la vie de ses amies ou de ses sœurs, sa vie à elle lui paraissant un peu monotone.

Béatrice décroche et, avant que son interlocuteur puisse dire un mot, elle répond, enjouée :

— Bonjour, c'est Louise !

— Euh… allo, dit une voix d'homme.

— Oh, excusez-moi. Bonjour.

— Béatrice ?

— Oui, Laurent ?

— Tu me sembles en grande forme.

— Excuse-moi, j'étais certaine que c'était Louise, elle m'appelle tous les jours et je voulais lui faire une blague. Je ne me suis jamais sentie aussi bien! On dirait que je suis faite pour être enceinte; aucun malaise, aucune douleur, toujours de bonne humeur, pleine d'énergie.

— Et comment va Eugénie?

— Elle est bien vivante, elle grossit et elle bouge beaucoup.

— Combien de temps reste-t-il?

— Deux mois, plus ou moins.

— J'ai bien hâte.

— Moi aussi.

— J'ai une grande nouvelle; tu es assise?

— Oui.

Et Béatrice sent soudain son cœur qui se serre. Quel est donc ce pressentiment?

— Béa?...

— Oui, oui, je suis là, j'attends...

— J'arrive le 23 décembre.

— Si tard?

— Non, j'arrive le 23 décembre... pour de bon.

Emportées par une bourrasque subite, les pensées de Béatrice virevoltent, son cœur s'emballe, son esprit se vide. Elle ne réalise pas encore ce que cette nouvelle signifie.

— Je ne comprends pas, dit-elle, pour gagner du temps.

— J'ai annulé mes vacances, j'écourte mon séjour ici et je rentre à la maison pour Noël. Après le 23 décembre, je ne reviens plus en Afrique, je reste avec toi.

— ...

— Béa, tu es heureuse?

— Oui, oui, Laurent, je suis très heureuse, s'entend-elle dire, réfléchissant à cent à l'heure pour replacer toutes ces choses qui se télescopent dans son esprit : Laurent, le bébé, Charles, Noël, ne plus voir Charles…

— Mais qu'est-ce que tu as?

— Rien, rien, c'est la surprise. Avec les hormones, tu sais, les femmes enceintes réagissent parfois drôlement. Je suis très contente, parvient-elle à dire.

— Je compte les jours maintenant, plus que six semaines. Je me suis ennuyé, tu sais, ç'a été plus long que je pensais.

— Moi aussi.

— Et de te savoir enceinte pendant mon absence, j'ai trouvé ça assez difficile. Alors j'ai négocié avec mon employeur. Je ne voulais pas t'en parler avant d'être certain. Mais maintenant, tout est réglé, j'ai mon billet de retour, j'arrive de Paris le 23 décembre, à 18 h.

— Je le note sur le calendrier, Laurent, je compte les jours moi aussi.

— Je t'embrasse bien fort.

— Moi aussi, Laurent, j'ai très hâte.

— À bientôt.

— Oui, à très bientôt.

Béatrice raccroche, encore sonnée, incapable de mettre de l'ordre dans ses pensées, comme anesthésiée, groggy, avec tous ces mots qui tournent dans sa tête: fin, recommencement, oubli, rupture, douleur, plaisir, douleur encore. Elle arpente la maison, tourmentée, les nerfs en boule. Après un certain temps, elle réussit à se calmer un peu et téléphone à Louise. Elle lui donne rendez-vous quelque part pour le lunch, en lui disant simplement: Il faut que je te parle. Louise est déjà là quand Béatrice arrive.

— Bonjour Béa, qu'est-ce qui se passe? Tu me sembles bien soucieuse.

— Laurent arrive le 23 décembre.

— Il ne devait pas arriver plus tôt?

— Oui, pour ses vacances, mais maintenant, il a annulé ses vacances et il rentre le 23 décembre... pour de bon.

— Je comprends. La récréation achève...

— Louise!

— Excuse-moi, je ne voulais pas te blesser, mais tu savais que ce jour-là viendrait, n'est-ce pas?

— Oui et non.

— Tu n'es plus une enfant.

— Oui et non, répète Béa, retenant ses larmes.

— Béa, sois sérieuse, c'était prévisible, ça ne pouvait pas durer.

— Je sais, je sais, c'est ce que j'essaie de me dire mais, en même temps, je ne veux pas le croire.

— Béa, tu es mariée, enceinte, ton mari revient et il n'y aura plus de place pour Charles.

— Ne dis pas ça.

— Au contraire, je dois te le dire parce que je suis ton amie, et que tu es mon amie. Tout ce temps que tu as passé avec ton bel amoureux, tu le savais, toi aussi, que ça ne pouvait pas durer, je te voyais faire, tu t'aveuglais...

— Je m'aveuglais?

— Mais oui, Béa, ce n'est pas un reproche, tu as 38 ans, il en a 26...

— Je sais. Alors, je dois le quitter?

— Tu vois une autre solution?

— ...

— Tu aimes encore Laurent?

— Oui.

— Qui veux-tu auprès de toi lors de l'accouchement?

— Laurent.

— Tu vois, c'est sorti spontanément.

— Pauvre Charles...

— Pas d'apitoiement, il savait très bien lui aussi dans quoi il s'embarquait. Vous êtes des adultes.

— Je vais aller le voir ce soir. Je voulais lui faire seulement une surprise, mais je vais essayer de lui annoncer aussi la nouvelle.

— Tu vas rompre ce soir?

— Je ne sais pas.

— Le plus tôt sera le mieux, non?

— Tu es tellement raisonnable. Si tu étais à ma place...

— Je ne le suis pas, justement, et je dois te dire la vérité en face. Ça va faire mal pendant un certain temps, mais tu t'en remettras.

— Tu crois ?

— Mais oui. Ton bébé va s'occuper de te faire oublier, et très vite. Tu n'auras plus de temps ni d'espace même pour penser à Charles.

— Je ne l'oublierai jamais !

— Mais oui.

— Louise, ne parle pas de lui comme de n'importe qui.

— J'oubliais, excuse-moi : c'est l'homme qui embrasse le mieux sur la terre, qui te fait l'amour même quand tu es grosse, alors que la majorité des hommes ne le font même pas quand leur femme n'est pas enceinte...

— C'est vrai...

— Qui est si gentil, si prévenant, intelligent, intéressant, charmant, séduisant... etc., etc., etc., et tellement drôle...

— Ne te moque pas.

— Je ne me moque pas, Béa. Tu as eu un bel amant, je suis jalouse depuis le début, tu le sais, mais c'est fini maintenant, la réalité te rattrape. Tu peux me le donner si tu veux...

— Pas question !

— Je suis sûre que je pourrais en prendre soin, et ça resterait dans la famille, tu ne penses pas ? Je pourrais t'en parler sans fin, te casser les oreilles comme tu as fait, raconter sa gentillesse, sa prévenance, répéter tout le temps les mêmes choses, et patati et patata...

— J'ai vraiment de la peine, dit Béatrice, essayant bravement de sourire.

— Voilà, souris, la vie est belle. Je sais que tu as de la peine, mais j'espère que tu te rends compte de la chance que tu as : devenir enceinte à ton âge, n'avoir aucun problème pendant la grossesse, porter un bébé en pleine santé, faire des entourloupettes au travail pour te trouver un amant de 26 ans qui, par hasard, est tout beau et super dans le lit.

— Je t'en parlais tant que ça ?

— Tout le temps : Charles par-ci, Charles par-là, tu ne sais pas ce qu'il m'a dit, tu ne pourras pas deviner ce qu'il a fait, il m'a offert ceci, il m'a emmenée là. Une vraie adolescente !

— Tu exagères, non ?

— Même pas.

— Il était si doux.

— Voilà, c'est bien, tu en parles déjà au passé.

— Non, non, ce n'est pas passé.

— Presque, ma chérie.

— C'est terrible, Louise, on vieillit.

— Oui, et moi plus que toi. J'ai 40 ans, je suis célibataire, je n'ai pas d'homme dans ma vie, et j'ai une amie mariée, enceinte, avec un amant de 12 ans plus jeune qu'elle, et qui se plaint...

— C'est vrai, tu as raison, excuse-moi.

— Tu es mon amie, je t'aime, et je sais que c'est moi qui vais te ramasser à la petite cuiller lorsque tu auras rompu avec Charles.

Jeudi 9 novembre, en soirée

En cette soirée de remise des bulletins, Charles est à l'école jusqu'à 21 h. C'est la routine habituelle : il répète à chaque parent que leur fils ou leur fille doit travailler plus fort, qu'il y a du vocabulaire, des étymologies à apprendre, des romans à lire, une création de dix pages à remettre à Pâques. Les parents sont chaque fois surpris, expliquant que leurs enfants prétendent continuellement n'avoir jamais rien à faire à la maison. Alors, cherchant une consolation quelque part, ils demandent plutôt :

— Y dérange pas, toujours ?

Il suffit de leur répondre que non, que leur garçon est très gentil, ou que leur fille est toujours à sa place, alors ils sont contents et s'en retournent le cœur léger.

La corvée des rencontres se termine enfin et certains professeurs décident d'aller prendre un verre dans un bar. Demain est une journée pédagogique, une journée sans élèves et, pour tous les enseignants, c'est d'abord et avant tout une journée pour reprendre son souffle. Les technocrates, ministres, journalistes, soi-disant experts et autres pseudo-docteurs en pédagogie, qui n'ont jamais mis les pieds dans une classe et qui n'ont jamais eu à faire face, chaque jour, à trois groupes de 35 élèves qui voudraient tous être ailleurs, ne savent pas de quoi ils parlent quand ils se mêlent de pérorer sur le monde de l'enseignement.

À l'heure où Charles et ses collègues pénètrent dans *La Cour des miracles*, un petit bar pas très loin de l'école, Béatrice ouvre la porte de l'appartement de son amant. Elle est toujours contente d'arriver chez Charles, d'entrer chez lui, surtout quand elle est seule. C'est pour elle le plus grand des plaisirs : elle a alors le temps de revivre cette première fois où elle est venue, elle retrouve, intacte, si présente en elle, vibrante, troublante même, comme si c'était hier, cette émotion lorsqu'elle a mis les pieds dans son appartement, cette impression de rentrer chez elle, comme si elle était attendue, souhaitée, désirée, aimée déjà.

Elle enlève son manteau, le suspend dans la penderie au lieu de le laisser traîner n'importe où comme elle fait habituellement. Charles aime qu'elle éparpille ses choses, il adore, en ouvrant la porte, apercevoir du coin de l'œil l'un de ses souliers par terre, ou alors, jeté sur la chaise de l'entrée, son manteau court en velours, à motif cachemire, acheté à Venise. Il sait alors qu'elle est déjà là, et il est si heureux. Ce soir toutefois, elle ne veut pas que Charles sache qu'elle est là. Elle n'allume pas non plus, la lumière de la rue éclairant suffisamment l'intérieur de l'appartement pour qu'on puisse s'y déplacer sans danger. Dans la pénombre, elle erre, humant la présence de Charles, et la tête lui tourne déjà. Elle se rappelle la raison de sa visite, rompre ce soir, et elle tremble devant l'ampleur de la tâche.

Elle fait lentement le tour, la bibliothèque d'abord, qui l'avait attirée en premier lieu, tous ces auteurs dont il lui lisait des passages à haute voix : Quignard, Durrell, Alexakis, Dubois, en lui disant : Écoute comme c'est beau. Elle se souvient de ces innombrables soirées et, en fermant les yeux, elle en ressent, jusque sur sa peau même, la lenteur, la douceur, le calme et la beauté. Comment vais-je faire pour le quitter ? se demande-t-elle. Je ne pourrai pas.

Puis c'est le salon, cette chaise longue où elle s'asseyait, où Charles venait parfois la rejoindre, où ils ont fait l'amour si souvent, et qui, depuis qu'elle est plus grosse, était devenue sa place à elle, son fauteuil privé où elle s'allongeait pour faire une sieste en fin d'après-midi, et où Charles, entré en silence à son retour du travail, l'éveillait avec des baisers. Sur le guéridon tout près, que Charles avait acheté pour elle, pour lui éviter de devoir se lever, il y avait tout ce dont elle avait besoin : son tricot, le téléphone, des livres, des revues, un pichet d'eau. Il y déposait aussi la tasse de tisane qu'il lui apportait les soirs où elle restait un peu avec lui ; ils avaient ainsi l'impression de vivre ensemble et ils en oubliaient le temps, il leur semblait que ces soirées ne finiraient jamais, qu'ils étaient ailleurs, inaccessibles, voyageant dans une autre galaxie. Béatrice doit se secouer encore pour s'éveiller de ce rêve.

Elle entre ensuite dans la chambre, y promène son regard lentement, se retient de s'étendre sur le

lit, ouvre plutôt la penderie pour toucher les vêtements de Charles, pour y enfouir son visage, pour
sentir sa présence, pour s'en imprégner et la conserver toujours. Elle reste ainsi longtemps, à humer
ses vestes, ses chemises, ses pulls, elle touche ses
sous-vêtements sur les étagères adjacentes, certains,
de couleur, qu'elle lui a achetés durant l'été, cherchant son odeur, le grain même de sa peau, au-delà
des parfums et des fragrances, et elle se dit qu'elle
n'oubliera jamais.

Elle retourne dans le salon pour l'attendre, cherchant les mots pour lui annoncer le retour de son
mari, pour lui dire qu'ils devront cesser de se voir,
et que le plus tôt sera le mieux. Mais elle recule,
ne peut se décider, pleure, se relève, va dans la salle
de bain pour sécher ses yeux, et revient s'asseoir,
regarde l'heure. Il est 22 h 30.

Pendant ce temps, à *La Cour des miracles*, ils
sont une dizaine de professeurs, trois hommes,
Gaétan, Yann et lui, et six ou sept femmes, Annie,
Sylvie, Chantal, toutes jeunes, quelques-unes très
jolies. On boit, on joue au billard, on discute, on
rit. La soirée passe vite et il est maintenant temps
de rentrer. Gaétan, avec qui Charles est venu
aujourd'hui, a un peu bu. Ses amis ne veulent pas
le laisser conduire et Annie s'offre pour ramener
Charles à la maison. Charles accepte ; il doit d'ailleurs
lui remettre un livre qu'elle lui a prêté. Ils arrivent
bientôt à l'appartement de Charles, qui ouvre et fait
entrer Annie, tous les deux riant.

— Charles? demande Béatrice.

— Béa, tu es là, quelle belle surprise! Annie, je te présente Béatrice; Béatrice, voici Annie, une collègue. Elle est venue me reconduire, Gaétan avait trop bu.

— Bonsoir, madame, dit Annie, tendant la main, un peu embarrassée.

— Bonsoir.

— J'ai ramené Charles, on ne voulait pas laisser Gaétan conduire.

— Oui, je comprends, c'est très gentil.

— C'est pour quand? demande la jeune enseignante.

— Pardon?

Annie ne peut s'empêcher de regarder le ventre de Béatrice.

— Oh, fin janvier.

— Fille ou garçon?

— Fille.

— Félicitations.

Charles reste là, entre les deux femmes. Le silence dure.

— Tu as mon livre? demande Annie.

Charles se dirige vers sa bibliothèque.

— C'est joli chez toi, Charles.

— Merci. Voilà le livre, j'ai vraiment adoré.

— Merci. J'y vais. À demain.

— Oui, à demain.

— Bonsoir, madame.

— Bonsoir.

Annie sort. La porte à peine fermée, Béatrice lance:

— Elle est ravissante.

— Pas mal.

— Plus que moi?

— Non, pourquoi?

— Ç'a dû vous déranger de me trouver ici?

— Qu'est-ce que tu racontes, Béa? Elle reprend un livre en passant.

— Oui, le beau prétexte.

— Béa...

— *C'est pour quand?* avec sa voix mielleuse.

— Mais, Béa, elle faisait la conversation, et tu es enceinte, c'est normal qu'elle demande.

— *C'est très joli, ton appartement, Charles...*

— Pas de ça, Béa.

— Et vous vous voyez demain?

— On travaille ensemble, Béa.

— Je m'en vais, tu ne me verras plus. J'ai compris et tu ne me le diras pas deux fois.

— Mais non, Béa, ne t'en va pas. Il n'y a rien entre elle et moi, elle est simplement venue me reconduire à la maison et je lui rends un livre qu'elle m'a prêté.

— Tu n'as pas besoin de te justifier. De toute façon, c'est fini entre nous, j'ai finalement compris ce soir.

Béatrice ramasse rapidement ses affaires et se dirige vers la porte, retenant ses larmes. Charles reste là, abasourdi, ne comprenant pas ce qui se passe. Comment un événement aussi anodin a pu dégénérer en un drame d'une telle ampleur? Il voit Béatrice qui s'en va et c'est comme s'il ne pouvait rien faire pour la retenir. Tout se passe en dehors de lui, Béatrice est à la porte, elle enfile son manteau; elle doit se reprendre à deux fois pour mettre ses bottes, elle manque de souffle, elle retient ses larmes. Charles s'approche pour l'aider. Non merci, je suis capable toute seule. Elle ouvre, sort et referme, il l'entend s'éloigner, le bruit de ses pas qui s'amenuise, voilà, tout est terminé, fini, elle est partie.

Charles, encore sous le choc, s'assied. Il regarde longtemps la porte, comme si Béatrice allait revenir.

Vendredi, 10 novembre

Béatrice a invité Louise à souper. Elle ne veut pas passer la soirée toute seule. Elle sait très bien qu'elle a sauté sur le prétexte de la présence de cette jeune femme pour rompre avec Charles, qu'elle ne lui a pas dit les vraies raisons de cette rupture, et elle craint de céder à sa culpabilité et de le rappeler. Toute la journée elle a erré dans la maison, déchirée, se disant un instant: Je vais le rappeler, et l'instant suivant: Non, c'est mieux ainsi. Elle a détruit son téléphone portable, pour que Charles ne puisse pas la rejoindre.

Louise arrive enfin et trouve son amie en pleurs, encore en robe de chambre depuis le matin.

— Mais, ma chérie, de quoi tu as l'air...

— Je sais. J'ai quitté Charles hier soir.

— Ah, tu es enfin devenue raisonnable.

— Oui et non.

— Comment, oui et non? Qu'est-ce que tu as encore fait?

— Rien.

— Comment rien? Tu lui as dit?

— Oui et non.

— Oui et non, qu'est-ce que c'est que cette charade?

— Je l'ai quitté, c'est tout ce qui compte.

— Mais qu'est-ce que tu lui as dit?

— Rien.

— Comment rien?

— Je suis allé chez lui vers 9 h, je savais qu'il revenait de l'école après 9 h, parce que les professeurs remettaient les bulletins aux parents. Il est arrivé à 11 h 00... avec une jeune femme.

— Quoi?

— Une Annie, qui l'a ramené de l'école et qui reprenait un livre en passant.

— Il te trompait?

Béatrice éclate en sanglots.

— Non, non.

— Tu lui as dit pour le retour de Laurent?

— Non. Lorsque cette jeune femme m'a demandé quand j'allais accoucher, je me suis soudain vue comme j'étais : enceinte, grosse, à 38 ans, avec un jeune homme de 26 ans. Lorsque je suis seule avec Charles, je ne me rends pas compte mais, avec cette jeune femme de son âge, toute mince et jolie, j'ai finalement compris que ça ne pouvait plus durer.

— Alors ?

— Alors, j'ai sauté sur le prétexte de la présence de cette jeune femme et je suis partie.

— Tu veux dire que tu lui as fait une scène de jalousie ?

— Oui, ç'a été plus fort que moi.

— Tu vas dire que ce sont tes hormones...

— Je suis si malheureuse...

— Tu vas le rappeler ?

— Non !

— Et s'il te rappelle ?

— Il ne rappellera pas.

— Mais s'il rappelle ?

— J'ai jeté mon téléphone portable.

— Ah, voilà la vraie raison pour laquelle il ne rappellera pas. J'ai vraiment besoin de te tirer les vers du nez, tu es une vraie femme.

— Qu'est-ce que je vais faire ?

— Comment, qu'est-ce que tu vas faire ? Comme tout le monde : tu vas préparer Noël, surveiller ton alimentation, faire tes exercices pour l'accouchement, aménager la chambre d'Eugénie, acheter du linge... Il te reste un peu plus d'un mois avant l'arrivée de Laurent. Il me semble que cette période devrait être suffisante pour que tu sois en forme à son arrivée.

— Tu as raison. Tu as tellement raison, Louise. Mais…

Mardi soir, 21 novembre

Charles et Gaétan, comme d'habitude, se retrouvent pour une collation après leur match de tennis hebdomadaire. Ce soir, Gaétan a finalement gagné une manche, profitant du manque d'enthousiasme évident de Charles.

— Ce n'est pas la grande forme, mon cher Charles.

— Oui, je sais, je suis un peu à plat. Profites-en pendant que ça passe.

— Toujours pas de nouvelles de Béatrice?

— Non.

— Et tu ne l'as pas appelée?

— Non. Pourquoi je téléphonerais?

— Parce que tu l'aimes.

— Oui, je l'aime, mais elle est mariée et elle attend un bébé. Son mari vient passer deux semaines à Noël, retourne là-bas et revient pour de bon fin janvier. Alors nous sommes obligés de nous laisser de toute façon.

— Elle ne viendra pas vivre avec toi?

Charles ne dit rien, détournant simplement le regard, et Gaétan peut voir ses yeux qui s'inondent de larmes peu à peu.

— Non, dit Charles finalement.

— Mais cette histoire avec Annie? Il ne s'est jamais rien passé, n'est-ce pas?

— Non, jamais. Elle était vraiment venue pour reprendre un livre. Béa était là et il y a eu cette scène. Je voyais Béa devant moi, je l'entendais parler, et c'est comme si j'étais paralysé. Ses lèvres prononçaient des paroles, mais ses yeux me disaient autre chose. Je revois continuellement ses yeux, il n'y avait aucune hargne, aucune colère, seulement du chagrin. C'est drôle comme on peut vraiment tout comprendre après, seulement à repasser les images dans sa tête, comme au ralenti. La nuit, je fais continuellement ce rêve: je revois Béatrice, debout devant moi, si triste, je m'approche pour l'embrasser, mais, au moment où je vais la serrer contre moi, elle se volatilise, et je me réveille les bras vides.

— Ça va quand même?

— Oui, ça va, ne t'en fais pas. Assez parlé du passé. Et toi, comment vont tes deux épices?

— Très drôle.

— Tu les vois toujours, comment se nomment-elles déjà? Verveine odorante et Menthe poivrée?

— Cardamome et Citronnelle, tu le sais très bien.

— Et puis, tu as couché avec laquelle?

— Aucune, évidemment.

— Très excitantes, tes histoires.

— Je suis un peu embêté. Elles veulent lancer une campagne pour faire nommer une femme comme protectrice du citoyen. Elles disent qu'il y a eu assez d'hommes au poste d'ombudsman.

— Oui, et alors?

— Elles ont préparé une pétition et elles recueillent des signatures.

— Tout va bien, où est le problème?

— L'en-tête dit: Les femmes ont besoin d'une *Femmebudsman.*

— Tu es sérieux? dit Charles, complètement hilare.

— Oui. Elles sont si convaincues, si déterminées, je n'ai pas trouvé le courage de les corriger.

— Tu ne peux pas les laisser faire, elles vont faire rire d'elles.

— Je sais, mais elles sont si gentilles avec moi, elles sont venues chez moi pour purifier ma maison.

— Ah bon, et de quoi?

— Des mauvais esprits.

— Quels mauvais esprits?

— Les mauvais esprits.

— Et comment font-elles?

— D'abord elles commencent par te purifier. Elles passent les mains au-dessus de ton corps, sans te toucher, pour lire les souvenirs et les traumatismes accumulés dans tes tissus, et elles t'aident à t'en débarrasser.

— Ont-elles mis la main sur la liste de toutes tes maîtresses? Ç'a dû être long.

— Puis elles purifient ton domicile en prononçant des formules et en claquant des mains dans les coins, continue Gaétan, imperturbable.

— Pourquoi claquer des mains?

. — Pour chasser les mauvais esprits. On allume des bougies, on fait brûler de l'encens, on asperge aussi d'eau bénite...

— Comme ma grand-mère quand il y avait des orages...

— On invoque les anges, on offre des fleurs et des prières à l'esprit qui garde la maison.

— Mon cher Gaétan, tu me décourages...

— J'ai dû ensuite repeindre toutes les pièces pour y réintroduire ma nouvelle énergie.

— Et où as-tu acheté ce qu'il faut pour faire tous ces travaux?

— En passant par *Féminine singulière*.

— J'aurais pu mettre ma main au feu. Et tu as payé plus cher, évidemment.

— Oui, mais la peinture est chargée d'énergie spéciale...

— Pauvre Gaétan.

— J'ai dû d'abord tout repeindre en couches successives de vert et de jaune.

— Pourquoi en couches successives?

— Pour guérir en profondeur.

— Et tout ça a demandé combien de couches?

— Quatre.

— Tu as repeint ton appartement quatre fois?

— Oui.

— Et en achetant toujours ta peinture en passant par *Féminine singulière*?

— Oui.

— Tu vas te ruiner.

— Après la quatrième couche, tu attends un peu pour que le traitement soit complet et, lorsque tu es guéri en profondeur, tu repeins tout en blanc pour signifier que tu as retrouvé la pureté.

— Et tu crois toutes ces histoires?

— C'est Feng Shui. C'est un art ancestral chinois.

— Le grand mot est lâché, c'est chinois.

— Tu sais que je n'ai plus de pannes d'auto.

— Moi non plus, un simple entretien régulier…

— Selon les recommandations de mes amies, j'ai donné un nom à ma voiture et je n'ai plus de pannes.

— On n'est pas loin de la psycho-pop tout de même. Comment se nomme ta voiture?

— C'est un secret. Mes amies m'ont dit de ne le révéler à personne.

— Tout de même, Gaétan, on ne sait jamais, ne va pas jusqu'à annuler ta carte de la CAA…

— J'avais oublié, merci de m'y faire penser. Je vais téléphoner tout de suite pour annuler.

— Je crois que je vais cesser le tennis jusqu'en janvier.

— Je te bats une fois et tu abandonnes?

— Non, ce n'est pas ça. En décembre, il y a beaucoup de travail, des piles de corrections avec les cours de préparation aux examens, puis les examens. Alors j'aime mieux te le dire tout de suite

que d'annuler à la dernière minute. On rejoue en
janvier?

— D'accord.

— Tes amies dans la pureté savent-elles qu'on
considérait la coriandre comme un aphrodisiaque
en Orient?

— Je ne sais pas.

— Peut-être qu'en te suggérant ce nom, elles
t'envoient un message subtil : elles veulent coucher
avec toi.

— Tu crois?

— Ah, enfin, je retrouve le mâle en toi, dit
Charles en riant. Allez, à la prochaine, Coriandre
purifiée.

Vendredi, 24 novembre

Charles arrive chez lui. C'est une triste soirée
de fin novembre, cet entre deux saisons si dépri-
mant, combinaison de temps maussade, qui interdit
les promenades, et d'absence de neige qui empêche
la pratique des sports d'hiver. Si au moins il y avait
de la neige, se dit-il, je pourrais aller faire du ski
de fond et je pourrais peut-être me débarrasser de
cette boule que j'ai dans le ventre, cette oppression
constante qui m'empêche de respirer à fond. Lui
aussi se retrouve entre deux saisons, entre l'été qu'il
vivait avec Béatrice et l'hiver qu'il devra traverser
sans elle, entre la chaleur de son corps et la froidure
de la solitude.

Pendant son absence, Béatrice est venue chercher toutes ces choses qu'elle avait accumulées chez
lui depuis juin : souliers, articles de maquillage,
robes, sous-vêtements, tout, absolument tout, elle
n'a rien oublié, laissant ses clés, et aussi ces vides,
surtout ces vides, dans la garde-robe, dans la salle
de bain, dans le tiroir de la commode, seuls signes
qu'elle était là, qu'elle a occupé ces lieux déjà.
Charles ne touche à rien, conservant soigneusement
ces espaces vacants, ces trous, ces creux, et c'est
comme si Béatrice était encore plus présente. Parfois,
il entre dans la penderie, en referme la porte et y
reste quelques minutes, essayant de humer encore
son parfum qui, chaque jour, décroît, s'affaiblit,
s'atténue, s'estompe, ou il ouvre le tiroir où elle
mettait ses dessous afin de retrouver encore un peu
de sa présence mais, au bout de quelques jours, il
ne sait plus s'il perçoit vraiment son parfum ou si
tout se passe dans son souvenir.

En ouvrant la porte d'entrée de son appartement, il espère toujours apercevoir du coin de l'œil
un soulier de femme par terre, puis un autre et,
plus loin encore, une robe, puis des bas, un soutien-gorge, et finalement un slip, le guidant vers la
chambre. Il saurait alors que Béatrice est revenue.
À pas feutrés, il se dirigerait vers la chambre et
l'apercevrait, à moitié étendue sur le lit, appuyée
sur son coude gauche, un pied sur le plancher,
l'autre sur le lit, jambe droite repliée, souriante, son
sein gauche à la vue, lourd, volumineux, plein, le

droit caché par son bras replié sur sa poitrine et, globe magnifique, sphère si émouvante, si touchante, son ventre de sept mois. Ou elle serait allongée, un peu tournée vers sa droite, le dos et la tête soutenus par des oreillers, le coude droit sur un coussin, sa main gauche sur son pubis, Vénus d'Urbino couchée dans son lit, et il tomberait à genoux pour la couvrir de baisers.

Mais il ne trouve jamais rien. Il hume l'air, comme si l'âme de Béatrice planait encore dans son appartement. Il approche de la bibliothèque, glisse ses doigts sur la tranche des livres qu'elle a touchés, en ouvre certains qu'elle a feuilletés, y plonge le nez, cherchant à retrouver encore son odeur, sa présence. Rien. À tout moment il espère entendre sa voix qui l'appelle, de la chambre ou de la salle de bain, cette façon unique qu'elle avait de dire son nom, comme personne jamais, cette douce mélodie, comme si elle le caressait en même temps, et il sent sur tout son corps la musique de sa voix, il en frissonne et des larmes perlent au coin de ses yeux. Ou, ayant discerné un froufrou, il tournerait la tête et la verrait apparaître, vêtue seulement d'une chemise ouverte, avec ses dessous turquoise ornés de tulipes, ou blancs, éclaboussés de petits fruits, les mains réunies au bas de son ventre, timide soudain, comme si elle avait peur qu'il la trouve moins jolie ; ou bien, elle serait près de la fenêtre, les mains derrière la tête, souriante, détendue, fière maintenant, resplendissante et, entre les pans ouverts de sa robe de chambre, Charles découvrirait tout son corps nu, son ventre, sur lequel on voudrait immédiatement poser les mains, puis ses seins, lourds, l'aréole un peu agrandie, ses yeux, souriants et sérieux, rieurs et graves et, dans sa pose, dans son allure, dans son attitude, dans sa posture transparaîtraient cet alanguissement certes, cet adoucissement de tout son corps, mais aussi cette confiance, cette plénitude, cette certitude absolue, cette franche affirmation de sa beauté : regarde, voici mon corps, admire-moi, touche-moi.

Aujourd'hui, après ces jours et ces nuits à songer à elle, à la regarder passer et repasser dans ses souvenirs, il repense à cette soirée où elle l'a laissé. Il revoit cette ombre dans son regard et il comprend que, depuis le début, en juillet déjà, au lac, il y avait, tout au fond des yeux de Béatrice, cette tristesse, une certaine mélancolie, une certaine solitude, comme si elle essayait de lui dire, sans paroles, qu'elle devrait le laisser un jour. En même temps, Charles se dit que ce n'est pas fini, que cela ne peut pas être fini entre eux, qu'il manque quelque chose. Il sait que la fin va venir, mais pas de cette façon, se dit-il, il va se passer autre chose, et nous nous quitterons comme il faut.

Il s'affale dans un fauteuil et parcourt des yeux le courrier reçu. Il y a une lettre d'un Cégep, un autre refus, se dit-il. Il ouvre machinalement et reçoit finalement cette belle nouvelle : une ouverture s'est créée et on lui offre un poste à temps plein pour janvier, un cours de littérature, exactement ce qu'il recherchait. Enfin, se dit-il. Il doit se retenir pour ne pas crier le nom de Béatrice, comme si elle était encore là, pour lui apprendre la bonne nouvelle. Soudain, il se sent ragaillardi, de bonne humeur, avec le désir de faire quelque chose, de bouger. C'est vendredi, il a le goût de se promener et il téléphone à son père à Sainte-Adèle pour savoir s'il peut aller passer le week-end.

— Bien sûr, répond celui-ci. Arrive. On va se faire une bonne bouffe demain.

— J'ai quelque chose à célébrer.

— Quoi donc?

— Je commence au Cégep en janvier.

— Viens-t'en, je suis très heureux, bravo, félicitations, Charles.

— Merci, je suis très content aussi. Toutes mes lectures finiront peut-être par me servir.

— Elles te serviront toujours, peu importe ce que tu fais.

— Oui, c'est vrai. Je laisse passer le trafic et je m'amène. Vers 9 h 30, ça va?

— Oui, on t'attend. Sois prudent.

Lorsque Charles arrive chez son père, il est presque 22 h. Il entre tout doucement, au cas où Éva et son père dormiraient déjà. Seule Shawnee vient à sa rencontre. Elle a entendu et n'a pas jappé, reconnaissant le bruit familier de sa voiture. Elle s'approche, agitant la queue, joyeuse, toujours joyeuse. En ouvrant, Charles a entendu et reconnu tout de suite cette musique, le deuxième concerto de Rachmaninov, avec Entremont au piano et Bernstein à la direction, un vieil enregistrement des années 1960, que son père a toujours préféré aux interprétations subséquentes, qui sont toutes, d'après lui, ou trop rapides ou trop lentes ou trop criardes ou trop ci ou trop ça. Jamais son père ne dira que c'est parce qu'il a découvert ce concerto alors qu'il était adolescent, pensionnaire au collège, qu'il n'avait pratiquement que ce disque et qu'il passait son temps à l'écouter en pensant sans cesse à cette merveilleuse jeune fille qu'il avait rencontrée l'été de ses 18 ans et qui, dès qu'elle avait souri, lui avait chamboulé le cœur.

Charles enlève son manteau et, sur la pointe des pieds, se dirige vers le salon, suivi de Shawnee qui s'en va se recoucher dans son fauteuil favori. Le foyer ronronne doucement et une chaleur bienfaisante règne dans la pièce. Son père est assis dans la causeuse, les yeux fermés, les pieds sur la table, son bras gauche entourant les épaules d'Éva, sa femme depuis plus de 15 ans, endormie sur son épaule. Charles s'assoit sans bruit. Son père ouvre les yeux, lui sourit et referme les yeux en lui faisant signe de garder le silence. On en est au début du deuxième mouvement, *adagio sostenuto*, avec cette mélodie si connue, popularisée par une chanson des années 1970.

Rachmaninov prépare longuement la finale du deuxième mouvement et Charles écoute en sachant très bien ce qui va lui arriver. Le refrain est d'abord énoncé par la clarinette et repris par le piano, seulement des accords, accompagné par les violons. Les violons recommencent ensuite le refrain alors que le piano brode en arrière-plan. Puis le piano répète ses accords, plus rapidement on dirait. Arrive un premier sommet, mais ce n'est pas le bouquet final, le piano enfile les notes très rapidement. Soudain, il y a un arrêt brusque, beethovenien, suivi d'accords graves. Finalement, Charles le connaît si bien, ce concerto, le piano retrouve toute sa douceur, seul, lent, puis les violons se font entendre, si mélancoliques, et les paroles de la chanson d'Eric Carmen se forment d'elles-mêmes sur ses lèvres :

When I was young
I never needed anyone
And making love was just for fun
Those days are gone...

Charles pleure doucement et, au moment où, comme un fleuve qui vainc un embâcle, le grand refrain éclate, si romantique, si prenant, les larmes coulent abondamment et se répandent sur tout son visage, nombreuses comme les notes du piano.

Son père ouvre les yeux, devinant plus ou moins ce qui se passe, et lui adresse un sourire d'encouragement, faisant un signe de la main signifiant : C'est un mauvais moment à passer, tu t'en sortiras.

Charles, hochant la tête pour lui dire qu'il ne peut s'empêcher de pleurer, lui sourit quand même : Ça va aller.

Le début du troisième mouvement est plus enlevé et Charles réussit à reprendre ses esprits. Il regarde Éva et son père : ils ont 60 ans, sont en bonne forme, minces tous les deux, les yeux pétillants, toujours complices, si profondément complices, avec ce sourire perpétuel lorsqu'ils se regardent, cette passion, ce désir constant. Depuis 15 ans qu'il les fréquente, il a toujours envié cet amour fusionnel entre eux. Et il se demande si, dans son rejet du début, il n'y avait pas un peu de jalousie, de l'incompréhension aussi sans doute, devant un si grand amour, si total, si complet. Avec le temps, il s'est rendu compte que ces deux-là s'aiment comme jamais il n'a vu des gens s'aimer. Il a entendu raconter l'histoire si souvent : au collège, son père, qui avait alors 16 ans, fréquentait cet ami qui, un jour, lui montre la photo de sa cousine, âgée de 15 ans. L'ami en question écrit ensuite à sa cousine en lui envoyant le beau bonjour de son ami Emmanuel. Plus de 25 ans plus tard, Emmanuel et Éva se rencontrent par hasard et, sans savoir que leurs chemins s'étaient déjà croisés, c'est le coup de foudre. C'est en fouillant dans les lettres qu'elle avait conservées qu'Éva a découvert celle-là où son cousin lui parlait d'un Emmanuel qui lui disait bonjour.

Ils vont au gymnase trois ou quatre fois par semaine ; l'hiver, son père fait du ski de fond dans le parc linéaire du petit train du Nord et, même si Charles est plus rapide, son père fait Sainte-Adèle/ Val-David, aller-retour, 20 km sans arrêter, à un bon rythme, en 75 minutes.

Son père lit sans cesse, écrit, a publié plein de choses. Pourtant Éva ne lit jamais ses textes. Son père dit en riant que c'est une belle leçon d'humilité pour un écrivain : être publié un peu partout dans le monde, être lu par plein de gens, avoir remporté un prix international déjà, et vivre avec une femme qui ne lit même pas ses écrits. Ils sont tellement différents et, en même temps, tellement faits l'un pour l'autre que Charles se demande s'il pourra lui aussi vivre un tel amour. Il le vivait avec Béatrice, mais c'était un amour impossible, il le voit bien maintenant.

Le concerto se termine, son père bouge doucement et Éva s'éveille.

— Charles, tu es là, quelle belle surprise ! dit-elle.

— Bonsoir, vous deux.

— Ça va ?

— Oui, ça va.

— Tu as faim ? Tu veux manger quelque chose ?

— Offre-lui plutôt à boire, on fête, dit son père.

— Quoi donc ?

— Dis-lui, Charles.

— Je commence au Cégep en janvier.

— Bravo, Charles, je suis très heureuse pour toi. Emmanuel, va chercher une bonne bouteille.

Emmanuel se lève et se dirige vers son cellier.

— Alors, demande Éva, ce n'est pas trop dur?

— Il y a des hauts et des bas. Avec cette musique, c'est plutôt difficile. Ça me retourne complètement.

— Tu l'aimais tellement.

— Oui.

— Ça va aller, tu verras; il faut seulement du temps.

— Je sais, c'est ce que je me dis, mais le temps passe si lentement.

— Un jour tu diras le contraire.

— Vais-je vivre un jour ce que vous vivez?

— Oui, j'en suis certaine.

— Tu peux l'écouter, Charles, dit son père, revenant avec une bouteille et des verres, c'est une éternelle optimiste.

— Non, je ne suis pas optimiste, je suis fataliste. Je crois que tout ce qui arrive est pour le mieux. Tu as de la peine, mais quelque chose de mieux se prépare pour toi.

— Tu vois? Éternelle optimiste.

— Quelque chose de mieux est déjà arrivé, non? dit Éva. Il s'en va travailler au Cégep.

— Oui, c'est très bien, dit Charles.

— Tu n'as plus eu de nouvelles de Béatrice? demande Éva.

— Non, rien.

— Ça fait combien de temps?

— Deux semaines.

— Tu l'as rappelée?

— Non.

— Je crois que tu as bien fait, dit-elle.

— Buvons, dit son père. À ton arrivée au Cégep, à ta carrière, à tes amours aussi.

— Oui, à tes amours, Charles. Ne te décourage pas.

— Éva dit toujours: Ça pourrait être pire, dit son père.

— Oui, c'est vrai, dit-elle, je ne suis pas pour les pleurnicheries. C'est fini, c'est fini, passons à autre chose.

— Elle irait voir quelqu'un à l'hôpital, qui a les quatre membres cassés, le crâne fracturé, dans le coma, branché sur un respirateur, et elle trouverait le moyen de dire: Ça pourrait être pire.

— Veux-tu arrêter...

— Et une fois que le type serait mort, elle dirait: C'est mieux comme ça.

Charles et Éva rient.

— Alors, continue son père, entre «Ça pourrait être pire» et «C'est mieux comme ça», on ne sait pas vraiment ce qu'il y a...

— Vieux fou.

— Vous êtes comme des enfants, dit Charles.

— De toute façon, Charles, tu savais, n'est-ce pas, que ça ne pouvait pas durer, dit son père.

— Oui, mais je ne pensais pas à ça.

— Tu ne voulais pas y penser, tu veux dire.

— Si tu veux.

— Tu savais que, vers Noël, vous seriez obligés de vous laisser.

— Oui.

— Béatrice a peut-être bien fait de mettre fin plus tôt à vos relations ?

— Peut-être, dit Charles au bord des larmes.

— Emmanuel, tu le fais pleurer, intervient Éva.

— Je sais, j'ai de la peine aussi.

Charles soupire, garde le silence un bon moment puis, posant les yeux sur son père et essayant bravement de sourire, murmure :

— Comme l'oie blanche de tête ?

Charles et son père se regardent tous les deux un instant, sans rien dire.

— Oui, exactement, comme l'oie blanche de tête, répond son père, en levant son verre.

DÉCEMBRE

La neige survient tout d'un coup, sans avertissement, sans préavis, une bordée et voilà, l'hiver s'installe, comme un ami de longue date qui n'a pas précisé le moment de sa venue, qu'on attendait, mais qui arrive quand il arrive, qui nous rend visite quand il le veut, qui a ses aises et qui sait qu'on ne lui en voudra pas, au début.

Charles est chez lui, en train de corriger ses copies d'examen. Il regarde la neige qui tombe. Il a toujours aimé la neige, et ces mots lui viennent, qu'il n'a qu'à transcrire :

Séisme cosmique
Tranquille cataclysme de la froidure
Comme par jeu et au ralenti
La neige annule l'espace

Tombe-t-elle du ciel
Monte-t-elle de la terre
Nul ne le sait

La terre n'est plus la terre
Et le ciel est partout

La neige descend sans bruit, lentement, et Charles, comme s'il était un grand brûlé, sent cette fraîcheur sur cette chair à vif que lui a laissée Béatrice il y a déjà plus d'un mois. La neige a quelque chose de frais et de chaud à la fois, de doux, de tendre, d'enveloppant, et les vrais amoureux du Québec le savent : c'est l'hiver que ce pays est le plus beau, le plus saisissant, le plus émouvant, tellement que des Chiliens qui avaient fui Pinochet et qui sont retournés dans leur pays après plus de 20 ans ont été surpris de s'ennuyer de la neige du Québec. L'hiver offre cette lumière semblable à celle de Venise à la fin de septembre, si claire, éclatante, aveuglante parfois et, comme devant trop de beauté, on doit fermer les yeux pour ne pas être ébloui.

Charles se souvient aussi de ce compatriote qui vivait à la Barbade depuis plus de deux ans et qui, apprenant qu'il venait du Québec, avait demandé, d'une si petite voix, quémandant une confidence, comme un amoureux délaissé s'informant d'un être cher qu'il ne réussit pas à oublier :

— Parlez-moi de la neige…

Et Charles aurait pu jurer avoir entendu aussi :

— Parle-t-elle de moi ?

Devant un manque si criant, si humblement avoué, Charles avait repensé immédiatement à cette vision, aux nouvelles du soir, Anne Hébert rentrant de Paris où elle avait vécu pendant plus de 60 ans, et aux paroles de son grand-père, la voyant descendre de l'avion, seule, vieille dame maintenant:

— Elle s'en vient mourir chez elle et dormir sous la neige de son pays.

Anne Hébert mourut effectivement quelques mois plus tard.

Chaque première neige, Charles se souvient que, lorsqu'il était enfant, il demandait à son grand-père pourquoi la neige ne tombait pas tout d'un coup le 21 décembre, puisque c'était le premier jour de l'hiver, et pourquoi elle ne fondait pas toute le 21 mars, jour d'arrivée du printemps. Et son grand-père lui répondait que c'était la faute de la science. Pourquoi la faute de la science, grand-papa? avait-il demandé encore.

— C'est simple, répondait son grand-père. D'abord, l'hiver a toujours aimé arriver le 21 décembre, car tous les enfants savent que l'hiver commence ce jour-là. Je me souviens, quand j'étais petit, l'hiver arrivait parfois le 25, mais c'était pour nous faire une surprise. Le 21 passait, pas de neige. Nous, les enfants, le nez dans la fenêtre depuis notre réveil, guettant les premiers flocons et ne voyant rien, regardions nos parents d'un air triste. Nos parents nous disaient alors: Attendez, l'hiver doit préparer une surprise. Le 25 décembre, après la messe de minuit, au son des cloches qui carillonnaient, on ouvrait les portes de l'église, tout le monde sortait sur le parvis, levait la tête au ciel et, comme par magie, on voyait les premiers flocons descendre du ciel. Parfois, on devait attendre un peu et ceux qui avaient l'oreille vraiment fine disaient discerner ce léger bruissement dont parle Giono, ce grésillement de la neige qui a quitté le nuage mais qui n'est pas encore tombée au sol. C'était le plus beau cadeau : les enfants sautaient de joie, les adultes, redevenant jeunes pendant quelques instants, ouvraient la bouche toute grande pour essayer de capter quelques-uns de ces gros flocons silencieux et tout le monde était heureux. Mais, au nom du progrès, les savants se sont mis à dire que l'hiver arrivait parfois le 20 et d'autres fois le 22, et ils ont même commencé à dire à quelle heure et même à quelle minute il arrivait. Les scientifiques affirment même maintenant que Jésus-Christ est né quatre à six ans... avant Jésus-Christ. Comment veux-tu qu'on les prenne au sérieux quand ils nous disent que Jésus est né cinq ans avant... lui-même ? Alors l'hiver, pour montrer à tous ces scientifiques prétentieux qu'ils sont vraiment dans les patates, arrive parfois en novembre, parfois en décembre, et même parfois en janvier.

Et Charles se dit qu'il en est de même pour l'amour : il arrive comme l'hiver, quand il le veut, il s'installe sans avertissement et puis s'en va de la même façon, et la science ne peut jamais en prédire ni la date ni l'heure.

Il se souvient aussi avoir lu quelque part que la vraie punition d'Adam et Ève, après le péché originel, fut de perdre le contrôle sur leur désir. Au

Paradis terrestre, Adam et Ève pouvaient, paraît-il, programmer leur désir à volonté. Alors Adam, comme ces scientifiques qui annoncent que l'hiver arrivera le 20 décembre à 13 h 34, pouvait aviser Ève qu'il lui ferait l'amour le lendemain, 15 avril de l'an zéro par exemple, de 15 h 40 à 16 h 00, après sa douche et juste avant sa sieste quotidienne (Adam semblait aimer les horaires et les chiffres ronds). Et Ève devait inscrire tout cela sur le calendrier, celui avec de gros carrés qui laissent de la place pour écrire : sexe avec Adam, 15 h 40 à 16 h 00. On se demande d'ailleurs pourquoi elle écrivait Adam ; avec qui d'autre pouvait-elle coucher ? Les femmes étant les femmes, Ève devait noter aussi dans un petit carnet secret les temps de son homme pour visualiser la courbe de ses performances sur toute l'éternité. Peut-être trouvait-elle que 20 minutes, ça semblait un peu court, et qu'Adam commençait à baisser.

Lors de leur expulsion du Paradis terrestre donc, Adam et Ève ont perdu leur immortalité en même temps que le contrôle sur leur désir. Dans leur nouvelle condition humaine, le désir s'est mis à les surprendre n'importe quand, n'importe où. Adam s'est mis à trousser Ève à tout moment du jour et de la nuit, lui passant les mains entre les jambes ou sur les seins, comme ça, parce qu'il en avait le goût, Ève riant et protestant pour la forme, et ils ont découvert le plaisir, le ravissement, la joie, la beauté, la passion, le bonheur, cette boîte de

Pandore du genre humain avec, tout au fond, la mort. Ils ont appris que chaque nouveau désir est une nouvelle naissance : chaque fois, on voit l'autre pour la première fois, chaque fois la vie recommence, chaque fois sa beauté nous émeut, un simple geste de sa part, même inconscient, et nous voilà embrasé de désir. Ils ont compris aussi que la mort entrait peu à peu dans leur vie : chaque orgasme est une petite mort, une accoutumance à la mort, un apprivoisement de la mort, une intimité grandissante avec la mort, et ces gémissements que nous arrache le plaisir sont sans doute analogues à ceux qui précéderont la mort, sexe et mort, eros et thanatos, orgasme et dernier souffle.

Lorsqu'il repense à Béatrice, à son premier regard sur elle, à leurs yeux lorsqu'ils se sont regardés, à ce tremblement de terre au fond de lui, à cette émotion lorsqu'il l'a vue nue la première fois, à sa peau et à la chair si douce de son sexe, Charles se dit finalement qu'Adam et Ève ont gagné au change, qu'ils ont peut-être perdu la vie éternelle, mais qu'ils ont gagné la vie tout court, la passion, ce vent qui se lève soudain en nous, qui nous emporte, nous entraîne, nous bouleverse, et qui peut nous emmener au ciel ou en enfer. Je suis allé au ciel, et maintenant je me retrouve en enfer, c'est la vie, pense Charles, j'irai bien au ciel une autre fois, et il reprend la correction de ses 130 copies d'examen, ces lettres d'opinion insipides, sans originalité, sans rêve, et il se dit que les soi-disant spécialistes du ministère de l'Éducation qui imposent de tels examens sont comme ces experts qui annoncent la date et l'heure de l'arrivée de l'hiver, ou comme Dieu et son Paradis terrestre suintant d'ennui : sans fantaisie, sans folie, sans intérêt, sans vie.

Il se console à la pensée qu'il commencera au Cégep en janvier, qu'il donnera un vrai cours de littérature et que ce nouveau travail sera peut-être plus intéressant.

Certains soirs, en se couchant, lorsque la douleur entre ses bras devient trop grande tellement ils réclament le corps de Béatrice, Charles fait jouer les Quatre Derniers Lieder de Strauss, que Béatrice appelait leur disque, puisque c'était celui qu'elle avait entendu lors de sa première visite chez lui. Chaque fois qu'il cherche ce disque dans sa discothèque, ses yeux se mouillent de larmes, car ces quatre chansons décrivent leur relation depuis le début jusqu'à aujourd'hui. Lorsqu'il le trouve finalement, il l'introduit dans le lecteur et se hâte jusqu'à son lit.

Au moment où il se glisse sous les couvertures, la voix d'Elizabeth Schwarzkopf s'élève doucement dans la nuit, il entend cette musique céleste qui vient du salon, et c'est comme si Béatrice était là, dans l'autre pièce, s'apprêtant à venir le rejoindre pour la nuit. C'est *Le Printemps* d'abord, cette chanson qui raconte combien longtemps il a rêvé d'elle, la première fois qu'il l'a vue, *inondée de lumière, comme un prodige*, tant de beauté, tant de douceur, éblouissement, émerveillement, enchantement.

Puis c'est *Septembre*. La voix de Schwarzkopf monte et descend, si profonde, si poignante, et Charles se demande si Béatrice pleure comme il pleure, doucement, écoutant la nuit, essayant de déceler au plus profond du silence un bruit, un son, un changement dans l'air, qui dirait : Me voici, prends-moi, je t'aime. Mais il ne se passe jamais rien, la nuit est toujours muette et vide, et Charles entend bientôt le troisième lieder, *En s'endormant*. Dans son demi-sommeil, il entend ce chant si doux, cette musique lente, le dernier couplet surtout, méditation, recueillement, prière, contemplation, et il se demande si Béatrice dort à cette heure ou si, comme lui, elle cherche longuement le sommeil, avec cette béance dans son âme, cette absence si présente, ce manque si envahissant.

Puis le quatrième lieder se fait entendre, *Dans le rouge du couchant*. Parfois Charles dort déjà ; d'autres fois, il écoute en espérant s'assoupir au moment où Schwarzkopf dit : *Bientôt il sera l'heure de dormir*, avant d'entendre le dernier vers : *Ist dies etwa der Tod ?*

Jeudi, 21 décembre

Dans ce grand magasin du centre-ville, il y a foule. Charles y entre un peu à reculons, mais une fois à l'intérieur, il fait comme tout le monde, il regarde un peu partout, le nez en l'air, s'imprégnant de l'atmosphère, de l'ambiance, emplissant ses yeux des couleurs, humant l'air des Fêtes, et il se sent revivre.

Au tournant d'un îlot, il évite deux personnes arrêtées devant le comptoir des cosmétiques. Il leur jette un coup d'œil et aperçoit Béatrice accompagnée d'une autre femme. Il s'arrête, les yeux rivés sur Béatrice.

— Bonjour, dit-il.

Béatrice est figée, les yeux déjà dans l'eau.

— Qui est-ce? demande la femme qui accompagne Béatrice.

— Louise, je...

Charles ne lui laisse pas le temps de terminer. Il tend la main à Louise en disant:

— Bonjour, je m'appelle Charles...

Puis, tournant son regard vers Béatrice, il continue:

— ... et je suis amoureux.

— Oh, Charles, dit Béatrice, étouffant un sanglot.

— Bonjour, dit Louise, c'est donc lui, ce dieu que tu as laissé tomber, Béa? Je suis libre, mon cher Charles, si mon amie fait la fine bouche.

— Louise, veux-tu...

— Je vous laisse, les jeunes. Je suis heureuse de vous avoir enfin rencontré, Charles. Béa est bien en peine depuis qu'elle vous a laissé.

Et elle les laisse en plan, embarrassés, ne sachant que dire.

— C'est vrai ce qu'elle a dit?

— Oui… j'ai été idiote.

— N'en parlons plus. Je suis très heureux de te voir. Tu vas bien?

— Oui, très bien. Et toi?

— J'ai obtenu le poste au Cégep, je commence en janvier.

— Je suis si contente! Tu as besoin d'une augmentation de limite de crédit? ajoute-t-elle en riant.

— Non… mais j'aimerais bien te voir…

— J'en rêve tous les jours depuis un mois, parvient-elle à murmurer.

Et les clients du magasin voient ce jeune homme prendre dans ses bras une femme enceinte de huit mois et l'amener doucement vers un fauteuil. Un passant les interpelle:

— Vous avez besoin de quelque chose?

— Non, merci, répond Charles.

— Vous la faites pleurer…

— Non, non, intervient Béatrice, c'est mon neveu. Je suis simplement un peu fatiguée.

— Vous voulez qu'on appelle de l'aide?

— Non, merci, vous êtes gentil, tout va bien.

Le passant les regarde d'un œil soupçonneux, ne sachant s'il doit croire cette femme de 40 ans, enceinte, tenant fiévreusement les mains d'un jeune homme qui ne semble pas du tout son neveu. Il s'éloigne finalement et Charles peut respirer à l'aise.

— Tu me pardonnes? demande Béatrice.

— Depuis un mois, je me répète : Seigneur, aidez-moi, elle est folle, mais je ne peux m'empêcher de l'aimer.

Béatrice éclate de rire et ils restent ainsi, elle riant et pleurant, lui si heureux de l'avoir retrouvée.

— Tu es libre ce soir ? demande Charles.

— Non, pas ce soir. Mais je peux venir demain soir.

— C'est vrai ?

— Oui, je suis si heureuse de te voir, j'ai été vraiment malheureuse, tu sais. Et je ne savais pas si je pouvais te téléphoner, j'avais tellement honte. Et je me disais que tu ne me trouverais plus belle. Je suis grosse, non ?

— Tu es splendide. Je t'attends donc ?

— Oui, vers 7 h ?

— Parfait, je dois terminer la correction des examens, tu seras ma récompense. Voilà Louise qui revient.

— Rebonjour, vous deux, dit Louise, ça va ?

— Oui, oui, ça va.

— Béa, on dirait que tu vas t'envoler. Ce jeune dieu a de réels pouvoirs. Je vous admire, Charles. Tous les hommes devraient faire l'amour à leur femme jusqu'à l'accouchement. De toute façon, Béa va tout me raconter ensuite, n'est-ce pas ?

Vendredi soir, 22 décembre

Charles attend chez lui, nerveux comme lors de leur premier rendez-vous. Il veut être heureux ce soir, et il veut que Béatrice soit heureuse… trois fois heureuse.

Elle arrive enfin, il ouvre la porte, la voici devant lui. Ils se regardent en silence, à court de mots, craintifs, timides comme la première fois, tous les deux cherchant peut-être un signe que tout est fini entre eux et que personne ne souffrira, qu'ils se serreront la main simplement et qu'ils repartiront chacun de leur côté en sifflotant, insouciants, heureux. Mais, dès le premier instant, ils savent que ce ne sera pas le cas, ils comprennent qu'ils auront mal, ce soir, demain, la semaine prochaine et pour tous les mois à venir.

Béatrice est là devant lui : Suis-je encore belle ? semble-t-elle demander, voudras-tu encore faire l'amour avec moi ? Charles la prend dans ses bras, la serre contre lui, couvrant son visage de baisers.

— Je me suis tellement ennuyé.

— Moi aussi. J'ai grossi, non ?

— Tu es magnifique, entre.

— Il y a si longtemps qu'on s'est vus, il me semble.

— Viens te réchauffer un peu, tu dois avoir froid.

— Pas dans mon état, j'ai toujours chaud.

Il lui enlève son manteau, met ses mains sur son ventre et l'embrasse.

— Charles...

— Ne parle pas, viens.

Il s'assoit sur la causeuse et la prend dans ses bras, tournée vers lui, allongée sur ses genoux. Il l'embrasse longuement, ses mains caressant son corps, s'arrêtant sur son beau ventre rond.

— Tu la sens bouger, cette petite Eugénie?

— Oui.

— J'ai tellement hâte.

— Je sais, ce sera extraordinaire, non?

Charles lui donne des baisers sur les yeux, partout sur son visage.

— Charles...

— Tu es fatiguée?

— Un peu, mais ce n'est rien.

— Repose-toi dans mes bras, ne dis rien.

— Charles, puis-je dormir avec toi ce soir?

Jamais elle n'a dormi avec lui, immanquablement elle devait rentrer, car son mari lui téléphonait toujours le matin. Dormir avec elle, il en a tellement rêvé, sentir son corps, la douceur de sa peau, pouvoir se coller contre elle et s'endormir avec sa chaleur. C'est la dernière fois que je la vois, se dit-il, voilà pourquoi elle m'offre ce cadeau, le plus beau des cadeaux.

— Tu me fais tellement plaisir, réussit-il à dire. Demain matin, je te ferai à déjeuner, je vais te gâter, tu vas déjeuner au lit.

Elle ferme les yeux et ils restent ainsi, en silence, elle dormant presque, lui la regardant longtemps, son beau visage, son front si pur. Après une dizaine de minutes, elle ouvre les yeux :

— Tu as faim ? demande Charles.

— Oui, je veux bien manger un peu.

— J'y vais, ce sera prêt dans quelques minutes.

Pendant le repas, Béatrice est resplendissante, rieuse, si gaie. Ses yeux brillent, ses mains caressent celles de Charles de temps en temps. Charles la regarde, sous le charme, souriant lui aussi. Après un certain temps toutefois, il s'enquiert :

— Qu'est-ce que tu as à sourire tout le temps ? Je te connais. Lorsque tu souris ainsi, tu prépares un mauvais coup.

— J'ai une nouvelle qui va te faire tomber sur le...

— Quelle nouvelle ?

— En fait, quelques nouvelles.

— Vas-y.

— Tu te souviens de ma sœur ?

— La PDG de *Féminine singulière* ?

— Elle ne l'est plus.

— Depuis quand ?

— Depuis qu'elle a rencontré un homme.

— Elle, la grande prêtresse anti-hommes, pourfendeuse des souillures mâles, je ne te crois pas.

— Tu vas me croire encore moins lorsque tu sauras qui est le mâle, justement.

— Qui donc ?

— Je te le donne en mille !

— Je ne peux deviner.

— Penses-y, c'est incroyable et, en même temps, c'est tellement logique. C'est la vie dans sa plus belle expression, tellement ironique.

— Je donne ma langue au chat.

— Elle est en amour par-dessus la tête, elle a vendu tous ses intérêts dans *Féminine singulière*. Elle et son nouvel amour sont partis en voyage.

— Qui est-ce?

— L'animateur des soirées de l'AAHAA, le bras droit de ton oncle...

— Luc Perrier? Celui qui était le plus en colère contre les femmes, le plus rancunier?

— Oui, le plus rancunier et la plus vindicative, il n'y a pas de hasard, dans la vie, n'est-ce pas? Il y a trois semaines, les deux organismes, *Féminine singulière* et l'AAHAA, ont tenu une rencontre exploratoire pour voir s'ils pouvaient aider leurs membres à réapprendre à vivre ensemble. Après le cocktail et les discours de bienvenue, personne n'a plus vu ce Luc ni Roberte. Ils ont passé le week-end à faire l'amour dans la chambre de ma sœur. Lorsqu'ils en sont sortis dimanche soir, ils étaient pâles, les traits tirés, comme s'ils n'avaient pas dormi de la fin de semaine. La semaine suivante, Roberte a vendu sa société et ils sont partis quelques jours plus tard. Elle m'a tout raconté, elle planait. Elle a dit que ce Luc était un amant extraordinaire.

— Incroyable vraiment.

— Il reste encore la meilleure.

— Il y a mieux?

— Et comment ! Tu sais que les membres de *Féminine singulière* avaient pris leur nom à partir des initiales de la grande prêtresse, J.E.R.A.L.J.A.L.B. Elles se nommaient donc des Jeraljalbiennes.

— Oui.

— Tu sais ce que signifiaient ces initiales ?

— Je devine que je vais m'écrouler de rire.

— C'est ma sœur qui a créé cet acronyme. Elle tenait absolument à ce que je l'accompagne à la banque lorsqu'elle est allée déposer son chèque. Imagine : un chèque de quatre millions et demi. Elle m'a demandé si je m'étais déjà interrogé sur le sens des initiales J.E.R.A.L.J.A.L.B. J'ai répondu non, évidemment. Elle m'a demandé : Qu'est-ce que je fais en ce moment ? J'ai répondu : Tu ris sans arrêt. Et où va-t-on ? a-t-elle continué. À la banque. Et alors ? Que signifie donc J.E.R.A.L.J.A.L.B. ? Je ne comprends toujours pas, ai-je répondu. Et alors, riant encore davantage, elle a dit : J.E.R.A.L.J.A.L.B. signifie : J'en ris aux larmes jusqu'à la banque.

— Incroyable. Toutes ces femmes qui ont cru en elle, elle les a bien eues, non ?

— Elles n'ont que ce qu'elles méritent, elles sont tellement crédules.

— Et j'ai raté tout ça ?

— Lorsque j'ai appris l'histoire, j'ai pensé à toi, je riais toute seule en me demandant si tu étais au courant. Ton oncle ne t'en a pas parlé ?

— Non. En fait, maintenant que j'y pense, il m'a téléphoné l'autre jour pour me dire qu'il annulait une soirée de l'AAHAA et ensuite, je n'y ai plus pensé. La prochaine réunion de l'AAHAA était prévue pour janvier, il n'y en a pas pendant les Fêtes.

— Eh bien, il aura peut-être besoin d'un nouveau bras droit...

Et Béatrice a soudain les yeux pleins d'eau, tellement qu'elle ne peut plus parler. Elle regarde Charles en silence, et Charles reconnaît ce regard qu'elle avait eu en juillet, lorsqu'elle lui avait dit qu'elle l'aimait, cette seule fois, et voilà que ses yeux aujourd'hui lui disent la même chose : Je t'aime. Ils se regardent longtemps, si longtemps, profondément amoureux, comme s'ils voulaient fixer ce moment pour toujours. Après un long silence, Béatrice, inspirant profondément, dit :

— Charles, je dois te dire encore quelque chose...

— Ne dis rien...

— Oui, je dois te le dire...

— Je sais...

— Qu'est-ce que tu sais ?

— Nous ne nous reverrons plus, n'est-ce pas ?

— Charles, mon mari arrive demain... pour de bon.

— ...

— Lorsque je suis venue, le soir des bulletins, je l'avais appris le matin même. Après le coup de téléphone de Laurent, je me suis dit que j'essaierais de t'annoncer le soir même qu'il fallait nous séparer. Mais je n'ai pas eu le courage ; lorsque j'ai vu cette jeune femme avec toi, je t'ai fait cette scène de jalousie. Je suis arrivée au même résultat, qu'on ne se voie plus, mais je t'ai fait mal, je te demande pardon.

— Ce n'est rien. J'y ai repensé plusieurs fois, à cette soirée, et j'avais plus ou moins compris ce qui se passait. Il me manquait simplement l'information au sujet du retour de ton mari. Ça va aller ?

— Comment ?

— Avec ton mari, demain ?

— Je ne sais pas… je crois… j'espère. On aura tellement de choses à se dire, il va vouloir tout savoir depuis le début. Je vais lui montrer la chambre que je prépare pour Eugénie, on aura tant de détails à discuter. Il faudra du temps, mais je crois que ça ira. Et toi ?

Charles ne répond pas, il la prend dans ses bras, la serre simplement un peu plus fort, couvre son visage de baisers. Ensuite il l'amène doucement dans la chambre. En silence, il déshabille Béatrice, enlève ses propres vêtements, puis ils s'allongent, couchés tous les deux sur le côté gauche, en cuiller. Charles entoure Béatrice de son bras droit, et ils restent ainsi, longtemps, si longtemps, respirations et pensées accordées. À la fin ils s'endorment doucement et s'avancent ainsi dans leur première nuit ensemble, leur dernière aussi. Parfois Charles s'éveille un peu et vérifie que Béatrice est toujours là, entre ses bras, et il se dit qu'il rêve.

Dormir avec Béatrice. Comme sa chaleur est bonne, et il y a aussi cette lumière qui irradie de son corps, qui éclaire la nuit, comme une lune descendue dans son lit, douce et fraîche, ronde et chaude, lumineuse et endormie.

Samedi, 23 décembre

Charles s'éveille en sursaut. Il est 5 h 30, il se retourne, Béatrice n'est plus là. Il appelle, mais il sait très bien qu'il n'obtiendra pas de réponse. Cette soirée était la dernière, cette nuit était la première et la dernière, l'unique, la seule où il a dormi avec elle, son corps si chaud près de lui, si doux, ce corps qu'il connaît si bien, qu'il a tant aimé. Il appelle encore :

— Béatrice...

Rien. Il se retourne sur le dos, laisse tomber ses bras en croix de chaque côté de son corps, en retenant un pleur, et sa main gauche touche quelque chose, une enveloppe. Il prend l'oreiller sur lequel elle a dormi et le presse contre son visage, essayant de retrouver son odeur, sa chaleur. Il reste ainsi longtemps, se demandant quoi faire. Essayer de la retrouver ? Lui téléphoner ? Sa main tient toujours l'enveloppe, mais il ne veut pas l'ouvrir.

Et il se souvient tout à coup lui avoir fait l'amour il y a un peu plus d'une heure, il s'est éveillé vers 4 h, inquiet, agité, troublé par quelque chose. Elle dormait près de lui. Il s'est collé contre elle, elle a soupiré. Il lui a fait l'amour ainsi, presque sans bouger, entre le sommeil et l'éveil, sa main droite caressant ses seins et son beau ventre rond, ému de palper la vie elle-même. Dormait-elle? Peut-être a-t-elle passé la nuit à réfléchir à sa décision, le quitter maintenant, sans drame, sans pleurs, sans au revoir. Il a dû se rendormir aussitôt après lui avoir fait l'amour et elle s'est dit que c'était le meilleur moment pour partir, immédiatement après l'amour. Lui a-t-il fait l'amour vraiment? Il n'en est plus certain. Lui a-t-elle parlé? Tout cela flotte dans son esprit.

L'enveloppe est là, contenant toutes les explications ou alors aucune. Il ne veut pas l'ouvrir. Tant que je n'aurai pas lu la lettre, elle ne m'aura pas encore quitté, se dit-il, elle sera encore avec moi. Nous serons encore ensemble.

Brusquement il se lève, s'habille, enfile ses bottes, attrape l'enveloppe et sort dans la nuit d'hiver. Il a besoin d'être dehors, il a besoin d'espace, d'air, de ciel, d'étoiles, de constellations et il décide de partir pour la maison de son père, à Sainte-Adèle, là où le ciel est plus haut qu'ailleurs, comme le chante Ferland. Voilà, Sainte-Adèle est là-haut, au-dessus du reste du monde, au-dessus de la souffrance qu'il ressent, au-dessus de sa peine, de sa détresse, de son manque, là, au creux de son ventre, ce vide laissé à nouveau par Béatrice.

Le froid de la nuit l'aide à reprendre ses esprits. Le moteur de la voiture hoquette, hésite un peu et démarre finalement. Il se dirige vers l'échangeur L'Acadie, en navigue les méandres et se retrouve bientôt sur l'autoroute 15, poussant un soupir de soulagement, enfin libre, content de se laisser bercer par le ronron rassurant du moteur, comme s'il mettait de la distance entre lui et sa peine. Il a toujours aimé rouler la nuit, alors qu'il y a peu de voitures sur la route. Il pleure doucement, mais en même temps, il est calme.

Les souvenirs l'assaillent toutefois et il se remémore toutes ces fins de soirée où il ramenait Béatrice : après les sorties, après les fêtes, après la société, il y avait eux deux, enfin seuls, se dirigeant vers la voiture, jouissant de la fraîcheur de la nuit, de la tranquillité et de la solitude retrouvées. Il lui ouvrait la portière, elle se penchait pour s'asseoir, relevant sa robe et, au moment où elle prenait place, il ne pouvait s'empêcher de regarder ses belles jambes, il entrevoyait l'intérieur de sa cuisse gauche, parfois même la jarretelle pincée dans le haut de son bas, et il reconnaissait ces dessous qu'il lui avait achetés il n'y avait pas si longtemps. Elle était assise maintenant, mais il ne fermait pas la portière. Elle levait la tête et lui jetait un coup d'œil, se demandant ce qui se passait. Il était là, à admirer la vue qui s'offrait à lui, elle souriait, retroussait davantage sa robe et, espiègle, fermait la portière. Il faisait le tour de la voiture et prenait place dans l'auto. Il se penchait vers elle pour l'embrasser et il glissait la main sur cette peau si douce entre le haut de son bas et l'aine. Elle se laissait aller contre son siège, fondant déjà, riant, offerte. Il demandait :

— Où va-t-on?

— Où tu veux. Emmène-moi, conduis-moi, porte-moi, je ferme les yeux, je suis à toi.

Il démarrait et, après avoir atteint sa vitesse de croisière, trouvait cette station de radio qu'ils écoutaient toujours lorsqu'ils rentraient tard le soir. Ils avaient quelquefois une heure de route à faire et ils goûtaient par-dessus tout ce moment, rouler la nuit, seuls, avec la radio qui jouait parfois ces chansons qu'ils aimaient tant, et c'était comme si alors ils se retrouvaient dans un vaisseau spatial, en route vers ils ne savaient trop où. Il posait sa main droite entre ses genoux, comme la première fois. Elle fermait les yeux et se laissait bercer par la musique et le bruissement feutré de la voiture au milieu de la nuit. Parfois Charles passait le revers de sa main sur sa joue et elle souriait dans son demi-sommeil. Lorsqu'elle devint plus grosse, il laissait sa main sur son ventre et elle la tenait entre les siennes, lui faisant faire des ronds parfois, des caresses.

Sur l'autoroute 15, Charles fait tous ces gestes anciens de façon automatique: sans réfléchir, il allume la radio, syntonise cette même station, une chanson commence, machinalement il augmente le volume; c'est une de ces chansons insignifiantes, avec ces textes insipides, puritains, que les Américains appellent des chansons d'amour, où les femmes s'adressent toujours à leur père, jamais à leur amant, et où les hommes parlent à leur mère, jamais à leur maîtresse, ces davidfosterisations de l'amour, où il

est question de compassion, de charité, de sympa-
thie, de compréhension, d'encouragement, d'estime,
d'amitié, de soutien, mais jamais d'amour, jamais
de passion, jamais de ce feu qui dévore tout notre
être, de cette tempête qui balaie tout sur son passage, de ce tourbillon qui nous saisit, nous enlace,
nous étreint et nous renverse, de cet aiguillon qui
nous transperce, qui nous pénètre jusqu'aux os, qui
s'enfonce en nous jusqu'à la moelle, jusqu'au plus
profond de l'âme.

Finalement, c'est mieux ainsi, se dit Charles,
ces chansons ne parlent pas d'amour et je peux
rouler en paix.

Il a dépassé Laval et arrive bientôt à Sainte-
Thérèse, puis Blainville. Trente minutes encore et il
sera à la maison. Tout va bien, se dit-il, un peu
surpris de cet état tranquille où il se trouve. La
radio fait entendre encore ces chanteurs à l'articu-
lation molle, avec ces mélodies toutes pareilles, des
textes si mal écrits, faits trop vite, sans soin, sans
recherche, qui le laissent froids et, pour la première
fois de sa vie, il est heureux d'entendre des chansons fades et ennuyeuses.

Mais tout cela est trop beau, ça ne peut pas être
aussi facile et, bientôt, il entend cette chanson, il
en reconnaît la première note, prolongée, douce et
lancinante, ces premiers accords de guitare, il
change de station en vitesse, mais, à l'autre station,
la même chanson commence, les mêmes notes,
douloureuses et apaisantes en même temps, et il

comprend alors qu'il n'y échappera pas, qu'il ne peut pas y échapper : cette chanson est pour lui, il va souffrir ce qu'il doit souffrir, pas plus pas moins.

Elle te fera changer la course des nuages
Balayer tes projets, vieillir bien avant l'âge,
Tu la perdras...

Ces paroles le frappent de plein fouet, il ne croyait pas les mots si puissants, et il doit serrer le volant à deux mains tellement il est secoué. Il sent ce vide se créer au fond de son ventre, ce trou béant, qui est en même temps un poids, une boule, lourde, si présente, inéluctable, comme si on lui arrachait son âme et il ne sait à quel moment la douleur va cesser. Il ne peut retenir un gémissement, il se laisse aller contre l'appui-tête et sanglote pendant que Cabrel chante :

Elle n'en sort plus de ta mémoire
Ni la nuit, ni le jour

À la fin du refrain, il y a ces notes de piano, comme une berceuse, une petite valse lente et, quand il entendait cette chanson, parfois au milieu du repas, il se levait de table avec ce besoin pressant de la tenir dans ses bras, il prenait sa main et l'invitait à danser. Émue, elle se levait en disant : Tu es fou, il la serrait si fort, elle mettait sa tête sur son épaule, ses bras ronds autour de sa taille, ou autour de son cou, sa main caressant ses cheveux, et il fermait les yeux, respirant son parfum devenu son unique oxygène, tant de douceur autour de lui, elle demandant :

— Tu ne m'oublieras jamais ?

— Non, Béatrice, je ne t'oublierai jamais, répondait-il.

— Moi non plus.

Tu prieras jusqu'aux heures
Où personne n'écoute,
Tu videras tous les bars
Qu'elle mettra sur ta route,
T'en passeras des nuits
À regarder dehors,
C'est écrit...

Oui, tout cela était écrit, il le savait, n'est-ce pas, mais on refuse de lire les signes, comme lui a dit son père, le réel est là, devant nous, et on l'ignore, on l'évite, on regarde ailleurs, on la regarde, elle, ses yeux disent : Nous ne vieillirons pas, nous nous aimerons toujours. Le temps semble s'arrêter, on croit pouvoir rester immobiles, inaccessibles, invulnérables, immortels, éternellement amoureux.

Elle n'en sort plus de ta mémoire
Ni la nuit, ni le jour

Charles ne peut plus retenir ses larmes et il se range sur le côté de l'autoroute. Il se dit qu'il va marcher un peu dans la nuit froide et qu'il va pouvoir se calmer. Il ralentit et stoppe, laissant le moteur tourner, appuie sur le bouton des feux de détresse, puis descend faire quelques pas. Comme on est bien dehors, l'hiver, se dit-il, prenant de grandes respirations. Les larmes cessent peu à peu. Il marche quelques minutes, retrouve son calme et, au moment où il revient sur ses pas, aperçoit un véhicule de police qui approche. Lorsqu'il arrive à sa voiture, le policier, homme d'un certain âge, est déjà là.

— Bonsoir monsieur, tout va bien?

— Oui, dit Charles, les yeux de nouveau inondés de larmes.

— Vous avez besoin d'aide? J'ai vu vos feux de détresse.

— Non, merci. Vous ne pouvez m'aider dans ce genre de détresse, répond Charles, essayant de sourire quand même.

Les deux hommes restent là, immobiles, avec ce silence entre eux. Le policier ne semble pas vouloir partir, il gratte le sol de son pied. Charles regarde la route, les voitures qui passent, puis le policier.

— Vous êtes sûr, vous n'avez pas besoin d'aide? demande encore le policier.

— Non, ça va.

Charles pleure toujours, le policier ne bouge pas.

— Vous ne pouvez pas rester là, c'est trop dangereux.

— Je sais, mais je ne voyais plus la route.

— Je comprends.

Le silence encore s'installe entre eux.

— Elle était... si...? demande doucement le policier, après un bon moment.

L'imparfait frappe Charles en plein cœur, mais il parvient à répondre.

— Oui...

— Je comprends...

— Vous croyez?

— Elles sont si belles et on les aime tellement, n'est-ce pas?

— Oui, comme des fous, répond Charles.

— Exactement, comme des fous. Qu'y a-t-il de plus beau sur terre?

— Rien.

— Voilà, rien. Je me demande si les femmes savent à quel point on les aime.

Et Charles se rappelle que son père lui a déjà fait cette réflexion, et voilà que ce policier, qui pourrait être son père, lui répète les mêmes paroles.

— Vous n'avez pas l'intention de...

— Non, ne vous inquiétez pas, cette idée ne me traverse jamais l'esprit.

La réponse est arrivée spontanément, si rapidement que même Charles reste un peu surpris et, au fond de toute cette immense peine qu'il ressent, au milieu de cette dévastation de son être, au cœur de l'incommensurable douleur qu'apporte sa première grande peine d'amour, il apprend cette vérité fondamentale, véritable rite de passage à l'âge adulte : on n'en meurt pas. Il n'a aucune envie de mourir, il n'en est même pas question, et ce qu'il a répondu au policier est la vérité.

— Ça va aller ?

— Oui.

— Bon courage.

— Merci.

Le policier s'éloigne finalement et Charles doit s'empêcher de rappeler cet ami que le hasard met sur sa route. Il irait bien prendre un verre avec lui, simplement pour lui parler de Béatrice, il lui en parlerait toute la journée et cela lui ferait peut-être du bien. Il décide de marcher encore un peu pour retrouver ses sens, puis remonte dans sa voiture, prend une grande respiration et démarre. Il ne change pas de station pourtant. Il se souvient de Cléa disant que l'on peut faire trois choses avec une femme : l'aimer, souffrir pour elle ou en faire de la littérature. Voilà, se dit Charles, j'en suis à la deuxième étape ; peut-être un jour je passerai à la troisième.

Il repart et le voilà bientôt à Mirabel, là où il n'y a plus de maisons. C'est le grand vide, avec cette lumière lunaire, ces réverbérations bleues sur la neige. La chanson de Cabrel est terminée, la douleur s'apaise, mais Charles se surprend à vouloir l'entendre encore : peu importe la souffrance, c'est pour lui la seule façon de rester avec Béatrice, de la sentir près de lui, comme si elle était dans ses bras. Souffrir pour elle, c'est rester avec elle, et mieux vaut être avec elle que sans elle. Au moins je vis, se dit-il.

Il arrive bientôt à la bifurcation de la 15 et de la 117 et il prend à gauche, la 15 vers Sainte-Agathe. Plus que 20 minutes avant la maison. La radio joue toujours, mais rien de compromettant, rien de mena-çant pour la tranquillité de son âme. Voici bientôt la sortie 51, La Porte du Nord, là où commencent véritablement les Laurentides et, en passant sous le saut-de-mouton qui enjambe l'autoroute, il pousse un soupir de soulagement. Enfin, je suis à la mai-son, se dit-il, je suis né dans ces montagnes, j'ai grandi dans ces montagnes, me voici chez moi. Au même moment, il entend un nouvel air qui com-mence, il croit reconnaître la chanson. À l'instant où il saisit les paroles, il est trop tard :

What have I got to do to make you love me
What have I got to do to make you care
What do I do when lightning strikes me
And I wake to find that you're not there.

Cette chanson d'Elton John, si déchirante : Charles se dit que le monde entier conspire contre lui. Déjà, il ne voit plus la route, il ralentit, ouvre la fenêtre et sort un peu la tête, essayant de se calmer, mais il n'y a rien à faire.

What do I do to make you want me
What have I got to do to be heard
What do I say when it's all over.

It's sad, so sad

Incapable de continuer encore une fois, il prend la sortie 60, pour Saint-Sauveur, se rend jusqu'au feu, puis tourne à droite, et ensuite à gauche. Il descend la petite côte et se retrouve sur la bretelle qui ramène à l'autoroute. Il gare sa voiture sur le côté, coupant la radio en même temps.

Assez, dit-il, et il descend une deuxième fois de sa voiture pour prendre l'air. Il est 6 h 45, c'est l'aube, l'entre-chien-et-loup du matin. Comme il est long aujourd'hui, ce trajet qu'il fait depuis des années sans réfléchir, sans compter les kilomètres, sans consulter continuellement l'horloge pour savoir dans combien de temps il arrivera. Après quatre ou cinq minutes, lorsqu'il est certain que la chanson est terminée, il remonte dans sa voiture.

Il reprend la route, espérant pouvoir maintenant se rendre sans autre problème. Il ne reste qu'une quinzaine de kilomètres avant la maison, et il voudrait être déjà rendu. Mais il est écrit qu'il ne trouvera pas la paix, pas tout de suite.

Au moment où il dépasse la sortie 67, qui mène à Sainte-Adèle, alors qu'il reste moins de dix minutes pour arriver à la maison, une autre chanson commence, qui lui semble familière encore, mais il est trop bouleversé pour l'identifier, et il reste là à écouter un peu plus longtemps afin de la reconnaître. Il est ballotté entre les deux états : il ne veut plus souffrir, mais ne plus souffrir, c'est rompre déjà, c'est admettre qu'elle n'est plus dans sa vie, c'est accepter le temps, accepter qu'elle est derrière lui, passée, dépassée, oubliée.

Encore une fois, des notes de guitare, lentes, et il entend :

Già la sento

Ces premiers mots, avec cette intonation interrogative, comme si quelqu'un l'interpellait, l'appelait par son nom, comme Béatrice il n'y a pas si longtemps... Il n'est pas long à reconnaître la chanson dont son père lui a parlé :

Già la sento morire

Charles se dit que le destin lui en veut, à s'acharner ainsi contre lui. Pourquoi toutes ces chansons en succession, cette nuit en particulier, ces chansons dans toutes les langues, qui lui parlent toutes de Béatrice et qui lui triturent l'âme depuis le départ de Montréal ? Au moment où il prend la sortie 69, il entend ces mots qu'il avait traduits pour Béatrice en juillet dernier, il y a seulement cinq mois.

Lo chiamano amore
È una spina nel cuore
Che non fa dolore

Charles reçoit les mots comme autant de coups, et il se dit qu'il est comme ces drogués qui décident de briser leur dépendance: il se retrouve en manque, il y a ce trou qui se creuse dans son ventre, dans sa tête, dans son sexe, cette douleur qui le tenaille, qui augmente, et qu'il doit traverser. L'amour est bien cet aiguillon indolore qui nous transperce, qui s'enfonce profondément dans notre chair même, et on ne sent rien, comme si on était sous anesthésie. Quand on retire l'épine, la douleur surgit. Béatrice enlevée, voilà la douleur. Il souffre, et sa souffrance n'est pas intellectuelle ni spirituelle ni morale: elle est physique. Ses bras demanderont Béatrice, s'ouvriront et se refermeront pour Béatrice, seulement pour elle, et il ne saisira que l'absence, le vide, le manque, et il aura si mal, comme ces amputés qui souffrent au membre qu'ils n'ont plus. Tout ce qui lui reste de Béatrice, c'est cette lettre dans sa poche, il la palpe à travers le tissu de son manteau, il entend les craquements du papier, et il se dit qu'il devrait peut-être la jeter par la fenêtre, pour éviter de souffrir encore.

Già la sento
Che non puo più sentire.

— Voilà, elle ne peut plus m'entendre, se dit-il à haute voix. C'est fini.

Au bas de la sortie, il se range sur le côté et sort une troisième fois de sa voiture pour reprendre ses esprits. Il ne croyait pas que ce serait si dur.

Après quelques minutes, il remonte dans son auto, prenant soin maintenant de fermer la radio. Il emprunte la route 370 vers l'est: sept minutes et il sera rendu. Il entrouvre la fenêtre pour laisser entrer de l'air frais et regarde le paysage, si différent de celui de Montréal qu'on se croirait dans un autre pays: les conifères bordant la route croulent sous la neige, leurs bras baissés lui offrent toute cette blancheur, et Charles se dit qu'ils sont là pour lui, pour l'accueillir, qu'ils l'attendaient même, et qu'ils lui indiquent le chemin vers le repos.

Voici maintenant la longue côte d'un demi-kilomètre avant la piste du petit train du Nord et la chapelle Saint-Bernard. Il a l'impression de se hisser lentement au-dessus de son chagrin, de s'extirper de la douleur, la voiture peine un peu avant d'arriver au sommet tellement la montée est abrupte et c'est comme s'il s'arrachait à la gravité, à la souffrance, à son passé, comme s'il abandonnait une ancienne peau, comme s'il mettait fin à une partie de sa vie.

Au haut de la côte, la voiture reprend de l'allant, Charles soupire et ressent cette même légèreté dans son âme, dans tout son être. Tout de suite après la chapelle et le bureau de poste, il tourne à droite et emprunte cette petite route entre les arbres : deux minutes encore, se dit-il. La route tourne et vire, monte et descend ; voici la dernière intersection, au coin du tennis et, finalement, après une ultime montée, voilà la haie de cèdres, puis le lac, et Charles se sent libéré, il respire enfin plus profondément. Il tourne dans l'entrée, arrête la voiture, coupe le contact et descend, retrouvant enfin le silence, cette paix qu'il est venu chercher ici, dans ce lieu loin de tout, plus haut que tout, plus tranquille que tout. Le froid lui fait infiniment plaisir, il inspire profondément. Il s'emmitoufle et décide de marcher un peu.

Il est 7 h 15, c'est l'aurore, le ciel est déjà bleu clair, avec ce rose profond au ras de l'horizon, derrière les arbres tout autour du lac. Une étoile reste visible, basse, vers le sud-est, Vénus, qui brille, toute seule, étincelante, comme pour l'accompagner.

Dans le silence du matin, il se sent déjà un peu mieux. Il trouve ici exactement ce qu'il espérait, la sérénité, et il se dit qu'il peut maintenant lire la lettre.

Charles mon amour

L'air alors a-t-il des absences
Le souffle manque
Déchirure cachée
Imperceptible fuite

La lézarde ne peut que grandir
Nous dirons que le temps passe
Et que c'était très beau

Ah bel amant bel amour
Le rêve meurt bien tôt
Mais nous le savions
N'est-ce pas
Nous ne ferons pas de drame
Nous aurons seulement mille regrets

Qui donc nous a trahis
Doux amant cher amant
À quoi bon chercher le coupable
Il glisse toujours entre nos doigts
Nous ne pleurerons pas
Nous aurons seulement mille chagrins

Béatrice

Il lit, porte la feuille à son visage et y enfouit son nez, essayant de humer l'odeur de Béatrice, passe la lettre sur sa joue, cherchant à retrouver la douceur de sa peau. Il relit la lettre une dernière fois et la remet dans sa poche. Une étrange paix envahit son âme maintenant, il ne pleure plus, il est calme même, sans douleur, sans regrets, sans reproches. Avant de disparaître, Vénus scintille, clignote une fois ou deux, clins d'œil à la fois malicieux et réconfortants, promesse d'amour au bout de la nuit, lumière amie au seuil de sa nouvelle vie, pour lui dire sans doute qu'il y aura d'autres Béatrice, d'autres amours, d'autres emportements, mais aussi d'autres douleurs, d'autres passions comme celle qu'il vient de vivre.

Le soleil se lève enfin sur le lac ; c'est d'abord un souffle, une brise de poussière de neige, puis un voile rose, comme une très longue traîne de robe de mariée qui se pose doucement, en diagonale, sur toute la longueur du lac, d'est en ouest, ligne droite bien nette d'un côté, frangée de l'autre, et Charles se remémore le texte qu'il avait lu à Béatrice en juillet :

Au matin, le soleil levant dessine à la surface de l'eau un rai de lumière bien défini, quadrilatère oblong, comme si on avait ouvert une porte au fond du lac, à gauche, et, pendant quelques minutes, tous les matins, il reste là, dans l'expectative, espérant voir s'encadrer dans ce rectangle de lumière rose une silhouette, quelqu'un, Dieu peut-être... qui ne vient jamais, et il se dit qu'il devrait prendre le canot, avironner sur cette lumière surnaturelle et se laisser flotter jusqu'à la source de ce rayon ; peut-être qu'au bout il découvrirait que la terre est toujours plate et qu'il s'abîmerait dans l'infini.

Voilà, se dit-il, Béatrice est apparue un jour dans ma vie, portée par cette lumière, elle est devenue cette présence rose et douce dans ma vie, présence rose et douce entre mes bras, maintenant absence rose et douce.

Et Charles ne peut que sourire en pensant à ce que son grand-père aurait dit au sujet de sa peine d'amour :

— Les scientifiques ont encore tort : la Terre n'est pas ronde. Pour les amoureux, la Terre est plate. L'amour est cette lumière surnaturelle sur laquelle on flotte et, au bout, parfois, on tombe. C'est le plus beau risque que tu peux prendre : jamais tu ne te sentiras aussi vivant, jamais tu ne vibreras autant, jamais tu n'entendras ton cœur battre de la sorte, jamais tu ne souffriras autant. Comment savoir ce qu'est l'amour sans risquer d'avoir si mal, comment connaître le bonheur si on ne sait pas ce qu'est la souffrance ? Seule la peine te fera mesurer tout le bonheur que tu vivais.

Et Charles en arrive à se dire que la vie est peut-être une succession de sommeils dont on s'éveille. Ne dit-on pas s'éveiller à la musique, s'éveiller à la poésie, à la littérature ? Et qu'est-ce alors que s'éveiller à l'amour, au véritable amour, sinon s'éveiller à la douleur, à la vraie douleur ?

Son grand-père lui dirait aussi que le jour d'aujourd'hui, 23 décembre, est déjà plus long que celui de la veille et qu'ainsi, au moment où les nuits sont les plus longues, on commence déjà à s'en aller vers les beaux jours et on peut désormais rêver de juillet.

Charles regarde le soleil qui se lève, toute cette splendeur devant ses yeux, et il se dit que quelqu'un, quelque part dans le monde, qui a perdu un être cher, un enfant ou un époux, ne peut s'empêcher, au milieu de la guerre ou d'un cataclysme, au milieu de tout ce désespoir qui l'entoure, d'être ému, comme lui, par la beauté poignante du nouveau jour qui se lève.

La neige passe du rose soutenu au rose pâle, devient blanchâtre, l'aurore se termine et Charles, au moment où le soleil inonde peu à peu le lac entier, murmure, en lui envoyant un baiser :

— Béatrice…

NOMS DES AUTEURS ET DES ŒUVRES
CITÉS DANS LE ROMAN

Littérature

Auteurs québécois

Guèvremont, Germaine (1893-1968), *Le Survenant,* 1945
Hébert, Anne (1916-2000)
Laferrière, Dany
Roy, Gabrielle (1909-1983), *Bonheur d'occasion,* 1945
Savard, Félix-Antoine (1895-1982)

Auteurs français

Alexakis, Vassilis
Balzac, Honoré de (1799-1850), *La Comédie humaine*
Dubois, Jean-Paul
Dumas, Alexandre (1802-1870)
Flaubert, Gustave (1821-1880), *Madame Bovary,* 1857
Gary, Romain (Émile Ajar, 1914-1980), *Gros-Câlin,* 1974, *La vie devant soi,* 1975
Giono, Jean (1895-1970)
Quignard, Pascal
Lamarche, Caroline, *Carnets d'une soumise de province,* 2004
Rimbaud, Arthur (1854-1891)
Saint Exupéry, Antoine de (1900-1944)

Auteurs étrangers

Bellow, Saul (1915-2005)

Durrell, Lawrence (1912-1990), *Le Quatuor d'Alexandrie*
    (Justine, Balthazar, Mountolive, Cléa), 1957-1960

Irving, John, *Une veuve de papier*, 1998

Ruiz Zafon, Carlos, *L'Ombre du vent*, 2004

Wolfe, Tom, *A Man in Full*, 1998

Cinéma

Bertolucci, Bernardo, *1900*

Peinture

Courbet, Gustave (1819-1877), *L'Origine du monde*, 1866

Le Titien (1490-1576), *La Vénus d'Urbino*, 1538

Vinci, Léonard de (1452-1519), *Homme de Vitruve*, 1490

Musique

Bocelli, Andrea, *Romanza*, 1997

Cabrel, Francis, *C'est écrit*, 1989

Carmen, Eric, *All by myself*, 1975

Dassin, Joe (1938-1980)

Ferland, Jean-Pierre

Foster, David

John, Elton, *Sorry seems to be the hardest word*, 1976

Lévesque, Raymond

Rachmaninov, Serge (1873-1943), *2ᵉ concerto pour piano*

Schwartzkopf, Elizabeth

Strauss, Richard (1864-1949), *Les Quatre Derniers Lieder*

Vigneault, Gilles

Divers

Bellavance, Ginette

Cree, Myra (1937-2005)

Lancaster, Burt (1913-1994)

amÉrica

Achevé d'imprimer sur papier Avantage 400
sur les presses de Marquis Imprimeur,
Cap-Saint-Ignace, Québec